JN127542
「……ああもう、我慢ならん！」

ぴたんっと尾を地面に打ち付け、空いた腕でひょいっと抱え上げる。

「大事な嫁に怪我されちゃ困るしな」

（本文より）

竜人と嫁の恋暮らし

櫛野ゆい
イラスト／高世ナオキ

この物語はフィクションであり、実際の人物・
団体・事件等とは、一切関係ありません。

CONTENTS

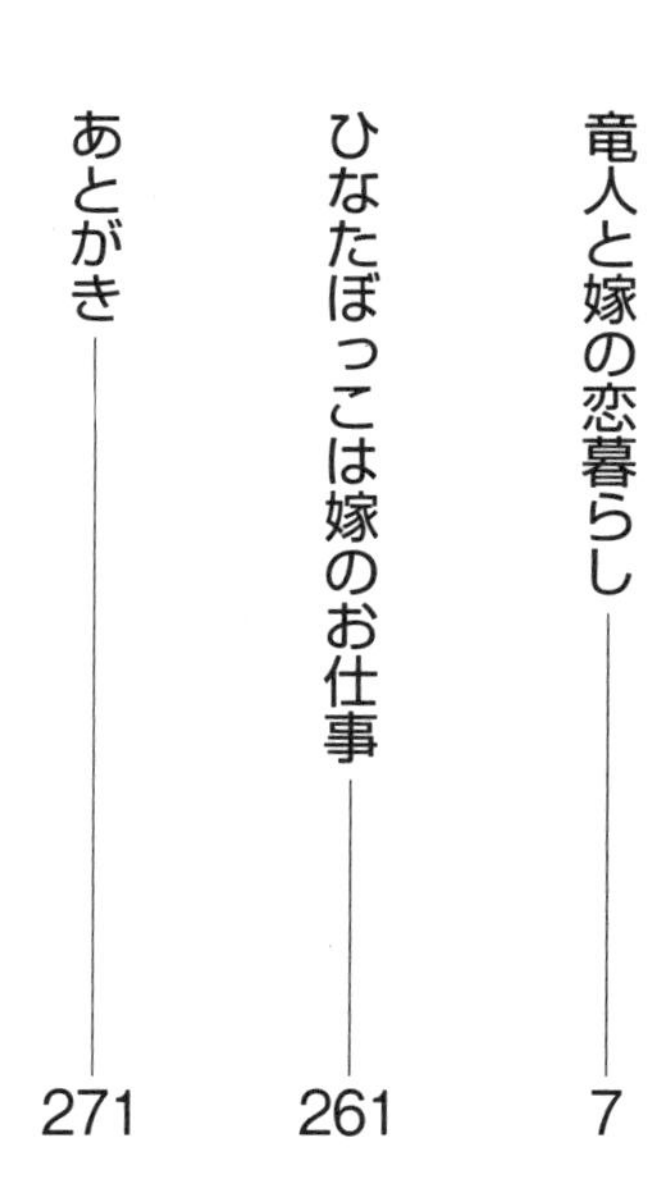

竜人と嫁の恋暮らし

黄金に色づいた木々の葉が、穏やかな秋の風にさわさわと揺れている。薄雲の浮かぶ青空の下、飛び交う鳥たちの声を遠くに聞きながら、レイはよし、と腕まくりをした。

「今度こそ……！」

レイの目の前にある大きな切り株の上には、細めの丸太が置かれている。重い斧を持ち上げたレイは、ふらつきそうになるのをぐっと堪え、丸太めがけて斧を振り上げた。

——しかし。

「く……っ！」

思いきり振り下ろした斧は大きく狙いが逸れ、丸太の端に当たってガンッと弾き返されてしまう。手に走った強烈な痺れに、レイは顔をしかめた。

「痛っ……！」

思わず取り落としそうになった斧の柄を慌てて握り直し、切り株の上に置く。ビリビリと痺れる両手を擦り合わせ、レイは痛みに瞳を潤ませた。

「どうしてうまく割れないんだろう……」

やっぱり力が足りないんだろうか、と男にしては小さな自分の手をじっと見つめる。白く細い指は、確かに力仕事には向いていなさそうだ。

指だけでなく、レイは小柄で身も細く、背もそう高い方ではない。白い肌も、肩まである金茶の髪も日の光に溶けて消えてしまいそうなほど淡い色合いで、唯一鮮やかなのは若草のような緑色の瞳くらいなものだった。

頬に影を落とすほど長く繊細な睫に、形のいい小さな鼻、薄いけれどやわらかそうな唇と、非常に整った顔立ちをしているレイは、身の細さも相まって一見儚げな佳人にも見える。しかし今のレイには、この容姿が本当に自分自身のものだという実感があまりなかった。

というのも、実はレイは、数日前に一切の記憶を失っているのだ——。

（……それにしても『僕』は、今まで一体どうやって生きてたんだろう……）

いくら記憶を失っていても、それまで日常的にやってきたことならなんとなく体が動作を覚えていそうなものだ。だというのに、こうして斧を振るってみても、どうすればうまく薪が割れるのかまるで見当もつかない。

薪割りもろくにしないような怠け者だったんだろうかとため息をつきながらも、レイはもう一度斧に手を伸ばした。今までの自分がどうだったかは知らないが、今の自分は薪割りくらいできるようになりたいのだ。

重い斧を持ち上げようと、レイがぐっと柄を握りしめた、――その時だった。

「まあ待て、レイ。ちょっと貸してみろ」

低く太い声と共に、レイの背後からぬっと長い腕が伸びてくる。

レイの細い腕とは比べものにならないほど筋肉質で隆々としたその腕は、形こそ逞しい人間の男そのものだったが、見た目はまるで違っていた。その肌は艶やかな黒い鱗にびっしりと覆われており、筋張った太い指先には鋭く黒い爪が生えていたのだ。

レイが振り返った先には、同じく黒い鱗に覆われた、ゴツゴツとした恐竜のような顔がある。人間のそれとはまるで違う骨格、鋭い牙の覗く大きな口と、金色に輝く瞳を持つ彼は――……。

「アーロンさん」

「力任せじゃなく、腰使え、腰。じゃねぇと怪我するぞ」

名前を呼んだレイにそう言って、漆黒の竜人アーロンは片手でひょいと斧を持ち上げた。もう片方の手を軽く添え、頭上までスッと斧を振り上げる。

「いいか、こうやって高く掲げたらそのまま、斧が落ちるのに合わせて膝曲げて……」

「わ……」

パカンッと小気味よい音を立てて真っ二つに割れた薪に、レイは目を瞠った。ニッと笑ったアーロンが、割れた薪を摑んで言う。

「な?　斧の重さを利用すりゃ、余計な力はいらねえんだよ。ああでも、柄はしっかり握れよ」

すっぽ抜けると危ないからな、と忠告したアーロンが、先ほどレイが置いたものよりだいぶ太い丸太を切り株の上に置く。

「最初はこれくらいデカい方が狙いやすいだろう。いいか、丸太の中心に対してまっすぐ立つんだ。それで、こう斧を構えて……」

不安そうな顔をしたレイに気づいたのだろう。アーロンが鮮やかな真紅の瞳をふっと細めて笑う。

「なんだ、割れるか心配か?」

斧を下ろしたアーロンが、その逞しい腕をレイの方に伸ばしてくる。鱗に覆われた大きな手でレイの頭をくしゃくしゃと撫でたアーロンは、力強い声でレイを励ました。

「大丈夫だ。ちゃんと当たれば、ちゃんと割れる。物は試しだ。心配するより一度やってみろ」

「……はい!」

アーロンに促されて、レイは改めて斧を手にした。ぐっと柄を握りしめ、頭上に振り上げる。

「そうだ。そのまま、丸太の中心を最後までしっかり見て……」

「……っ!」

アーロンの助言通り、切り株の上の丸太を見つめながら斧を振り下ろすと同時に腰を落とす。すると、軽い手応えと共にパカンッと乾いた音を立てて、丸太が真っ二つに割れた。

「わ、できた!」

「な?　ちゃんと割れるって言っただろう?」

思わず歓声を上げたレイに、アーロンがフッと笑みを浮かべる。レイは声を弾ませてアーロンにお礼を言った。

「はい!　ありがとうございます、アーロンさん!」

「アーロンでいい」

目を細めたアーロンが、レイの手から斧を取り上げて言う。

「まあでも、この斧はお前には重すぎるな。今度もう一回り小さいのを用意しておくから、それまで薪割りはやめておけ」

「え……、でも……」

今だってできたし、続けていれば腕も鍛えられて多少の重さは平気になるのでは、と思ったレイだったが、アーロンは首を横に振って言う。

「怪我をしてからじゃ遅い。分かるな、レイ？」

「……はい」

聞き分けてくれ、と視線でやんわりと諭されて、レイは仕方なく頷いた。

確かに、アーロンの言う通りだ。怪我をして彼に迷惑をかけるわけにはいかない。

しゅん、と俯いたレイだったが、その時、空からクルルッと鳴き声が聞こえてくる。

見上げると、家畜小屋の屋根の上からスーッと飛んできた白い鳥がアーロンの肩へと舞い降りるところだった。大きさはレイの手のひらほどで、くりくりした真っ黒な瞳と細く黄色い嘴の他は、雪のように白い。

アーロンが世話をしているアルビノの仔フクロウ、ククだった。

「お、帰ったか、クク。なんだ、朝の散歩はもう終わりか？」

声をかけたアーロンが、黒い鱗に覆われた指先でその嘴をちょいちょいと撫でる。

問いかけにクルルと一声鳴いたククは、満足そうにアーロンの指先に嘴を擦りつけると、翼を広げてレイの肩に飛び移ってきた。

「わ……っ、ふふ、くすぐったいよ、クク」

ふわふわの頭を頬に擦り寄せられ、レイは思わず顔をほころばせる。クルクルと嬉しそうな鳴き声を上げるククの頭を撫でてやるレイに、アーロンが目を細めて言った。

「レイ、気持ちは分かるが、最初からなにもかもできる奴なんていやしねぇんだ。必要なことは俺がちゃんと教えてやるから、お前は一つずつ、ゆっくり覚えていけばいい」

低く太い声でゆったりとそう言ったアーロンが、再びレイに手を伸ばしてくる。

鱗に覆われた長い指で頬をさらりとくすぐられて、レイは思わず片目を瞑(つぶ)った。その様に、アーロンがふっと笑みを深くして続ける。

「なにより、俺はお前に怪我なんてさせたくねぇ。なんたって、お前は俺の『嫁さん』なんだからな」

「……っ、あの、アーロンさん、それは……」

レイが慌てると、アーロンがハハ、と声を上げて笑う。

「冗談だ。ま、レイさえその気なら、俺の方はやぶさかじゃねぇがな」

「っ！」

ちろ、といかにも意味ありげな流し目を送られて、レイは赤面してしまう。

「あ……、あんまりからかわないで下さい……」

いくら冗談だと分かっていても、そんなことを言われてどう答えたらいいか分からない。真っ赤になって俯いたレイに、アーロンがくっくっと笑う。

「悪い悪い、レイはいつもいい反応するから、ついな。まあ、嫁云々(うんぬん)は冗談としても、お前には俺がついてる。焦らずゆっくりやっていこうぜ。な？」

「アーロンさん……」

優しく寄り添うようなアーロンの言葉に、レイは胸の奥がじんわりとあたたかくなった。

まだ知り合って数日だが、アーロンはいつもこうして自分のことを気遣ってくれる。今みたいな冗談を言うのも、早くここの暮らしに慣れなくてはと前のめりになってしまっているレイを立ち止まらせ、肩の力を抜かせるためだ――……。

「……ありがとうございます。あの、改めて、これからよろしくお願いします、……アーロン」

ぺこりと頭を下げたレイに、おう、とアーロンが

笑う。

大きな手にくしゃくしゃと頭を撫でられて、レイははにかみつつ、自分よりずっと背の高いアーロンを見上げた。

金色の瞳を細めるアーロンは、人間とはまるで違う顔なのに、優しい表情をしているのが分かる。

慈しむような、包み込むようなあたたかいその笑みを見ていると、不思議と心が落ち着く気がした。

（……なんでだろう。なんだか、この人と一緒にいればきっと大丈夫だって思える。記憶のない僕でも、きっとなんとかやっていけるって）

小さく笑みを浮かべて、レイは肩に乗ったククの嘴を撫でた。

――記憶のないレイが、何故人ならざる竜人のアーロンから『嫁』と呼ばれ、彼と共に暮らしているのか。

その理由は、数日前に遡る――……。

◆◆◆

――目の前が、燃えている。

左目が、まるで真っ赤な炎に覆い尽くされているかのように熱くて、痛くて、レイは泥のような意識を必死に奮い立たせ、手のひらで目元を覆った。

「う……、あ……、な、なに……？」

ジンジンと走る痛みに呻きながら左目を押さえ、右目を瞬かせる。しかし、痛みのない右目に映ったのも、深紅に染まった真円だった。

宵闇に浮かぶ、大きなその球体は――……。

「月……？　なんで、月が赤いんだ……？　それに、ここは……？」

見間違いではないかと目を凝らしてみても、やはり目の前に浮かぶ満月は赤い。

レイは鉛のように重い体をのろのろと起こし、厚い靄がかかったような頭を必死に働かせた。

どうやら今は夜中なのか、辺りは真っ暗だった。

先ほどの強く赤い月光で眩んでしまったのか、片目だけでは物の形もはっきりとは見えない。

　ただ、冷たい夜気の中、鉄のような匂いが辺りに充満しているのを感じる。

（この匂いは……？　ここはどこで、今は何日なんだ？　いや、それよりも……）

　鈍い思考を懸命に巡らせた途端、あることに気づき、レイは愕然として目を見開いた。

（それよりも、僕は……、『僕』は、誰だ……？）

　自分で自分のことが分からない、そのありえない事実に、頭を強く殴られたような衝撃を覚える。動揺のあまり視界が二重にも三重にもぶれて、まるで船酔いでも起こしているかのように揺れて見えた。

「な……、なんで……、いや、『僕』は……」

　ちゃんと頭が働けば思い出せるはずだと、焦って自分のことを思い出そうとした途端、左目に激痛が走って、レイは呻いた。

「う、く……！」

　背を丸め、ぐっと手で目元を押さえて痛みを堪えながら、必死に記憶を探る。

　一体自分は誰なのか。

　名前は、職業は、家族は――？

「うあ……ッ！」

　脳裏に白い光に満ちた光景がよぎったその一瞬、頭の芯が焼けつくように痛くなって、レイは悲鳴を上げた。

（なんでこんな……。っ、でも……！）

　閃光が走った瞬間、鏡に映った自分の顔が見えた。黒髪のその少年は、誰かに『レイ』と呼ばれて振り返っていた――……。

（でも……、でも、あれは本当に『僕』だったのか……？）

　鏡に映っていたのだから、あれは自分の顔のはずだ。けれど、何かが違う気がする。

　まるでシャツのボタンを一つ掛け違えているかのような居心地の悪さを感じたレイは、顔にかかる髪を掻き上げようとして気づく。

赤い月光を反射して艶めくその髪は、先ほど見えた黒髪とはまるで違う、薄い金茶色をしていたのだ。

（なんで……）

震える指でそっと自分の髪に触れて、レイは茫然とした。

あれは……、あの少年はやはり、自分ではない。

だが、そうであるのなら自分は本当に、一体何者なのか――。

レイはぎゅっと目を瞑り、もう一度記憶を呼び覚まそうとした。しかし。

「……っ、駄目だ……。なにも思い出せない……」

どうにか手がかりを得ようと記憶を辿っても、まるで糸の先がぷっつりと切れてしまっているかのようになにも浮かんでこない。それどころか、思い出そうとすればするほど、左目の痛みがひどくなる。

瞳から頭の芯まで走る、刺すような痛みに呻いて、レイは唇を引き結んで顔を上げた。


どうやら少しずつ目が暗闇に慣れてきたようで、先ほどまではぼんやりとしか見えていなかった周囲が徐々に形を成してきている。とりあえず周りを確認しようと、レイはじっと目を凝らし、慎重に辺りを見渡した。

――しかし。

「え……」

周囲の光景を認識した途端、レイは驚きに目を見開いていた。

そこには、幾人もの人間が折り重なるようにして横たわっていたのだ。だが不思議なことに、誰一人として身動きしていない。

まるで眠っているかのように、ぴくりとも動かなくて――。

「あの……、……っ」

おずおずと近くの男に声をかけたレイは、あることに気づいて息を呑んだ。

「し……、死んで、る……？」

土気色の顔、瞬き一つしないその男に、ザアッと一気に血の気が引く。真っ青になったレイは、まさか、と震えながらも慌てて違う一人ににじり寄り、おそるおそる声をかけた。

「あ、あの……！　っ！」

しかし、レイが覗き込んだその女性もまた、すでに事切れていた。

動揺したレイは、茫然と周囲を見回して呟く。

「な……、なんで……。なんで、こんな……」

辺りには十数人の男女が折り重なるようにして倒れており、そのいずれも微動だにしない。

（まさか、全員……）

先ほど目を覚ました時に感じた鉄のような匂いの正体に気づいた途端、闇雲な恐怖が襲ってきて、レイは胸元の衣を強く握りしめた。

「どう、して……」

考えても分からなくて、どうしてこうなっているのか覚えていなくて、ガンガンと左目が、頭が痛む。

吐き気を覚えるほどのそれに、レイが青ざめた顔で唇を震わせた、──その時。

「……っ、遅かったか」

突如、頭上から低い声が聞こえてきて、レイは弾かれたように顔を上げた。

大きな丸い、赤い月を背に、真っ黒ななにかが翼を広げている。

「え……」

翼はあるのに、鳥とは明らかに違うそのシルエットに、レイは痛みも忘れて大きく目を瞠った。

──それは、一見逞しい体軀をした人間の男のように見えた。

しかし、その背には翼竜のような羽根のない黒い翼があり、男はその翼を力強く羽ばたかせて宙に浮いている。

更に、赤い月明かりに煌めく漆黒の肌は、よく見ると爬虫類のような鱗に覆われていた。衣を纏った長い足の間には太い尾のようなものが見え、細くなった尾の先が空中でゆらゆらと揺らめいている。

　上半身は簡素な胸当てと首元に布を巻いている以外ほとんど剝き出しで、隆起した胸元には大きな斜めの十字傷があった。鍛え上げられた巨軀はまるでそれ自体が分厚い鎧のようで、割れた腹や太い腕を覆う黒い鱗は指先まで続いており、その爪は獣のように鋭い。

　そして、なにより異様なのはその頭――。

　彼の首から上は、明らかに人間のものではなかったのだ。

　白い牙が覗く口は大きく、鼻先は前に突き出ている。顔の周りにはゴツゴツとした角のようなものがいくつも突出しており、まるで竜かトカゲのようだった。

　長い首元に巻かれた布と瞳孔の細い瞳は、彼の背後に浮かぶ満月よりも明るい、鮮やかな金。

　その黄金に輝く瞳は、射貫くように強く、まっすぐにレイを見据えていて――……。


「お前……」

「……っ、ひ……！」

　バサッと音を立てて翼を羽ばたかせ、自分の方に飛んできたその生き物に、レイは思わず悲鳴を上げて後ずさっていた。

（な……、なに……!?　これ、夢……!?）

　目の前の男はどう見ても人間ではないけれど、他にどう言い表したらいいのかも分からない。こんな生き物を見るのは初めてで、本当にこれは現実なのかと疑ってしまう。

　しかし彼はその場に降り立つと、青ざめたレイには構わず地面に膝をつき、強い口調で聞いてくる。

「お前、この村の生き残りか？　一体なにがあったんだ？　お前たちを襲った奴の行方は……」

「っ、ぁ……、や……！」

　ぬっと伸ばされた鋭い爪が生えた大きな手を、レイは咄嗟に身を反らして避けた。震える舌を必死に動かして、どうにか言葉を紡ぐ。

「た……、助け……っ、助けて……！」

悲鳴を上げたレイは身をよじり、しがみつくようにして地面を這った。とにかく逃げなくてはと思ったが、恐怖で体が硬直してしまって足が動かず、立ち上がることができなかったのだ。

もしかしたらこの死体の山は、目の前の生き物が築き上げたものなのかもしれない。あの鋭い爪なら、大勢を屠ることなどたやすいことだろう。

（僕も、このまま殺されるかもしれない……！）

雑草を握りしめ、少しでも前へと必死に逃げる。けれど、あまりの恐怖に頭の中は真っ白で、思うように体が動かない。

「おい、お前……」

「ひ……！」

背後から声をかけられて、レイは震え上がった。

とにかくこの得体の知れない大きな生き物が、怖くて怖くてたまらない。

一体この生き物は、なんなのか。何故、言葉を話せるのか。

これは本当に、現実なのか――。

（そうだ……、きっとこれは夢だ……！）

半ば縋るように、レイはそう思った。

だってこんな世界、自分は知らない。赤い月も、幾人もの死体も、訳の分からない生き物も、とても現実のこととは思えない。

自分のことを思い出せないのも、きっと夢の中の出来事だからだ――……。

「こ……、こんなの、夢に決まってる……！　全部夢なんだから、早く起きないと……！」

ぎゅっと目を瞑るレイの背に、おい、と低い声がかけられる。しかしレイはその声には応えず、震えながら必死に自分に言い聞かせた。

「起きろ……！　起きればきっと、なにもかも思い出せる……！　こんな……、こんな世界が、現実なはずない……！」

起きろ、と繰り返し自分に呼びかけながら、レイは強く目を瞑り続けた。

　しかし、夜風の冷たさも、鼻をつく血の匂いも、いつまで経ってもなにも変わらない。

　それでも息を詰め、目を閉じ続けるレイの背後で、男が低い声で唸る。

「思い出せるって……、お前、もしかして記憶がないのか？」

「………」

「おい、どうなんだ？　お前、なにが起きたのか覚えてねぇのか？」

　ぐいっと肩を摑まれて、レイは思わず目を開けてしまった。大きな手に強い力で振り返らされて、視界いっぱいに真っ黒な鱗に覆われたその異形の男が映る。

「ひ……っ、う、ううう……っ！」

　怖くて、怖くてたまらず、レイはぼろぼろと泣き出していた。

　こんな生き物、存在するはずがない。

　起きたら死体に囲まれていたなんて、そんなことが現実に起こるはずがない。

　それなのに、目の前には確かに人間ではない生き物がいて、周りの人間は皆死んでいて――。

「な……、なんで……？　なんで、こんな……っ、僕、僕は……っ」

　自分は一体、誰なのか。

　ここはどこで、どうしてこんな生き物がいるのか。

　なにが、起こったのか。

　もうなにもかも分からず、なにも信じたくない、なにも考えたくなくて、レイが声を上げて泣き続けていた、その時だった。

「……っ⁉」

　いきなりふわりと、レイの体が宙に浮く。大きく目を瞠ったレイは、自分の腹に黒い鱗に覆われた太い腕が回されているのに気づいて息を呑んだ。

　レイの頭上で、低い声が響く。

「……落ち着け、つっても無理かもしれねぇがな。

「……そんなに泣くな」

どうやら自分は今、背後から男に抱え上げられているらしい。そうと気づいたレイは、恐怖のあまり真っ青になって硬直してしまった。

「ひ、う……！　う……っ、うー……！」

もう駄目だ。

自分はこのまま、殺されてしまうんだ。そう思うと怖くて怖くて、ぼろぼろと涙が溢れてくる。

（こんな大きな生き物に抗ったって、無駄に決まってる……。僕は……、僕はもう、死ぬんだ……）

絶望に駆られ、声を押し殺してしゃくり上げるレイに、男が困り切ったような声を上げる。

「おい、別に俺はお前を取って食ったりしねぇって……、ああもう、埒があかねぇな」

ぼやいた男が、レイを小脇に抱えたまま立ち上がり、バサッと翼を広げる。ぐんっと力強く地面を蹴った男が宙に舞い上がったのに気づいて、レイはますますほろほろと涙を零した。

「ふ……っ、うう……っ、う……っ」

「……大人しいのは助かるが、こっちの罪悪感が半端ねぇな」

ため息混じりに呟いた男が、しっかりとレイを抱えてぐんぐん高度を上げていく。あっという間に遠くなる地面が怖くて、レイはか細い声でどうにか懇願した。

「お……、降ろして……、降ろして下さい……」

「お、やっとまともに喋ったな」

初めて男に向けて声を発したレイに、男がほっとしたように声をやわらげる。しかし男はレイの懇願を聞き入れるわけではなく、一層強くその翼を羽ばたかせた。

「高いところが怖いか？　けどお前、あちこち怪我してるしな」

男の言葉で初めて、レイは自分が手足に小さな切り傷を負っていることに気づく。

怖々と顔を上げたレイに、男が目を細める。こちらを見下ろすその瞳は、夜空に輝く星々とそっくり同じ、金色に煌めいていた。

「なるべく早く安全な場所に連れてくから、少し我慢しててくれ。まずは、その怪我の手当てをしねぇとな」

そう言った男が、高く舞い上がった空の上で翼を羽ばたかせて停止し、小脇に抱えていたレイを両腕で抱え直す。

逞しい胸元に抱き寄せられる格好になったレイは、震える手を怖々伸ばし、男の首元の赤い布を握りしめた。異形の生き物はまだ恐ろしくてたまらなかったけれど、なにかにしがみついていなければ落ちてしまいそうで怖かったのだ。

「俺の名はアーロンだ」

レイをじっと見下ろして、黒い竜が告げる。

「お前は俺が守ってやる。だからお前はなにも心配するな。な?」

低く優しげなその声に、レイは唇を引き結んで俯いた。

守ってやる、手当てをすると言うアーロンだが、その言葉を信じていいとは思えない。どうやら今すぐ自分を殺す気はないようだが、それでもこのままどこかへ連れ去られて、そこで食べられてしまうのではないだろうか——……。

「……っ、……っ」

ほとほとと、また泣き出したレイを抱きしめて、アーロンがため息を零す。

「……だから、泣くなって。……行くぞ」

一声かけたアーロンが、その大きな翼を羽ばたかせ、真紅の満月に向かって飛び立つ。

宵闇に溶けてしまいそうな漆黒の竜人の腕の中、レイの頰を伝う涙が冷たい夜風にさらわれていく。

赤い、赤い月光に煌めいた宝玉のようなその雫は、まるで流れ星のように夜空で砕け散り、暗闇へと吸い込まれていった——。

ふむ、と思案するような顔つきになった老翁を前に、レイは緊張に身を強ばらせていた。

「……では、お前さんは自分のことはなにも覚えていない、と」

改めてそう尋ねられ、正直に頷く。

「は、はい。目が覚めたら、もうなにも分からなくて……。かすかに記憶はあるんですが、なんというかその、自分のものではないような気がするんです。それに、思い出そうとすると左目が痛くなってしまって」

目を伏せたレイの横に座った少女が、不思議そうに首を傾げる。

「左目？　特におかしなところはなさそうだけどなあ。宝石みたいに綺麗な緑色の目じゃないか」

すらりとした足を組んでそう言う少女に、老翁が頷く。

「ああ。だがこの世には、見た目だけでは分からないことが山ほどあるからね。……どれ、少し見せてもらってもいいかい？」

「あ……、はい」

穏やかに促されて、レイは正座したままおずおずと顔を上げ、老翁に左目を見せた。

レイがアーロンと名乗るあの不可思議な生き物に連れてこられたのは、山深い谷間にある、小さな村だった。

時間にして二、三十分だったと思うが、絶望に暮れていたレイにとっては長すぎる距離で、アーロンが地上に降り立つ頃にはすっかり泣き疲れ、逃げ出す気力も失っていた。

小川沿いに丸太組みの家々が建ち並ぶその村に降りたアーロンは、村の奥にある一際大きな家の戸を叩き、この老翁グラートを呼び出した。

寝間着にガウンを羽織って出てきたグラートは、髪も、短く切り揃えた口髭も真っ白な、いかにも好々爺然とした人物だった。眼鏡の奥の瞳はおっとりと穏やかで、ゆったりとした口調も相まって、大型の草食動物を連想させる。

そしてアーロンはそのグラートに、しばらくの間頼むとレイを預けるなり、慌ただしくまた夜空に舞い戻っていったのだ——。

「……ふむ。やはり見た目では特に変わったところはなさそうだね。右目と見比べてみても、同じ色合いのようだし……」

「だよねえ、じいちゃん」

相づちを打つ少女はシュリと言って、グラートの孫娘だということだった。

年の頃は十五、六といったところだろうか。さっぱりとした口調の彼女は、燃える炎のような短い赤毛とすらりとした高い背も相まって、中性的な雰囲気の持ち主だった。

「自分でも見てみるかい？　はい、鏡」

「ありがとうございます」

シュリが差し出してくれた手鏡を受け取って、レイは自分の顔を見た。

こちらをじっと見つめ返してくる緑色の瞳は、グラートの言った通り、両目とも特に変わった様子はない。

年齢は十代後半くらいに見えるが、ひょっとしたら若く見えるだけなのかもしれない。肩まである薄い金茶の髪、白い肌、全体的に小作りな顔。

（……これが、僕）

初めて見る自分の顔は、やはりあの時フラッシュバックした記憶の中の少年とは似ても似つかない。

けれど、これは紛れもなく自分自身の顔なのだ。

よく見ればなにか思い出すのではないか、そう思ってじっと鏡を見つめたレイだったが、記憶を辿ろうとするとやはり左目が痛み出す。

苦痛に顔を歪めたレイを見て、シュリがすかさずレイの手から鏡を取り上げて言った。

「ちょっとあんた、あんまり無理しない方がいいよ。

記憶なんて、そのうち元に戻るかもしれないんだしさ」

「……はい」

戸棚に鏡をしまうシュリに頷いて、レイはそっと二人に尋ねてみた。

「あの……、あなた方はその、さっきの人と同じ種族、なんですか……？」

ここに連れてこられた時、レイはてっきりこの村にはアーロンのような竜の顔をした人間が住んでいるのだろうとばかり思っていた。仲間と共に自分を食うつもりかもしれないと震え上がったというのに、出てきたグラートはごく普通の人間だったので、すっかり拍子抜けしてしまったのだ。

その後に出てきたシュリもごく普通の人間に見えたこともあって、二人に促されるまま家の中まで入ってしまったのだが、見かけが違うだけで同じ種族ということもあり得るのではないだろうか。

おそるおそる聞いたレイに、シュリが笑う。

「違う違う、あたしらは普通の人間。じいちゃんはこの村の長をしててね。アーロンは竜人だよ」

「竜人……？」

聞き返したレイに答えたのは、グラートだった。

「ああ。竜人っていうのはね、まあアーロンを見たから分かると思うが、人間と竜が混じったような姿の種族のことを言うんだよ。彼らはあまり人間とは交流がないから、たとえ記憶があったとしても初めて見たなら驚いただろうね」

お茶でもどうだい、と微笑んだグラートが、湯気の立つ木製のカップを差し出してくれる。お礼を言ってそれを受け取って、レイはいい香りのするお茶に口をつけた。

「……美味しい」

ずっと気を張りつめていたせいか、あたたかさにほっとする。ようやく表情をゆるめたレイに、グラートが細い目をますます細めて頷いた。

「そりゃあよかった。記憶を失ったなんてさぞ不安だろうが、もう心配することはないよ。お前さんのいた村が何故襲われたのかは分からないが、ここにいればアーロンがお前さんを守ってくれるだろう」

「……僕、あの人に食べられるんだとばかり思っていました。きっと殺されてしまうんだって……」

正直に打ち明けたレイの言葉を聞いて、シュリが苦笑する。

「あの見た目だからね。あたしも最初にアーロンに会った時はびっくりしたよ。でも、悪い奴じゃない。実際、あんたに手当てもしてくれただろ?」

そう言われて、レイは思い出す。

アーロンはここを去る前、レイの傷ついた手足に手のひらを翳して、何か呪文のようなものを呟いていた。あたたかな橙色の光がほのかに光った次の瞬間、レイの怪我は跡形もなく消えていたのだ。

「あれは一体、なんだったんですか？　まるでその……、魔法、みたいな……」

魔法なんて、現実の世界にあるわけがない。そうと分かっていても、一瞬で傷を治したあの光を他にどう言い表せばいいか分からなくて躊躇いつつ口にしたレイに、グラートはあっさりと頷いた。

「ああ、そう呼ばれることもあるようだね。ここらじゃ方術と呼んでいるが」

「ほ……、方術……？」

「自然の力を借りて火を熾したり、怪我の治療をする術のことだよ。まあ、人間で使えるのはごく一部で、アーロンのような竜人や獣人が使える特別な力なんだがね」

ごく当然のことのようにそう説明されて、レイは軽い眩暈を覚えた。

（……なにを言ってるんだろう、この人は……）

言われた言葉の意味は分かるのに、グラートの話はレイには到底理解しがたいものだった。

（魔法？　いや、方術だっけ……。ううん、呼び方なんてどうでもよくて……）

そんな力が本当に存在しているとでも言うのだろ

うか。しかし、グラートは嘘（うそ）や冗談を言っているようには見えないし、おかしな人にも思えない。隣のシュリも、先ほどの話を聞いても表情を変えることはなく、彼らにとってそれはごく当たり前のことのようだった。

　けれど、レイのかすかな記憶の中では、そんな力は架空の物語の中にしか出てこないはずだ。それとも自分の記憶がないだけで、本当はそういった力やあのアーロンのような竜人という存在も、ごく当たり前に存在するものなのだろうか。

（……でも、そもそもこの記憶は、本当に僕自身のものなのか?）

　例えばこの建物も、今着ている衣服も、レイにとっては見慣れないものだ。目の前にいるグラートやシュリ、先ほど鏡で見た自分の顔も、外国人のように思えてならない。

　自分の記憶の中の風景では、自宅は茅葺（かやぶ）きの平屋だった。その周囲にはのどかな田園が広がっていて、穏やかな陽光が降り注ぐ中、小川のせせらぎと鳥の声が響いていて――。

（そうだ……、『僕』は男子高校生で、農家の祖父母と一緒に日本の田舎（いなか）に住んでいたはずだ）

　だがその記憶は、あの黒髪の少年、『レイ』のものだ。

　彼は、自分ではない。そのことは、先ほど鏡を見た時にも確信している。

　でも、それなら何故、彼の記憶が自分にあるのだろう。自分の記憶はないのに他人の記憶があるなんてこと、あり得るのだろうか。

　あの『レイ』は自分とはどういう関わりがあるのだろう。

　自分自身は、一体誰なのだろう――……。

（……っ、駄目だ。やっぱり、思い出そうとすると左目が痛い……）

　内心ため息をついたレイだったが、その時、ふとシュリがレイの方に身を乗り出してくる。

「ん？　なあ、あんた。それ、もしかして……」

「え？」

ちょっといいかい、と一言断ったシュリが、レイの胸元に手を伸ばしてくる。彼女が手にとったのは、レイが首から下げていたペンダントだった。

涙型をした深い青の石の中には、なにか紋様のようなものが浮かんでいる。じいちゃん、とシュリに呼ばれたグラートが、その石を見てレイに告げた。

「おお、お前さんはどうやら医者らしいね」

「医者？　僕がですか？」

驚くレイに、シュリが頷いて言う。

「ああ。これは医師の証なんだよ。これは王都の学校で医学を修了した証でね、これを持っているってことは、あんたは医者だってことだ」

どうやらこのペンダントは、医師免許のようなものらしい。

（僕が、医者……）

じっと石を見つめるレイに、グラートが尋ねてくる。

「お前さん、自分のことはなにも覚えていないようだが、さっきかすかに記憶があると言ってたね。自分のものじゃない気がするって。それはどういう記憶なんだい？」

「……断片的なんですが、その記憶の中で、僕は日本の田舎に住んでいる、レイという高校生なんです。でも、顔や髪の色は今の僕とは全然違います。彼は農家の祖父母と一緒に暮らしていて……」

自分でも自分の記憶を呼び覚ましながら、懸命に説明する。

しかし、レイの話を聞いたグラートとシュリは、顔を見合わせて言った。

「ニホンというのは、国の名前かい？　あいにく聞いたことがないが……」

「あたしもない。それに、その、コウコウセイ？　それはどんな職業なんだ？」

「え……」

不思議そうに聞かれて、レイは戸惑ってしまう。

(日本を知らないのはともかく、高校生が分からないなんてこと、あるのか……?)

先ほどグラートは王都に学校があると言っていたから、てっきり高校もあるのだろうと思ったのだが、この国の学校制度は日本とは違うということだろうか。

「あの、ここはなんていう国なんですか? 日本っていうのは、アジアの島国なんですが……」

ここがどこだか分かれば、日本の説明もできるかもと思って聞いたレイだったが、二人はますます首を傾げる。

「ここはカーディアだよ。……けどごめん、そのアジアってのもあたしには分からないや」

「私も覚えがないね。そのアジアも、国の名前なのかい?」

グラートにそう聞かれて、レイは茫然としつつ答えた。

「いえ、あの……。アジアというのは、地域の名称です。僕も、カーディアという国は聞いたことがないです……」

一体どういうことなのか。自分は今、どこにいるのか。

混乱しかけたレイだったが、その時、開いていた部屋の入り口から低い声が聞こえてくる。

「……もしかするとその記憶は、お前の前世の記憶かもな」

振り返ったレイは、そこに立っていたアーロンに目を瞠った。息を呑んだレイをよそに、グラートがアーロンに声をかける。

「ああ、お帰り、アーロン。どこへ行っていたんだい?」

「さっきの村だ。奴の手がかりが残っていないか確認したかったし、それに遺体をあのままにはしておけなかったらな」

埋葬してきた、とそう言ったアーロンが、こちらに歩み寄ってくる。淀みないその足取りに、レイはこくりと喉を鳴らした。

（う……、動いてるし、喋ってる……。本当に、生きてるんだ……）

　先ほどは翼があったアーロンだが、出し入れが可能なのか、今はその背に翼はない様子だ。

　翼のことを抜きにしても、改めて目の当たりにした彼の姿形は、やはりレイにとっては不思議なもので、本当に現実にこんな生き物がいるのかと、まだ信じられないような心地がする。しかしアーロンは、目を丸くしているレイに歩み寄ると、その場に膝をついて意外な言葉を口にした。

「……さっきは悪かった。お前が俺に怯えているのは分かってたんだが、この姿じゃないと飛べないからな。怖がらせてすまん」

「え……、いえ、あの」

　まさか謝られるなんて思ってもみなかったレイは、咄嗟になんと返していいか分からず言葉に詰まってしまう。と、その時だった。

　クルルルッと高い鳴き声がして、どこからともなく白い小鳥が飛んでくる。一直線にアーロンの肩に飛来したその鳥は、普通の鳥よりも随分丸っこいシルエットをしていた。

「……っ」

　驚いたレイをよそに、小鳥はそのくりくりした目をアーロンに向けると、カルカルと威嚇するような声で鳴き始める。肩の上で何度も足踏みし、抗議するように翼を広げてカルカル鳴いているその小鳥に、アーロンが謝った。

「ああ、置いていって悪かった、クク。そう文句言うなって。……痛っ」

　なだめるアーロンの肩の上をぴょんぴょんと跳んだ小鳥が、彼の顎を嘴でつつき始める。カルルッと怒ったような鳴き声を上げて、アーロンの顔を遠慮なく突っつく小鳥に、レイは呆気にとられてしまった。

シュリが苦笑して教えてくれる。

「あれはクク。アルビノの仔フクロウでね、巣から落ちてたところをアーロンが拾って、世話してやってるんだ。アーロンが留守の間うちで預かってたんだが、置いていかれて相当怒ってたみたいだね」

さっきまであそこにいたんだよ、と指し示された部屋の片隅には、ちょうど小鳥がとまれそうな帽子かけがある。気づかなかった、と目を瞬かせたレイに、シュリがこっそり耳打ちしてくる。

「出かける時も、ああしてさんざん怒られてたんだよ。あんな悪人面で、あんなちっちゃい仔フクロウ相手に頭が上がらないとか、面白すぎて放っておいたけど」

「おい、聞こえてるぞ、シュリ」

悪人面とはなんだ、としかめ面をしたアーロンに、まるでよそ見をするなと言わんばかりに、ククがまたカルルッと抗議する。

「分かった、分かった。俺が悪かったから、許してくれ。な、クク？」

カルカルと怒っているククをなだめるアーロンは、しきりに嘴でつついてくる仔フクロウを追い払う様子はなく、したいようにさせてやっている。

痛いと呻く彼が苦笑のようなものを浮かべているのに気づいて、レイは驚いた。

（え……、わ、笑ってる……？）

竜の顔を間近で見るなんて、もちろんこれが初めてだ。彼が爬虫類なのか哺乳類なのかは分からないが、彼に似たような頭の生き物、例えばトカゲや恐竜にも表情があるなんて、今まで考えたこともなかった。

だが、今レイの目の前で目を細め、口元をゆるめている彼は、どこからどう見てもククのことを溺愛しているようにしか見えない。なにをされても許してしまうほどククのことが可愛くて仕方ないのだろうと、端から見ていてはっきりと分かるのだ。

（……竜人って言ったっけ。彼も小動物を可愛いとか、思ったりするんだ……。それどころか、普通に笑ったりもするんだな……）

ついさっきまで怖いとばかり思っていたはずなのに、小さな仔フクロウ一羽に振り回されているその姿は、なんだか微笑ましくさえある。

こんな笑い方をする彼が、小動物を愛でる心のある彼が、人間を殺したり食べたりするとは、到底思えない――……。

（……もしかしたら、思っていたより怖くない、のかも）

そう思ったレイは、知らず知らずのうちに口元をゆるめていた。

と、そこでレイの視線に気づいたアーロンが、まだカルカル怒っているククを大きな手で押しとどめて、不思議そうに首を傾げる。

「お前……、その瞳……」

「……瞳？」

思わず聞き返したレイだったが、アーロンはしばらくじっとレイの目を見つめた後、ゆるりと頭を振って言う。

「……いや、悪い。俺の勘違いだったみたいだ。さっきは少し違う色に見えたんだが、月明かりのせいだったんだろうな」

一人で納得したアーロンに、どういうことか聞こうとしたレイだったが、それより早くアーロンが続ける。

「ああ、そうだった。いつまでもこの姿で悪かったな。少し待ってくれ。今、姿を変えるから」

「え……」

姿を変えるって、と戸惑うレイだが、アーロンはそれには構わずすっとその真紅の瞳を閉じる。

次の瞬間、目の前の彼の姿が変化し始めて、レイは大きく目を瞠った。

「……っ！」

それはまるで、吹き付ける穏やかな風に花びらが舞うような光景だった。

一枚、また一枚と、彼の漆黒の鱗が煌めきながら宙に消え、なめらかな褐色の肌に変わっていく。

高い鼻梁、形のいい、少し厚めの唇、意思の強そうな眉に彫りの深い顔立ち、短い黒髪――。

瞬く間に、レイの目の前には一人の精悍な男が現れていた。

年齢は三十代前半くらいだろうか。ゆっくりと開かれた二重の瞳は、彼が人間とは異なる者である証であるかのように、黄金に輝いている。

肩に乗ったククが、居住まいを正すようにパタパタッとその小さな翼を広げる。ん、とククの嘴をなめらかな肌に覆われた指先で撫でて、その男――、アーロンが言う。

「……とりあえず、呼び名がないと困るな。記憶が戻るまで、お前のことはレイと呼んでいいか？」

「…………」

「おい？」

怪訝そうに聞かれたレイは、咄嗟に返事をした。

「あ……っ、は、はい」

よし、と頷いたアーロンが、目尻に皺を寄せて笑いながら言う。

「じゃあ改めて、俺の名はアーロンだ。よろしくな、レイ」

「は……、はい……」

差し出された大きな手も、確かに人間のものだ。

まじまじとその手を見つめたレイは、ハッと我に返り、慌てて手を握り返した。しかし、握手している間も今見た光景が頭から離れず、放心してしまう。

（……なんだ、今の）

見間違いではないかと何度も目を瞬かせるが、目の前のアーロンは確かに人間の姿をしている。

（これも魔法？　いや、方術だっけ……）

姿形が変わるなんてそんな馬鹿なと思うが、実際に変化するところを目の当たりにした以上、これが現実であることを認める他ない。

（本当に……、本当に、あんな魔法みたいな力があるんだ……）

茫然としているレイをよそに、シュリがアーロンに聞く。

「それで、アーロン。さっき言ってた前世ってのは、一体どういう意味？　レイの記憶は前世の記憶だって、そういうこと？」

話を元に戻したシュリに、アーロンは頷いて言った。

「ああ。そうじゃねぇかと、俺は思ってる。それにおそらく、レイの前世は異世界の人間だったんだろうな」

「異世界？」

突拍子もない話に、レイは目を瞬かせた。シュリもまた、首を傾げて聞く。

「異世界って……、つまり、この世界とは違う世界ってこと？　そんな世界があるの？」

「ああ、あるさ。グラート、あんたなら聞いたことがあるんじゃないか？　ここととは違う、異世界が存在しているって話を」

アーロンに話を振られたグラートが、思案気な顔で答える。

「確かに、聞いたことがあるね。理由は不明だが、時々その世界から飛ばされてくる人間がいる。彼らの世界には方術がなくて、獣人や竜人もいないらしい、と。……レイの話は、確かにここととは違う世界のことのようだった」

考え込むグラートに、アーロンが頷いて言う。

「レイが持っている医者の証はこの世界のものだし、おそらくレイ自身はこちらの世界の人間なんだろう。だが、レイが今持っている記憶は、前世だった異世界の人間のものなんじゃないか？」

どうも聞こえてきた話ではそう思えると言うアーロンに、シュリも頷く。

「確かに……。ニホンなんて国はこの世界にはないし、コウコウセイってのもよく分からないしな。レイの前世が異世界の人間で、その記憶なんだとした

ら、説明がつく」

「……僕の前世が、異世界の人間、ですか」

瞬きを繰り返しながら、レイは呟いた。

アーロンの仮説が本当かどうか、判別することはできない。大体にして、前世というものが本当にあるのか、異世界が本当に存在するのかさえ、定かではない。

だが、自分のもののようで、明らかに自分ではない人間の記憶があるというこの感覚が前世の記憶というのは、なんだかしっくり来るような気がする。

(僕の前世は、あの『レイ』だった……?)

じっと俯いて考え込むレイに、アーロンがその低い声をやわらげて言う。

「レイ、これはあくまでも俺の予想だが、お前はあの村が襲われた時に、頭を打ったかひどく動揺するようなことが起きて、一時的に自分に関する記憶を失ったんじゃないだろうか」

「……はい。僕もそう思います」

自分が記憶を失った詳しい経緯は分からない。けれど、あの村が襲われた時になにかあったことは間違いないだろう。

頷いたレイに、アーロンが痛ましそうな表情で続ける。

「たとえお前自身の身になにもなかったとしても、あれだけ大勢の人間が命を奪われる場面を目の当たりにしたんだから、無理もない話だ。……自分のことが分からないのは不安だろうが、ひとまず今ある記憶は前世の記憶ということにしておけば、少しは落ち着くんじゃないか?」

「あ……」

その一言で、彼が自分のことを思って記憶のことを整理しようとしてくれているのだと気づいて、レイは改めてまじまじとアーロンを見つめた。

(この人……)

前世も異世界も、定かな話ではない。けれど、アーロンが自分を気遣ってくれた、その気持ちが嬉しい。

彼の言うことなら、信じてみてもいいかもしれない――……。

「……そうですね。そう考えてみることにします」

こくんと頷いたレイに、アーロンが少しほっとしたような顔つきになる。

「ああ。とりあえず、な」

ニッと笑ったアーロンだったが、その時、彼の姿が徐々に元の竜人のものに戻っていく。

指先からサアッと、今度は黒い花びらが降り積もるようにして鱗に覆われていく様に目を丸くしたレイに、アーロンが謝った。

「……悪いな、この術はわりと力を使うんだ。お前がいた村を襲ったのは、俺が五年前から仇として追っている奴でな。さっき村に戻った時に、なにか手がかりが残っていないか探ろうとしてかなり力を消耗したから、あまり長く人間の姿を保っていられないんだ」

クルル、と首を傾げたククに小さく笑いかけ、ふう、と少し疲れたように息をついたアーロンが、また目を閉じる。もう一度人間に姿を変えようとしているのだと気づいて、レイは慌てて彼を遮った。

「あ……、あの、僕ならもう大丈夫ですから、どうぞそのままでいて下さい。こっちの姿なら、その、力？　それを使うことはないんですよね？」

「そりゃそうだが……。でも、お前はこの姿が怖いだろう？」

やはりアーロンは、自分を怖がらせないために姿を変えようとしていたらしい。レイは一度呼吸を整えると、アーロンを見上げて言った。

「……怖がったりして、すみませんでした。でももう平気です。さっきも、助けて下さったのにお礼も言わず、申し訳ありません。手当てまでして下さって、本当にありがとうございます」

正直まだ夢を見ているみたいな心地で、本当に自分は記憶を失ってしまったのかとか、これからどうしたらいいんだろうとか、頭の中は不安でいっぱいだ。

けれど、あのままあそこにいたら、きっと自分はもっとパニックに陥り、どうしていいか分からず途方に暮れてしまっていたはずだ。

今、自分がなにはともあれ落ち着くことができたのは、紛れもなく彼がここに連れてきてくれたおかげだ。傷の痛みに苦しまずに済んでいるのは、彼が手当てしてくれたおかげなのだ。

それに。

「……亡くなった方たちを弔って下さったことも、ありがとうございました。思い出せないのはつらいけど、でも少なくともあの方たちは僕と関わりのあった人たちなんだと思います。……もしかしたら、あの中には僕の家族もいたのかもしれない」

本音を言えば、家族の顔すら思い出せないことがもどかしく、自分で自分が情けない。

もし本当にあの中に自分の家族がいたとしたらと思うと、申し訳ない気持ちになる。自分のことで頭がいっぱいで、彼らに手を合わせることもできなかったことが、今更ながらに悔やまれて仕方がない。

けれどアーロンは、その彼らを弔ってきてくれたのだ。

「本当なら、生き残りの僕がやらなければならないことでした。あの方たちを埋葬して下さって、本当にありがとうございました」

彼は自分にとってかけがえのない恩人だ。

改めてそう思い、頭を下げてお礼を言ったレイを驚いたように見つめていたアーロンだったが、やがてその金色の瞳をふっとなごませて微笑む。

「いや……。……お前は優しいんだな、レイ。それに、見た目よりずっと強い」

「……それは、アーロンさんたちのおかげです」

こうして周りを見る余裕ができたのは、アーロンたちが自分の状況を整理してくれたおかげだ。ありがとうございます、と改めてグラートとシュリにもお礼を言ったレイに、アーロンが言う。

「……早く思い出せるといいな。お前にとってはつらい記憶かもしれねぇが」

「……はい」

アーロンの言う通り、きっとそれはひどくつらい記憶だろう。けれど、起こってしまったことは変えられないし、受けとめるしかない。

（僕は、僕のことを知りたい。本当はなんていう名前なのか、どんな医者だったのか、……あの亡くなっていた人たちと、どんな関係だったのか）

頷いて唇を引き結んだレイだったが、その時、アーロンの肩にとまってこちらをじっと見つめていたククが、その小さな翼を広げる。自分の肩に飛び移ってきたククに、レイは驚いて小さく息を呑んだ。

「……っ？」

クルル、と軽やかな鳴き声を上げたククが、レイの頬に頭を擦りつけてくる。レイがふかふかの羽毛の感触に目を丸くしていると、アーロンが少し意外そうに告げた。

「驚いたな。ククは普段俺以外、誰に対しても無関心なんだが」

「そ……、そうなんですか……？」

とても人懐っこそうに見えるのに、と戸惑うレイに、シュリが笑って言う。

「そうだよ。あたしなんか、触ろうとすると噛みつかれるもん。まあ、痛くはないいんだけど」

「レイなら撫でられるんじゃないかい？」

やってごらんよ、とグラートに促されて、レイはおそるおそるククに指を伸ばした。クルルッと首を傾げたククが、レイの指先に嘴を擦りつけてくる。

「わ……」

「……どうやらお前のことを気に入ったらしいな」

優しく微笑んだアーロンが、ククを見つめて言う。

「元気を出せ、だとさ」

「そうなんだ……。……ありがとう、クク」

お礼を言ってそっと嘴を撫でると、ククが気持ちよさそうに目を閉じ、クルクルと鳴き声を上げる。

表情をやわらげたレイを見て、シュリが明るい声で言った。

「さてと！　じゃあレイが当面暮らすところを決めないとな。うちでいいよね、じいちゃん」

「ああ、もちろん。ちょうどお前の隣の部屋が空いているだろう。あそこを片づけて……」

さくさく話を進める二人に驚き、レイは慌てて遮った。

「ま……っ、待って下さい！　そんな、これ以上お世話になるわけにはいかないです……！」

ただでさえシュリたちには、こんな夜中に突然押しかけて迷惑をかけているのだ。これ以上厚意に甘えることはできないと、そう断ろうとしたレイだったが、シュリはそれを明るく笑い飛ばす。

「困った時はお互い様なんだから、遠慮なんてすることないよ。それに、記憶もないのに他にどこに行こうっていうんだい？」

「それ、は……」

確かに、ここを出たところでレイに行く当てなどあるはずもない。

「でも、その……。やっぱり僕みたいな得体の知れない男が、年頃の娘さんのいるお宅にお邪魔するわけには……」

いくらグラートがいいと言ってくれても、やはりそこは遠慮しなければならないだろう。

しかし、レイの言葉を聞いた途端、当の本人であるシュリは、おかしそうに吹き出した。

「あはは、あんた、そんなこと気にしてんの？　大丈夫大丈夫、あたし、絶対あんたより強いから」

「そ……、それはそうかもしれないけど」

健康的に日焼けしているシュリは、確かにレイよりも腕っ節（ぶし）は強そうだ。自分で自分が情けなくなりつつも容易には頷けないレイだったが、そこでアーロンが口を挟んでくる。

「……なら、俺んとこに来るか？」

「え……」

思いがけない一言に、レイは驚いてアーロンを見つめた。黄金の瞳をやわらげて、アーロンが言う。

「さっき仇を追ってるって言っただろう？　俺はその為に一族の元を離れて、この村から少し離れた森に住んでいてな。一人暮らしで、お前が気兼ねするような相手もいないから、ちょうどいいだろ。ククもお前に懐いてるしな」

「あ……、で、でも、突然押しかけたりしたら迷惑じゃ……」

戸惑うレイだったが、アーロンは長い首を横に振って言った。

「迷惑だったら最初から言わねぇよ。それに、俺はお前のいた村を襲った奴を追っているって言っただろ？　お前が記憶を取り戻したらなにがあったのかすぐに聞きたいし、第一、奴が村の生き残りのお前に危害を加えようとする可能性もあるからな」

一人になるのは危ないと言うアーロンに、グラートも同調する。

「確かに、その危険性はあるだろうね。それに、あの村のことは私から王都に報告をするつもりだ。レイのことも問い合わせてみるから、そうしたらなにか分かるかもしれない」

「そうだね。医者って手がかりもあるし、きっとすぐに事情が分かるはずだよ」

頷いたシュリに、レイはなおも躊躇して言った。

「あの、でも……、いいんでしょうか。僕、よそ者なのに、そんなにお世話になってしまって……」

自分のことも、この世界のことも分からない今のレイは、彼らの厚意に甘えるしかない。けれど、記憶がいつ戻るか分からないし、たとえ記憶が戻ったとしても、身一つの自分が彼らになにかお礼ができるとは思えない。

「いくらグラートさんが村長さんでも、一応村の皆さんにも許可を取ってからの方がいいんじゃないかと思うんですが……」

突然よそ者の、しかも記憶喪失の自分が村に住むなんて、嫌がられて当然だ。まずは話をしてからの方がいいのではと後込みしたレイに、シュリがニヤニヤと悪戯っぽい笑みを向けてくる。

「ああ、それなら心配しなくても大丈夫だよ、レイ。皆にはあたしから、アーロンが嫁をもらったって言っとくから」

「え……、よ、嫁？」

いきなり飛び出した単語にぽかんとしたレイだったが、あろうことかグラートまでシュリの話に便乗してくる。

「ああ、それはいい。そういうことなら、誰も文句は言わないだろうね」

「でしょ？　別にあたしのお婿さんでもいいんだけど、アーロンのとこに住むなら、アーロンの嫁の方がいいよね」

名案でしょ、と笑うシュリに、レイは慌ててしまった。

「あ……、あの、僕は男で……」

「男同士で結婚したっていいじゃない？　まあ、確かに珍しいけどさ。あたしも男よりは可愛い女の子の方が好きだし」

「え……っ、え!?」

さらっとすごいことをカミングアウトされた気がするが、思わずちらりと見やったグラートはすでにそのことを知っているらしい。特に驚いた様子もなく、ただ苦笑を浮かべているグラートに、レイの方が驚いてしまった。

（……この世界って、そういう感じなんだ）

自分の覚えている『レイ』の世界では、同性愛はまだまだ世間の理解を得ていなかったと思うが、こちらの世界ではそこまで珍しがられたり、差別されたりするわけではないらしい。

いいことだなとは思うが、だからといって自分がアーロンとどうこう、というのはまた別の話だ。

「あの、でも僕がお嫁さんなんて、いきなりそんなこと、余計にアーロンさんにご迷惑がかかりますから……」

慌ててシュリをとめようとしたレイだったが、当のアーロンがそれをさらりと遮る。

「別に迷惑じゃないぞ?」

「い……、いえ、でも……」

「俺は独り身だしな。レイは素直で性格もよさそうだし、なんなら本当に嫁に来てもらっても……」

「……っ、待って下さい、アーロンさん……!」

「冗談だ」

焦るレイに、アーロンがくくく、と笑い声を上げる。楽しそうに目を細める彼に、レイはがっくりとうなだれてしまった。

「アーロンさん……」

「そんなに心配するな、レイ。なにせこの村の連中は、竜人の俺のことも受け入れてくれているくらいだからな。お前が記憶喪失だからという理由だけで拒むような者は、ここにはいない」

微笑むアーロンに、グラートも頷く。

「ああ、それについては村長の私も保証するよ。だからレイ、お前さんは安心してここで暮らしてくれたらいい」

にこにこと穏やかに言うグラートの横で、シュリも再度勧めてくれる。

「そうしなって、レイ。あたしらも、このままあんたを見送るなんて心配だしさ。しばらくここでアーロンと一緒に暮らして、王都からの知らせを待つといいよ。その間に記憶が戻ったら、それはそれで知り合いを探せばいい話なんだしさ」

「シュリさん……」

呟いたレイに、シュリは照れたように笑った。

「やだ、呼び捨てでいいって。レイ、多分あたしより年上なんだろうし」

「医者ってことは、少なくとも二十は超えているはずだな。……それよりずっと若く見えるが」

笑ったアーロンに、シュリがうろんな目を向ける。

「年齢お化けのあんたに言われたかないけどね。レイ、竜人ってすごく長生きでね。アーロンなんてもう三百歳超えてんだって」

「三百!?」

とてつもない数字に驚いたレイだったが、アーロンは肩をすくめてこともなげに訂正する。

「正しくは三百三十五歳、だけどな。竜人族は長命だからな、千歳まで生きる奴もいるんだ」

「…………」

途方もない話に、レイは黙り込んでしまった。

俺の話はいい、と苦笑したアーロンが、改めてレイに聞いてくる。

「同居の件、もちろん無理にとは言わないが、どうだ？　竜人の俺と暮らすのに抵抗があるのなら、村の他の奴に頼むが……」

「そんな……！」

アーロンの言葉に、レイは慌てて頭を振った。

「アーロンさんは僕の恩人です。抵抗なんてそんな、あるわけがありません」

確かに最初は彼の容姿に驚いたが、今はもう自分が間違った先入観を持っていたと分かっている。助けられた上に世話になることを申し訳なく思いこそすれ、抵抗があるなんて思うわけがない。

レイは姿勢を正し、アーロンを見上げてきちんと自分から頼んだ。

「……お言葉に甘えて、アーロンさんのお世話になってもいいでしょうか。雑用でもなんでもしますし、なるべくご迷惑にならないよう気をつけます」

レイの一言に、アーロンが金色の瞳を優しく細めて頷く。

「ああ、もちろんだ。さっきも言ったが、迷惑なんてことはないから、遠慮せず来てくれ」

よろしくな、とアーロンが再び手を差し出してくる。漆黒の鱗に覆われたその大きな手を、レイは今度は躊躇わずぎゅっと握り返した。

「はい、よろしくお願いします」

さらさらとした鱗が、ひんやりと心地よくレイの手を包み込む。

――これが、レイとアーロンの二人暮らしの幕開けだった。

ふう、と一息ついて、レイは屈んでいた姿勢から身を起こした。ぐーっと後ろに反り返って、腰を伸ばす。その足元には、麻紐でひとくくりにした薪があった。

――レイがアーロンの家で暮らし始めて、数日が経った。

よく晴れたこの日、レイはアーロンを手伝って薪割りをしていた。とはいえ、斧が重すぎるからと途中でとめられたレイは、あの後結局、鉈で小枝を落とす作業くらいしかしていない。今ひとくくりにした薪も、ほぼアーロンが薪割りしてくれたものだった。

（せめて、運ぶのくらいは頑張らないと）

割った薪は、日当たりのいい場所に積み上げて乾燥させる。そのままでは水分が多くて燃えにくいため、一年ほどかけてじっくり水分を抜く必要があるのだそうだ。

（一年前から用意しておかなきゃならないって、大変だなあ）

いくら用意していたものから順繰りに使うとはいえ、必要な数を把握し、管理するのは計画性がなければできないことだ。電気もガスもない世界では、燃料一つとってもこんなに手間がかかるのだとは思ってもみなかった。

麻紐でひとくくりにした薪を、両腕で抱え上げて運ぼうとしたレイだったが、ひと呼吸早く、脇から黒い鱗に覆われた腕が伸びてくる。

腕の先、逞しいその肩には、ちょんと小さな白い仔フクロウが乗っていた。

「俺が持っていこう」

「え……っ、だ、駄目です、アーロン……っ」

慌てて取り返そうとするが、大きな薪の束をククがいる方とは逆の肩に軽々と担いだアーロンは、まったく取り合う気がないらしい。

「レイにこれは重すぎるだろう。持ち上げたら潰れるんじゃないか？」

「アーロン……、僕、さすがにそこまで非力じゃないです。……多分」

そう思いたいが、この体はとにかく貧弱なようなので、ちょっと自信がない。

小声で付け加えるレイに、アーロンがおかしそうに笑う。

「多分じゃ任せられねぇな。いいから、これは俺に任せろ」

「そんな、ほとんどなにもしてないんですから、せめて運ぶのくらいやらせて下さい……！」

お願いですからと頼み込めば、アーロンは苦笑を浮かべつつ、隣にあった小枝の束をくるりと器用に尻尾(しっぽ)で持ち上げた。

「なら、レイはこっちを頼む。切り口が鋭いところもあるから、気をつけろよ」

クルル、と鳴いたククが、アーロンの肩から束になったその小枝の一つに飛び移ってくる。小首を傾げてレイをじっと見つめるククに、アーロンがふっと笑って言った。

「な？　ククも、こっちにしろって言ってる」

「……分かりました。すみません」

そう言われてしまっては、意地を張り続けることもできない。

レイは恐縮しつつも小枝の束を両手で抱え、アーロンの後について敷地の一角へと向かった。

アーロンの家は、彼が話していた通り、村から少し離れた森の奥にあった。どうやら彼は五年ほど前にこの村にやってきたらしく、村長であるグラートの厚意でこの山小屋を借り、そこに一人で暮らしているらしい。

　山小屋には毎日のように村人たちが訪れ、野菜や料理などのお裾分けを置いていってくれる。この村の人たちは皆アーロンと親しくしているようで、二人の食卓はここのところ村人たちからのお裾分けで溢れていた。

　ここの連中は皆もてなし好きでな、とアーロンが言う通り、村人たちはよそ者のレイにも優しく、親切だ。しかし困ったことに、レイはアーロンのところに嫁に来たとシュリから聞かされているらしく、来る人来る人におめでとうと祝われてしまう。おまけに、レイが慌てて誤解を解こうとしても、当のアーロンが可愛い嫁だろうと悪ノリして嫁自慢などするものだから、なかなか誤解が解けない。

　いくら村長の孫娘のシュリに言われたからといって、男同士の夫婦をこんなに簡単に受け入れていいものなのだろうか。いや、そもそも自分たちは夫婦ではないのだが。

　ややこしいなと思いつつ、レイは隣を歩くアーロンをちらっと見やった。

　最初は村人たちから怪しまれたり嫌われたりしたらどうしようと心配していたレイだが、アーロンやシュリが言っていた通り、その心配はまったくの杞憂だったらしい。そのことはありがたいけれど、嫁扱いは恥ずかしいから勘弁してもらいたい。

（せめてアーロンがきっぱり否定してくれたらいいのに……。なんで積極的に嫁扱いするんだろう）

　おかげで誤解が深まるばかりじゃないかと、ちょっと恨めしげな視線を送ったレイだったが、気づいたアーロンに、ん、と視線で聞かれて、つい首を横に振ってしまう。

「なんでもないです」

「そうか？　重かったら言えよ」

　手を痛めないようにな、と優しい言葉をかけられて、レイは結局顔を赤らめて頷くことしかできなかった。

（過保護だ……）

嫁扱いも恥ずかしいが、こうも過保護なのも恥ずかしい。

これくらいちゃんと運べるというところを見せなくてはと、レイは小枝の束をしっかりと抱え直した。

アーロンの住む山小屋が建てられているのは小高い丘で、近くには小川が流れている。周囲は青青とした高い山々に囲まれていて、頂上付近には夏の間も溶けることのなかった雪がうっすらと残っているのが見えた。

山々の裾野に当たるこの丘は豊かな緑に覆われており、秋口の今は一面に広がる白い穂と、その合間に咲いた小さな黄色い花が風に揺れている。斜面のところどころには大きな針葉樹林がどっしりと根を広げており、ネズミなどの小動物や小鳥の住処（すみか）となっていた。

簡単な柵で囲われた敷地には、丸太組みの立派な山小屋と家畜小屋があり、何種類もの野菜が植えられた小さな畑もある。家畜といっても、乳や卵などの副産物をとるための動物が何頭かいるだけで、肉は野生動物を狩って得ているとのことだった。

山小屋のある丘は平地よりも標高が高いため、吹き抜ける風は冷たく、朝晩の気温も低いが、その分空に近く、天気のいい日にはあたたかな日差しがたっぷりと降り注ぐ。

小川のせせらぎの他は、時折家畜や小鳥の鳴く声が響くだけのここは、まるで世間と隔絶され、ゆったりと時間が進んでいるような錯覚を覚える、とてものどかな場所だった。

（風景は全然違うけど、でもここの雰囲気は『レイ』の暮らしてた場所に、少し似てる気がする）

自分の前世かもしれないという、あの『レイ』は、日本の田舎に暮らしていた。そこはここよりもずっと山が低く、平らな土地にどこまでも田園が広がっていて、でも同じようにゆっくりとした時が流れている、穏やかなところだった――。

毎朝畦道を自転車で走り抜け、地元の高校に通っていたことを思い出して、レイは小さくため息をついた。

　あれから何度も記憶を取り戻そうと試みたレイだったが、やはり思い出そうとすると左目から頭にかけて強い痛みが走り、それ以上続けられなくなってしまう。痛みに呻いていると、すぐにアーロンがやって来て無理をするなととめられてしまうため、このところレイは一人になった時を見計らって、懸命に自分の記憶を探っていた。

　しかし、今のところフラッシュバックするのは『レイ』の記憶ばかりで、自分自身に関することはなにも思い出せない。レイの焦りは、日増しに募るばかりだった。

（ここはとてもいいところだし、アーロンも村の人も優しいけど、いつまでもお世話になっているわけにはいかない。これ以上迷惑をかけないように、できるだけ早く記憶を取り戻さないと……）

　アーロンが追っている相手についても、自分の記憶が戻ればなにか手がかりを教えることができるだろう。

　運んだ薪をてきぱきと積み上げるアーロンを手伝いながらそう思ったレイは、作業が終わるなりアーロンに尋ねた。

「他になにかやることはありませんか、アーロン」

　失った記憶を取り戻すこともそうだが、ここに置いてもらっている以上、少しでもアーロンの役に立ちたい。

　結局薪割りもろくにできなかったのだから今度こそ、と意気込んだレイの肩にとまったククが、クルル、とちょっと心配そうに首を傾げる。

　アーロンはそんなレイをちらりと見やると、何事か考え込みながら歩き出した。

「次……、次か……。そうだな……」

「なんでも言って下さい。そうだ、いい天気ですし、シーツを洗濯してもいいですか？」

小物の洗濯は朝食後にアーロンと一緒に済ませてしまっているが、せっかくこれだけ晴れているのだ。まだ昼前だし、今から大物を洗ってもきっとよく乾くだろう。

「シーツくらいなら僕一人で洗濯できますし、アーロンはその間にゆっくり休んでいて下さい」

これならアーロンに楽をしてもらえると、そう思ったレイだったが、アーロンは家の前まで移動すると、ぴたりと歩みをとめる。

その目の前には、平たい大きな石があった。

「……そうだな。それもよさそうだが……」

そう言ったアーロンの細くなった尻尾の先が、なにか思いついたようにゆらゆらと楽しげに揺れる。

なんだろう、とレイが思った、その時だった。

「……っ!?」

くるりとこちらを振り返ったアーロンが、その大きな両手でレイの腰を掴み、ひょいと抱え上げる。

まるで高い高いをしてもらう子供のような体勢に大きく目を瞠ったレイだったが、アーロンはそれには構わず、ニッと笑って言った。

「せっかくのいい天気だ。ひなたぼっこに付き合ってくれ」

「ひ……、ひなた……？　……わっ！」

聞き返すより早く、アーロンがレイを抱え上げたまま、石の上にごろりと横になる。気がつくとレイは、アーロンの引き締まった腹の上にちょこんと乗せられていた。

レイの肩に乗ったままだったクゥが、その小さな翼をパタパタッと広げてバランスをとる。

「えっ、な……、なに？　なに!?」

「ひなたぼっこだ」

訳が分からず混乱するレイをおかしそうに見上げて、アーロンが言う。

この体勢だと太陽がまぶしいのだろう。細められた金の瞳を見つめて、レイはどうにか繰り返した。

「ひ……、ひなたぼっこ、ですか？」

それは一体、どういう意味だろう。

いや、言葉の意味はちゃんと分かる。分かるのだけれど、厳めしい竜人のアーロンの口からそんなほのぼのとした単語が出てくるなんて意外すぎて、思わず自分の知っている『ひなたぼっこ』と同じもので合っているのだろうかと首を捻ってしまう。

しかしアーロンは、レイを自分の腹に乗せたままのんびりと頷いた。

「ああ。天気もいいから、狩りにでも行こうかと思ってな。けど、俺みたいな竜人は、寒い季節には体をあっためてからでないと十分に動けないんだ。今日は少し風が冷たいから、念のためな」

どうやらアーロンはいつも、狩りの前にこの石の上でひなたぼっこをして体を温めているらしい。ようやく納得がいったレイだったが、それはそれとして、アーロンの上に座っているこの体勢は落ち着かない。

レイはアーロンの上でもぞもぞと身じろぎして言った。

「そ……、それなら僕はやっぱり、シーツを洗濯してきます。アーロンはここでゆっくりひなたぼっこしていて下さい」

最初からアーロンには休んでもらうつもりだったし、それに一人になれば、また記憶を取り戻せないか、やってみることができる。そう思ったレイだったが、アーロンはレイの腰に手を添えたまま、ゆったりとした口調で言う。

「……なあ、レイ。そんなに頑張るんじゃねぇよ」

「え……」

思いがけない一言に、レイは息を呑んだ。驚くレイをじっと見つめて、アーロンが聞いてくる。

「お前、一人になるとすぐに自分のことを思い出そうとしてるだろう。で、その度に頭が痛くなってる。違うか？」

「それは……」

言い当てられて、レイは俯いた。

今まさにアーロンから離れてこっそり試みようとしていただけに後ろめたくて、黙り込んでしまったレイに、アーロンは苦笑を浮かべて言った。

「……お前が自分のことを思い出したいと焦る気持ちは分かる。自分が誰かも分からないんじゃ、不安だよな。でもな、だからって苦痛を我慢してまで思い出そうとしなくてもいいんじゃないか？」

ゆったりとレイを諭すその声は、やわらかくて優しい。胸の奥底にまで響いてくるような低い声で、アーロンは続けた。

「俺も多少のことなら口出ししないが、そういう時のお前は顔が真っ青になってるからな。よっぽど痛みを我慢してるんだろう？」

違うかと問われて、レイは躊躇いつつも口を開いた。

「……でも、どうにかして思い出さなくちゃならないんです。いつまでもご厄介になるわけにも、いかないですし……」

なにせ自分は、薪割りすらろくにできないのだ。もちろん、洗濯などやれることはなんでもやるつもりだが、それでもここは燃料一つ調達するのも手間がかかるような世界だ。たいして役に立っていない自分が長居すればするほど、アーロンに迷惑がかかってしまうことは明白だ。

それに、自分が記憶を取り戻さなければ、あの夜の顛末は謎に包まれたままになってしまう。たくさんの人たちが亡くなった理由や経緯、そしてアーロンが追っている相手について、知っているのは自分だけなのだ——……。

すとんと落ちてしまったレイの肩の上で、ククがクルル……、と小さく鳴く。

唇を噛んだレイに、アーロンがそっと手を伸ばしてくる。黒い鱗に覆われた指先で、ククにするようにちょいちょいと顎を撫でられて、レイはおずおずと顔を上げた。

黄金の瞳を細めたアーロンが、穏やかに言う。

「だから、そんなに頑張るな、つったろう？　お前が全部背負い込む必要はねぇんだよ、レイ」

「だけど……！」

「それとも、ここの暮らしは嫌いか？　今すぐ逃げ出したいくらい、耐え難いか？」

遮るように聞かれて、レイは大きく目を瞠った。

「そんな……！　そんなこと、ないです。ここにいられて、僕がどれだけほっとしているか……！」

慌てて首を横に振ったレイに、アーロンがふっと微笑んで頷く。

「そうか、よかった。なら尚更、もう少し肩の力を抜いてみたらどうだ？　そんなになにもかも頑張ってたら、すぐ疲れちまうだろ？」

レイの顔から離れていった指先が、ククの方に伸びる。待ちかまえていたククに指先を甘咬みされたアーロンは、くすぐったそうに笑いながら続けた。

「いろいろ不安もあるだろうけどな、でも、お前は俺が守ってやる。だから安心して、したいことをすればいい。俺はお前に、ここの暮らしを楽しんでほしいんだ」

「暮らしを、楽しむ……」

繰り返したレイに、ああ、とアーロンが頷く。

「俺も外から来たから思うんだが、ここはゆっくり時間が流れてるだろう？　その日にやることは天気次第だし、疲れたらいつでも休めばいい。確かに力仕事は多いが、誰にだって向き不向きはある。お前が持ち上げられないものは俺が持ち上げればいいだけの話だし、無理をする必要なんてない」

「……でも、僕は居候です。働きもしないでここに置いてもらうなんて、できません」

アーロンが本心から気遣ってくれていることは分かる。でも、だからと言ってその厚意に甘えっぱなしになるわけにはいかない。

頑ななレイに、アーロンが苦笑を零す。

「お前は本当に真面目だな。けどな、俺だって、お前一人を働かせてのんびりしているのは性に合わねえんだ。だからな、折衷案として、働く時ものんびりする時も、二人一緒にするのはどうだ？」

それならお前も少しは休めるんじゃないかと笑うアーロンは、最初からそのつもりで一緒にひなたぼっこをと言っていたらしい。彼の意図にようやく気づいて目を瞠ったレイに、アーロンはおかしそうに笑いながら言った。

「……さっきもそうだったが、俺は薪割りでもなんでも、一人でやるよりもお前と二人でやった方が楽しい。今まではただの作業だったが、お前がそばで手伝ってくれていると、それだけでより前向きな気持ちになれる」

「アーロン……」

「だから、今は俺のひなたぼっこに付き合ってくれないか、レイ。お前が一緒にいてくれたら、それだけできっと楽しい。これも嫁の仕事だと思って、な？」

こちらを見つめる金の瞳は、やわらかな陽の光を受けて優しく細められている。レイはくすぐったさにはにかみつつ、小さく頷いた。

「はい。それなら遠慮なく、一緒にのんびりさせてもらいます。……お嫁さんのお仕事、ですから」

きっとアーロンは、ただ休めと言ってもレイが一人ではのんびり休めないだろうことを見越して、ひなたぼっこも嫁の仕事、なんて言ってくれたのだろう。だが、一人よりも二人の方が楽しいという言葉も、彼の本心からのものに思える。

（……アーロンにそう思ってもらえて、嬉しい）

顔をほころばせながら、レイはアーロンの上からどこうとした。しかしそれは、当のアーロンに遮られる。

「石の上じゃ固いだろ。俺の上に寝ればいい」

「え……っ、う、上？」

「ああ。ほら、こっちだ」

抱き寄せられ、逞しいその胸元にぽすんと顔が埋まる。斜め十字の傷が走る、鍛え上げられた胸筋に受けとめられたレイの肩から、ククが慌てて飛び立った。寝転がったままのアーロンの鼻先に飛び移り、カルルッと抗議の声を上げる。

「はは、悪かった、クク」

「…………」

　笑い声を上げるアーロンの上で、レイは固まってしまった。

「あ、の……、あの、これは……」

　一体なにが起こっているのか、ちょっとよく分からない。

　動揺のあまり身じろぎすることもできないでいるレイに、アーロンがおかしそうに笑って言う。

「そんな薄い体でこんなところに寝たら、体を痛めちまうだろう。お前一人くらい、別に重くもなんともねえし、俺のことはベッドかソファだと思って遠慮せずくつろいでくれ」

（……思えません！）

　心の中で悲鳴を上げたレイだが、アーロンはレイの腰のあたりを抱えたまま、もう片方の手でレイの髪をゆったりと撫で始める。

「あー、あったけぇ。お前ぬくいな、レイ」

「そ……、そう、ですか？」

「ああ。子供みたいな体温だ。おまけにいい匂いまでする」

「匂いって……、あの、でも僕、アーロンと同じ石鹸（せっけん）を使っていますけど……」

　どぎまぎしながら答えるレイだが、そうかと頷いたアーロンはのんびりとレイの髪を撫で、次いで胸元に移動したククをちょいちょいと指先で構い出す。

　アーロンに撫でられて気持ちよさそうに目を閉じ、ぺったりと平べったくなっているククを見て、レイは思わず目を瞬かせた。

（……鏡餅（かがみもち）みたいだ）

　真っ白でまん丸で、ちょっと平たいその姿は、『レイ』の記憶にあるお正月飾りの鏡餅にそっくりだ。そう思ったらなんだか笑いが込み上げてきて、レイは自然と口元をほころばせていた。

そういえば『レイ』もよく縁側で、飼い猫をおなかの上に乗せて寝ていた。アーロンからしてみたら自分は、ちょっと大きいククのようなものなのかもしれない。だとしたら、ククのように少し甘えてみてもいいのかもしれない――……。

ふう、と息をついて、体のこわばりを解いてみる。すると、先ほどまでは分からなかった、穏やかな風が頬を撫でる感触に気がついた。

風に揺れる草花のざわめきと、小鳥のさえずり。さらさらと流れる小川の清かな音と、包み込まれるようなぽかぽかとしたあたたかい太陽。

呼吸に合わせてゆっくりゆっくり上下する、逞しい胸。とくとくと聞こえてくる、心地いい心音。

陽光にきらきら艶めく、真っ黒で綺麗な鱗――。

「……これ、僕もあったかいです」

「ん、そうだな」

「……本当に重くないですか？」

そっと聞いても、平気だ、と低くて優しい笑みが返ってくる。すべてを受けとめ、許してくれるようなその笑みに、レイはふにゃりと骨まで溶け崩れてしまうような錯覚を覚えた。

（気持ちいい……）

風も太陽も気持ちいいけれど、それよりなにより、自分よりもずっと大きな生き物がそばにいてくれる絶対的な安心感が心地よくてたまらない。

アーロンなら、なにがあってもきっと自分を守ってくれる。

彼と一緒にいれば、こうやってくっついていれば、なにも心配することはない――……。

レイは規則的に上下する胸元に頬をつけ、そっと目を閉じた。

頬に当たるサラサラとした鱗はなめらかで、いつまでもこうしてくっついていたくなってしまう。大きな手で後頭部を包み込むように撫でられると、まるで自分が本当に猫かなにかになったような気がし

て。

「………」

「……レイ？」

うと、うと、とまどろみ始めたレイに、アーロンがそっと声をかけてくる。

頭の中に心地よく響く低い声に、レイは一層心地いい眠気を感じて、ふにゃりと溶け崩れるような笑みを浮かべた。

「……寝た、か」

ふ、と笑みを零したアーロンが、俺も寝るか、と呟く。

クルル、というククの鳴き声を最後に、レイの意識はふわふわとした夢の中に包み込まれていったのだった。


お願いがあります、とレイが切り出したのは、その夜、一緒に夕食の片づけをしている時のことだった。

「珍しいな。いいぞ、なんでも言ってみろ」

「なんでもって……、安請け合いしちゃ駄目ですよ、アーロン」

言い出したのはこちらだが、内容も聞かずに了承されるとさすがに待ったをかけたくなる。

たしなめたレイに、アーロンはククを肩に乗せたままニッと笑みを浮かべ、濯ぎ終えた皿を手渡して言った。

「レイがそんなことを言うなんて初めてだしな。可愛い嫁のおねだりくらい、なんでも聞いてやるさ」

「……言いましたね？」

可愛いとかおねだりとか、恥ずかしい単語を並べてからかわれ、レイは頬を羞恥に染めながらも言質は取ったぞと目を眇める。布巾で皿を拭く手をとめて、レイはアーロンに告げた。

「じゃあ、アーロン。僕を狩りに連れていって下さい」

「狩りって……、レイ、お前……」

　さすがにそれは予想していなかったのか、アーロンが唸る。まっすぐアーロンを見据えて、レイはお願いします、と頼んだ。

　昼間、アーコンの上でひなたぼっこしている途中で寝てしまったレイが起きたのは、結局夕方近くなってからだった。

　アーロンの上で深く眠り込んでしまったことに赤くなったり、狩りに行こうとしていたアーロンの邪魔をしてしまったと青くなったりしているレイに、アーロンは自分もよく眠れたからいいと鷹揚に笑ってくれたけれど、いいわけがない。

　ぎゅっと眉間に皺を寄せたレイを見て、アーロンが言う。

「昼間のことを気にしてるのか？　それなら、俺も久々に休息がとれてよかったくらいだから、気にすることは……」

「……それだけじゃありません」

　頭を振って、レイは視線を落とした。

「今日の夕食のシチュー、美味しかったです。あのお肉は、アーロンがこの間狩ってきた獲物なんですよね？」

「ああ、そうだ」

「……僕も、いただいてばかりじゃなく、ちゃんと一人で狩りができるようになりたいんです」

　三日ほど前、アーロンは近くの森に狩りに行き、小さな獲物を狩ってきた。ウサギのようなその獲物を見て、顔を青くして固まってしまったレイを思い出したのだろう。アーロンが言う。

「その心がけは立派だと思うが……、だがな、レイ。昼間も言ったが、誰にでも向き不向きってもんがあるんだ。お前は生き物の命を奪うことに抵抗があるだろう？」

「……はい」

　隠しても仕方がないので、こくりと頷く。だよな、と頷いて、アーロンが続けた。

「記憶を失う前は分からないが、今お前が覚えている『レイ』は、狩りなんて無縁の世界で生きていたんだろう？　狩りは俺が担当するから、お前は畑の手入れでもしていてくれれば……」

「……でもアーロン、僕が今生きているのは、この世界です」

確かに『レイ』のいた日本では、肉も魚も自分でとることはほとんどなく、すでに捌かれているものを店で買ってくるだけだった。

しかし、この村では、誰もが自給自足の生活を送っている。自分の手で野菜を育て、果実を収穫し、肉や魚といった獲物をとってこなければ、食べものを得ることはできないのだ。

「ここに来てから、僕はたくさんの方に美味しいご飯をご馳走になりました。それは、アーロンや村の皆さんが一生懸命作った野菜や、狩った獲物の一部です。誰かが獲物を狩ってくれたから、僕は美味しいご飯が食べられる。僕は、そのことから目を逸らしたくはないんです」

美味しい思いだけして、自分が命をもらって生きていることから目を背けたくはない。レイはそう言って、隣に立つアーロンを見上げた。

「レイ……、……だが」

レイの気持ちは分かるが、心配なのだろう。

言い淀むアーロンの肩から、ククがレイの肩へ飛び移ってくる。クルル、と嘴を擦りつけて甘えてくる仔フクロウを撫でてやって、レイはアーロンにきっぱりと言った。

「……気遣ってくれてありがとうございます、アーロン。でも、僕はいつ記憶が戻るか分かりません。本当に医者だったとしても、記憶がなければとても治療なんてできない。だったらここからは新しい人生として、ちゃんと一人でも生きていけるようになりたいんです」

記憶を取り戻すことを諦めるわけではない。けれど、薪割りも狩りも、ここでの生活に必要なことはちゃんと身につけたい。

今はまだ無理でも、いずれ自分の力で獲物をとって、アーロンや村の人たちにお返しができるようになりたい。

レイはアーロンを見据え、改めて頼んだ。

「お願いします、アーロン。なるべく邪魔にならないよう気をつけますから、僕も連れていって下さい。……僕に狩りの仕方を、教えて下さい」

お願いします、と繰り返して頭を下げたレイを、アーロンはじっと見つめていた。

やがて、ふっとその口元に笑みを浮かべ、頷く。

「……分かった。俺の嫁さんは、案外気骨があるんだな」

「……男ですから」

嫁じゃないし、それなりに意地だってある。

少し赤くなりながらも精一杯そう返したレイに、アーロンが微笑む。

「そうだな。なら明日、一緒に狩りに行こう。だが、森の中には危険な場所もある。くれぐれも俺の指示に従ってくれ。いいな?」

「はい！　ありがとうございます、アーロン！」

パッと顔を輝かせたレイの肩で、ククが首を傾げる。苦笑したアーロンが指先を伸ばし、ちょいちょいとククの嘴を撫でて告げた。

「お前も一緒に行こうな、クク。……閉じこめたりしたらまた怒るだろうからな」

ぼやくアーロンに、当然だとばかりにククが翼を広げ、クルルッと一声鳴く。

くすくすと思わず笑ってしまいながら、レイはよろしくお願いしますと頭を下げたのだった。

◆◆◆

ククに指先を甘噛みされたレイが、くすぐったそうな笑みを零す。

やわらかな春の木漏れ日のようなその笑みをじっと見つめて、アーロンはほっと胸を撫で下ろした。

（ようやく少し、肩から力が抜けたみたいだな）

レイに狩りに連れていってくれと頼まれた、翌日のことだった。

まずは体をあたためようと、小屋の前の石に腰かけたアーロンは、遠慮するレイをまたあの手この手でなだめすかし、どうにか自分の膝の上に座らせることに成功した。

（レイは真面目すぎるところがあるからなあ。甘え下手っつうか、不器用っつうか）

そういうところが好ましくはあるんだが、と内心でぼやきつつ、レイを見つめる。

最初は緊張していたレイだったが、ククが遊んで構ってとしきりにねだってくれたおかげで、今はすっかりくつろいだ表情を浮かべている。

くすくすと、幸せな香りが詰まった気泡が弾けるような笑い声に、アーロンは知らず知らずふっと目を細めていた。

（……しかし、本当にちっこいなあ）

二十歳は超えているはずのレイだが、その体は本当にちんまりとしていて、膝に乗せていてもほとんど重さを感じない。村の子供たちと遊ぶ時にもよく膝に乗せてやっているが、その時の方が暴れて大変なくらいだ。

まるで可憐な花びらを一枚、手のひらの中に閉じこめているようだと思いかけて、アーロンは自分自身に苦笑してしまった。

彼は見かけよりもずっと強く、逞しい。花びらなんてたとえは、自分の勝手な思い込みだ。

（まあ、最初はどうなることかと思ったが……）

出会った時のレイの怯えようは、忘れたくとも忘れられない。

竜人族の中でも力の強いアーロンは、鋭い五感を具えている。それ故に、目の前の相手がどんな感情を抱いているかも嗅覚で知ることができた。

あの時のレイからは、深い混乱と恐怖、そして絶望の匂いがしていた。記憶を失った上に、辺りは死体だらけ、おまけに目の前には初めて見る竜人ときては、無理もない反応だ。

現実を受けとめられず、これは夢だと必死に思い込もうとする彼は、ひどくか弱そうで、とてもそのまま放っておくことなどできなかった。

声を殺して泣く姿は、そのまま消えてしまうのではないかと思ってしまうほど儚く、哀れで。

けれど、落ち着いたレイは、本当は意思の強い人間だった。

『……怖がったりして、すみませんでした。でももう平気です』

おずおずと、申し訳なさそうに眉を下げながらそう言った彼からは、澄んだ匂いがした。

まるで長い間じっと雪の下で耐え、春を告げるために芽を出し、ようやく咲いた小さな花のような、美しい香り。

初々しくも力強いその香りは、今までアーロンが接してきたどの人間からも感じたことのない、清らかな匂いだった。

『あの方たちを埋葬して下さって、本当にありがとうございました』

自分が大変な状況にもかかわらず、ああして他者を思いやれるというのは、本当に心根のまっすぐな者にしかできないことだ。いかにもひ弱そうで、触れたら折れてしまいそうな彼の思いがけない強さに、アーロンは驚いてしまった。

こんなにも華奢な彼のどこに、こんな強さが秘められているのか。自分のことで頭がいっぱいになっていてもおかしくないこの状況で、何故彼は人を思いやれるのか――。

行く当てのないレイに自分のところに来ないかと声をかけたのは、ただ単に彼の記憶が戻ったら話を聞きたいというだけでなく、彼のことをもっと知りたいと思ったからだ。

（……まあ、思った以上に真面目で頑張り屋なもんだから、どうしたもんかとは思ったが）

　クルクルとご機嫌に体を揺らすククに微笑んだレイは、クルル、とククの鳴き真似をしている。

　いつまでも聞いていたくなるような、澄んだ水のように心地のいい声。

　ククを撫でる指先はほっそりと白く、体も成人男性にしては随分と小さい。

　頬に影を落とすほど長い睫に、潤んだ瞳。ふっくらとやわらかそうな、淡い色の唇。

　人形のように整った顔はどこもかしこも華奢で、硝子細工でもここまで繊細ではないだろう。

　薪割りの斧を持たせるのも躊躇ってしまうほど頼りなく、非力な存在。

　――まるで、ひとひらの花びらのような。

　けれど彼は、目を逸らしたくないと言った。

　自分が今生きているのはこの世界だと、そう言ってまっすぐこちらを見つめてきた緑色の瞳は、驚くほど強く、美しかった。

（……不思議だな。レイが意思の強い人間だと知れば知るほど、俺はレイのことを守ってやりたくなる。どうにかして自分が力になってやりたいと、そう思う……）

　彼が決して見かけ通りの儚い存在ではないと、ちゃんと男としての矜持もあるのだと知れば知るほど、手のひらの中に閉じこめてしまいたくなる。

　ひとすじも傷をつけないよう、この手で守ってやりたいと、そう思ってしまう――。

「アーロン？　そろそろ体、あたたまりましたか？」

　気がつくと、アーロンの膝の上でレイが首を傾げていた。その肩にはちゃっかりククも乗っており、レイと同じ方向にこてんと首を傾げている。

　愛らしいその光景に目を細めて、アーロンはのんびりと言った。

「そうだなあ、……もうちっと、だな」

　そう言うなり、アーロンはレイの両脇に手を入れ、彼を自分の横に座らせた。そして――。

「え……、えっ、アーロン⁉」

「あと少しだけだから、ちょっと横にならせてくれ。その方が早い」

もうしっかり体はあたたまっていたが、レイの反応が見てみたくて、そのやわらかな膝に自分の頭を預け、ごろんと石の上に横になる。いわゆる膝枕の体勢に、レイは見事に真っ赤に茹だった。

「あっ、あのっ、アーロン、これは……⁉」

「言っただろう？　ひなたぼっこに付き合うのも嫁の仕事だって」

「そ……っ、そうですけど！」

わたわたと慌てふためいているレイの肩で、ククが不思議そうに首を傾げている。少しからかいすぎたかと、アーロンが含み笑いを零しつつも身を起こそうとしたその時、額に小さな手が伸びてきた。

「……レイ？」

「す……、少しだけ、なら」

恥ずかしそうに視線を逸らしたレイが、そう呟いて頭を撫でてくる。

細い指先でそっと額や頬を撫でられて、アーロンは驚きのあまり固まってしまった。

「あの……、もうそろそろいいですか、アーロン」

「…………」

「……アーロン？」

彫像のようになってしまった漆黒の竜人に、レイが戸惑ったように問いかけてくる。

アーロンはハッと我に返り、頷きかけて、慌ててレイの膝に頬をつけた。

「あ、ああ、……いや、もう少し」

そうですか、と頷いたレイが、またゆっくりとアーロンの頭を撫で出す。

レイのなめらかな手が自分のごつごつした鱗を撫でる度、胸の奥にじわじわと温もりが広がっていくのが分かって、アーロンは戸惑った。

自分よりもずっと小さく、脆弱な生き物。

その彼がこうして自分のそばにいてくれることが、嬉しくてたまらない。

　彼が自分を信頼し、嫌がらず触れてくれることが、なによりも嬉しい――……。

「……できた嫁をもらっちまったなあ」

　呟いたアーロンに、なに言ってるんですか、とレイが笑う。

　どこまでもやわらかな木漏れ日のようなその笑みに、アーロンは久々に心の奥までじんわりとあたたまるような錯覚を覚えたのだった。

◆◆◆

　たっぷり作ったサンドイッチを詰めたバスケットは、話し合いの末、レイが持つことになった。

　アーロンは俺が持っていくと渋っていたが、森の中ではいつ獲物に遭遇するか分からない。狩人（かりゅうど）の彼の手が塞（ふさ）がっていたら、チャンスを逃してしまう。バスケットには紅茶も入っていたが、それでも二人分ならたいした重さではないからと、どうにかレイが説得したのだ。

（あの押し問答だけで、日が暮れるんじゃないかと思った……）

　本当にアーロンは過保護だ、と内心こっそり苦笑しながら、レイは獣道を進むアーロンの後についていった。

　鬱蒼（うっそう）とした森の中は、湿った土と濃い緑の匂いが充満している。風に揺れる木々のざわめきと小鳥の鳴き交う声に耳を澄ませながら大きく深呼吸すると、清涼な空気に身も心も洗われるような心地がした。

　カルルッ、と高い声を上げたククが、まんまるな目を更に丸く見開き、アーロンの肩の上でぴょんぴょんと飛び跳ねている。翼を広げたり閉じたりして興奮している様子のククに、小型の弓と矢筒を担いだアーロンがぼやいた。

「初めての狩りで興奮してるな、こりゃ。嬉しいのは分かったから、少し落ち着け、クク。……やっぱり置いてくればよかったか？」

　しかし一度怒りだすと厄介だしなあ、とため息をつくアーロンにくすくす笑って、レイは聞いてみた。

「ククを狩りに連れてくるのは、今日が初めてなんですか？」

「ああ。ククは巣から落ちて、翼を痛めてたからな。だが、ようやく治って飛べるようになってきたし、いずれは森に返してやらないといけない。小さな獲物がいたら、狙う練習をさせるちょうどいい機会だと思ったんだが……」

　これまでククは、アーロンの住む山小屋周辺を飛び回ることはあっても、森に入ったことはなかったらしい。初めての森に大興奮しているククは、とても狩りどころではない様子だった。

「……まだ早すぎたか。ま、一歩ずつだな」

「そうですね。……あ」

　相づちを打ったところで、レイは近くの木の根に大量のキノコが生えていることに気づく。肉厚のそれは、焦げ茶色の傘といい、姿形といい、シイタケにそっくりだった。

「うわ、美味しそう……！　アーロン、あのキノコは食べられますか？　バターで焼いて、醤油垂らして食べたい……！」

　ちょっと七味振ってもいいかも、と声を弾ませたレイだったが、アーロンの言葉に一気に血の気が引いてしまう。

「やめとけ、レイ。それは毒キノコだ。食べたら三日間腹痛で苦しみ抜いて、死ぬぞ」

「っ……！」

　死ぬほどの毒を持つと聞いて、レイは慌ててキノコから距離を取った。真っ青になったレイに、アーロンが苦笑して言う。

「食べなきゃ問題ねぇが、あんま近づかない方がいいだろうな」

「うっかり触らないように気をつけます……」

出かける前、森の中は危険だから、なにかする前に全部俺に聞くようにと、アーロンに忠告してもらっていてよかった。ほっとしたレイに、アーロンも頷いて言う。

「お前が覚えてる『レイ』の世界では安全な食べ物でも、こっちの世界では有害な食べ物かもしれない。特にキノコは毒を持つ種類が多いからな。触る前に必ず声をかけてくれ」

「はい。ありがとうございます、アーロン」

「いや。今の時期なら別の場所に美味(うま)いキノコが生えてるはずだから、帰りはそっちに寄って帰ろう。ショウユってのはねぇが、バターならあるからな。焼いて塩コショウするだけでも美味いぞ」

「はい！　楽しみです……！」

日本という国がないこの世界には、醤油も味噌(みそ)も存在しない。レイとしては残念だったが、それはそれとしてアーロンの手料理は楽しみだ。

歩き出したアーロンの肩から、ククがレイの肩に飛び移ってくる。クルクルとしきりになにか話しかけてくるククに微笑みかけ、レイはアーロンの隣に並んで歩みを進めながらウキウキと声を弾ませた。

「お昼のサンドイッチもすごく楽しみです。あのベーコンもいっぱい入れてくれてたし」

いつも朝食に出てくるベーコンはアーロンのお手製で、ほのかにリンゴのような香りがする絶品だ。聞けばナーヒルという、イノシシに似た動物を狩って作ったらしい。薫製(くんせい)に使う木はトゥッファーハといって、甘酸っぱい果実が実るということだった。

絶妙な焦げ目がついていて、噛むとじゅわっと塩気のある脂(あぶら)が口いっぱいに広がる、肉厚のベーコンを思い出してうっとりしたレイに、アーロンが苦笑を浮かべて言う。

「レイは意外によく食うから、俺も作り甲斐(がい)がある。なにを出しても、幸せそうな顔で食ってくれるしな」

「だってアーロンの料理、どれも本当に美味しいですから！」

ここに来た初日にアーロンが振る舞ってくれたのは、優しい味付けの青豆のリゾットと刻んだ野菜が入ったミルクスープだった。胃に負担のかからないものをと配慮してくれたアーロンに最初こそ遠慮していたレイだったが、一口食べた途端、そんな遠慮はすぐに吹き飛んでしまった。

あまりの美味しさに夢中になり、あっという間に完食したレイに驚いていたアーロンの顔は、今でも忘れられない。我に返ったレイが気恥ずかしさに赤くなると、アーロンはもっと食うか、と優しく聞いて、お代わりをよそってくれて。

「もし僕が記憶を失くす前に好き嫌いがあったとしても、きっとアーロンの料理を食べれば好き嫌いなんてなくなってたと思います。なにを食べても美味しいから、このままだとすぐに風船みたいに太っちゃいそうですけど」

それでもアーロンのご飯という誘惑には勝てそうもない。むむ、と眉を寄せてしかめっ面をするレイに、アーロンが声を上げて笑う。

「はは、体を動かしているんだから、風船はねぇだろ。それにレイは細いんだから、もっと太った方がいい」

ちょうどレイの頭の高さにあった枝を、アーロンがひょいと手でどけてくれる。ありがとうございます、とレイがその下をくぐったところで、アーロンが思い出したように言った。

「そういえば、村の収穫祭まであとひと月か」

「収穫祭、ですか？」

「ああ。白い満月の夜、村の広場に今年の実りを持ち寄ってな、大きな焚き火の周りで皆で踊って、一晩中大宴会をやるんだ。村の料理自慢たちが腕を振るって、飲めや歌えの大騒ぎでな」

「楽しそうですね！　もしかしてアーロンもなにか料理を作るんですか？」

アーロンほどの腕前なら、きっとみんなが喜ぶ料理を作れるだろう。そう思って尋ねたレイに、アーロンがくすぐったそうに笑って言う。

「まあな。実は毎年、竜人族の伝統料理を振る舞ってる。今年はまだなんにするか決めてないが、なにか目新しいものを作るつもりだ」

「僕、お手伝いします」

村人たち全員分を作るとなると、調理するのも大変だろう。すかさず申し出たレイに、アーロンはふっと瞳をなごませて頷いた。

「そうしてくれると助かる。去年はシュリが手伝ってくれたんだが、あいつ、あやうく砂糖と塩を間違えそうになってなあ」

あの時は慌てた、と遠い目をするアーロンに、レイは声を上げて笑った。

「それは大変でしたね。僕も気をつけないと」

「レイは大丈夫だろ。いつも調味料の味をちゃんと確かめてから、味付けしているからな」

「舐めてみないとどんな味か、まだよく分からなくて。でも、アーロンのお手製のソースはどれも美味しいから、いつも味見が味見じゃなくなっちゃってて……。……すみません」

調理中、レイが瓶詰めのソースの味見をしてみて、その美味しさに打ち震えていると、アーロンはいつも笑って小さく切った野菜を差し出してくれる。食事前だから一口だけだぞ、と野菜にソースを載せて食べさせてくれる、あのつまみ食いは一度覚えてしまうと病みつきで、なかなかやめられそうにない。

謝るレイにくすくすと笑って、アーロンが言う。

「この村の野菜はどれも美味いから、つい手が伸びるのも仕方ねぇよな。ああ、収穫祭の前には村の共同の畑の収穫作業があるから、その作業も手伝ってくれるか？」

「はい、もちろん！　皆さんにはいつもお世話になってるから、頑張ります」

村人たちが差し入れてくれる野菜はどれもとれたてで、みずみずしく甘い。手間暇かけて大事に育てられたのだろうと、一口で分かるものばかりだった。

記憶の中の『レイ』の祖父母も米農家のかたわら野菜を作っていて、夏は井戸水で冷やしたトマトやキュウリがなによりのご馳走だった。村の人たちが差し入れてくれる野菜は、見たことのない色や形のものが多かったけれど、どれも記憶の中の祖父母が作った野菜と遜色ないほど美味しい。

「どんな野菜が実ってるのかな……。収穫作業が今から楽しみです」

体力仕事に自信はないけれど、いつもよくしてくれている村の人たちに少しでも恩返ししたい。頑張らないと、とレイが意気込んだその時、それまでなごやかな表情を浮かべていたアーロンの顔つきが急に変わった。

「?　……っ」

声をかけようとしたレイは、口元に長い指を立ててみせるアーロンの仕草に慌てて口を噤む。レイに目配せしたアーロンは、ゆっくりとその視線を前方へと移した。

（あ……！）

アーロンの視線の先には、大きな角のある鹿のような動物がいた。木立を隔てており、その距離は十メートルほどだろうか。『レイ』の世界の鹿よりも体は大きく、角の色は白、体毛も茶というよりは金に近い色をしている。こちらにはまだ気づいていないようで、首を地面に伸ばして草を食んでいた。

片方の手のひらをこちらに向けて制したアーロンにこくりと頷いて、レイは息をひそめた。動いて物音を立てないように、ということだろう。レイの肩に乗っているククも、空気を読んだのかまんまるの目をパカッと見開いて黙り込んでいる。

「…………」

音もなくスッと矢を弓に番えたアーロンが、黄金の瞳を細めて狙いを定める。薄暗い木立の中、彼の漆黒の体躯は陰にまぎれ、その鮮やかな金色だけがじっと獲物を見据えていた。

次の瞬間、アーロンの手からパッと放たれた矢が、まっすぐ雄鹿の肩に突き刺さる。鳴き声と共にドッと鹿が倒れると同時に、アーロンがその場に弓を打ち捨てて駆け出した。腰に下げていたナイフを抜き、雄鹿めがけて躊躇うことなく跳躍する。

「……っ！」

立ち上がろうとする雄鹿の首筋に、アーロンがナイフを突き立てる。呻くような鳴き声と共に、雄鹿の足が宙を蹴った。

「……シュクラン・ルーフ」

低く呟いたアーロンが、素早くとどめを刺し、雄鹿の動きがとまる。

時間にして十数秒という、あっという間の出来事だった。

「……もういいぞ、レイ」

「あ……」

声をかけられて、レイは自分が息をとめていたことに気づいた。慌てて大きく息を吸い込むが、足が強ばってなかなかアーロンの方に歩き出せない。

クルル、と首を傾げたククが、翼を広げてアーロンの元へと飛んでいった。

「よしよし、じっとできてえらかったな、クク」

聞こえてくるアーロンの声は穏やかで、一つも息が乱れていない。それなのに、彼の目の前には大きな雄鹿が横たわっていて。

(本当に……、本当にアーロンが今、この鹿を狩ったんだ……)

初めて目の当たりにした狩りに、レイはすっかり足がすくんでしまっていた。

鮮やかな、狩りだった。

獲物を無駄に苦しませたりしない、見事な手際だった。

それなのに、どうしても怖いと思ってしまう。

目の前で命が奪われたことに、動揺せずにはいられない――。

(……っ、しっかりしろ！　自分で狩りについてきたいって言ったんだろ……！)

自分自身を叱咤して、レイは一度深呼吸すると、その場に投げ捨てられていたアーロンの弓を拾い上げた。ぐっと唇を引き結んで覚悟を決め、アーロンの元へ歩み寄る。

「……アーロン」

「大丈夫か、レイ？　怖いのなら、向こうで待っていてくれてもいいが……」

手早く血抜きの処理を施したアーロンが、そう気遣ってくれる。心配そうな瞳は、さっきとは打って変わって優しい色を浮かべていた。

「大丈夫です。これは、なんていう動物ですか？」

首を横に振って聞いたレイに、アーロンが教えてくれる。

「これはガザールだ。角がまだ白いから、若い雄だな。年齢を重ねると、この角が深い飴色になっていくんだ」

息絶えたそのガザールに、アーロンがまたシュクラン・ルーフと聞き慣れない言葉を唱える。祈るような面もちのアーロンに、レイはなんとなく声をひそめ、おずおずと問いかけた。

「その、シュクランって……？」

「シュクラン・ルーフ。魂に感謝するって意味だ。この辺りの狩人が獲物を狩った時に捧げる、祈りの言葉だな」

「魂に、感謝する……」

アーロンの言葉を聞いて、レイはじっとガザールを見つめた。

自分たちはこのガザールの命をもらって、生きていくのだ。そう思ったら、祈りを捧げずにはいられなかった。

「……シュクラン・ルーフ」

跪いて両手を合わせ、心を込めて唱える。

（あなたの命に、魂に、感謝します。あなたの命を、生きる糧にさせていただきます）

目を閉じ、じっと祈りを捧げたレイだったが、その時、苦しげな高い鳴き声が聞こえてくる。

「え……っ？」

先ほどのガザールとそっくりなその声に驚いて立ち上がると、少し離れた茂みで、一回り小さなガザールがうずくまっていた。どうやら雌らしく、先ほどのガザールと違って角がない。

つぶらな黒い瞳でじっとこちらを見つめるそのガザールは、怯えたように鳴きながら何度も立ち上がろうとするものの、その度にその場にかくりと足をつき、うずくまってしまっていた。

「……このガザールの番か？　もしかしたら俺たちに驚いて逃げようとして、脚をくじいたのかもしれねぇな」

そう言ったアーロンが、ナイフを腰の鞘にしまい、そのガザールに近づいていく。怯えるガザールに歩み寄ったアーロンは、素早くしゃがみ込むと、その胴を大きな手でしっかりと押さえ込んでガザールの前脚を確かめた。

アーロンの肩にとまったククも、一緒にじっと覗き込む。

「ああ、やっぱりな。前脚をくじいてる」

「あの……、このガザールも狩るんですか？」

逃げられないでいる獲物なんて、狩人にとっては絶好のチャンスだろう。もしかしてこのままナイフで仕留めるつもりかと、近づきながらおそるおそる聞いたレイだったが、アーロンは首を横に振って言った。

「いや、当分の食料はさっきの雄だけで十分だ。無駄に命を奪うことはない」

「……はい」

アーロンの言葉にほっとして、レイは頷いた。

今の今、このガザールの番を狩ったばかりだと言うのに、ほっとするなんておかしいだろうか。しかし、食べるための狩りならともかく、無闇に生き物を殺すことはしたくない。

ガザールの前脚を診たアーロンが、ため息混じりに言う。

「とはいえ、こいつの怪我はこのまま放っておく他ないな。裂傷なら俺が方術で治してやれるが、くじいただけじゃどうもできねぇ。運がよければ生き延びるだろうが……」

　草食動物にとって、走れないというのは致命的だ。レイは咄嗟に、アーロンに聞いていた。

「あの、アーロン、使ってもいい布を持ってませんか？　できたら二、三枚あると助かるんですが……」

「布か？　ああ、狩りで汚れた時のために、バスケットの中に何枚か持ってきてるが……」

「取ってきます。アーロンはそのままこの子のこと、押さえてて下さい」

　不思議そうにしているアーロンに言い置いて、レイは先ほどの場所に置いてきたバスケットへと駆け寄った。中から布を取り出すと辺りを見回し、手頃な枝を探す。

「……うん、これならいいかな」

　太くまっすぐな枝を見つけたレイはそれを手にアーロンのところに戻った。

「ごめん、ちょっと痛いかも。すぐ終わるから、少しだけ我慢してね」

　つぶらな瞳のガザールに優しく語りかけつつ、くじいてしまっている前脚に枝を添え、手早く布でそれを固定する。すぐに外れたりしないよう、ぎゅっと端を結んで、レイはガザールに微笑みかけた。

「はい、終わり。いい子にしててくれて、ありがとうね。アーロンも、ありがとうございました。もう放してあげて大丈夫です」

「あ、ああ」

　少し驚いたような表情のアーロンが、レイの言葉に頷き、そっとガザールから身を離す。するとガザールは、その場でよろよろと立ち上がり、前脚を少し引き攣らせながらもタッと駆けだした。真っ白なお尻の上で、短い尻尾がぴょこぴょこと揺れている。

「……大丈夫、かな」

　呟いたレイの声に、ガザールが立ち止まり、こちらを振り返る。しばらくじっとレイたちを見つめた後、ガザールの姿は木立の合間に消えていった。

心配で、ガザールの立ち去った方をじっと見つめ続けているレイに、アーロンが声をかけてくる。

「きっと大丈夫だ、レイ。あの様子なら、治りも早いだろう。近くに湖があるから、そろそろ昼飯にしよう。食べ終わる頃には、血抜きも終わっているはずだ」

「あ……、はい」

頷いたレイの肩に、ククが飛び移ってくる。レイはバスケットを持ったアーロンの後について、木立の間を進んだ。

ほどなくして木々が開け、目の前に大きな湖が現れる。

「わ……」

それは、とても綺麗な湖だった。

陽光が降り注ぐ湖面は、まるで流れ星を集めたように煌めき、岸辺では水鳥たちが羽根を休めている。

湛(たた)えられた水は一点の曇りもない硝子のように透き通っていて、湖底に泳ぐ小さな魚も見えるほどだった。

「いいとこだろう？　冬は湖面が凍るからな。氷に穴を空けて、釣りをするんだ」

湖で手を洗ったアーロンが、近くの切り株の上に腰を下ろす。アーロンに倣(なら)って手を洗って、レイも隣の切り株に腰を下ろした。

バスケットから紅茶のポットを取り出したアーロンが、カップに注いでくれる。差し出された木のカップを受け取って、レイは立ち上る香気にほっと息をついた。

「ありがとうございます。……いただきます」

並んで湖を眺めながら、サンドイッチにかぶりつく。ふわふわのパンに挟まれたみずみずしい野菜とカリカリに焼かれたベーコン、アーロン特製のソースが口の中いっぱいに広がって、レイは思わず顔をほころばせた。

「んんっ、美味し……！」

「そりゃよかった。レイは本当に、幸せそうに食べるな」

目を細めたアーロンの肩に飛び移ったククが、アーロンの角をつついて催促をする。分かった分かったと苦笑したアーロンが、パンをちぎってククに差し出した。

クルルッとご機嫌な声を上げ、アーロンの手からパンをもらうククを見つめながら、レイはそっと尋ねた。

「……僕、よけいなことをしたでしょうか」

「ん？」

顔を上げたアーロンが、じっとレイを見つめてくる。レイは躊躇いつつも迷いを打ち明けた。

「さっきのガザールのことです。本来であれば、森の生き物が怪我をしていても、それはそういう運命だって受け入れるべきなんですよね？　咄嗟に手当てしなきゃって思ったけど、でも本当なら人間が手助けするべきじゃなかったのかな……」

自分たちが間接的な原因を作ったとはいえ、本来であれば野生動物に人間が必要以上に関わることはよくないのではないだろうか。

「それに、番相手を狩っておいて、もう片方のガザールには怪我の手当てをするなんて、矛盾しているのかなって……」

もちろん、無用な殺生は避けるべきだと思うし、必要以上に獲物を狩らないというアーロンの姿勢は正しいと思う。彼の見事な狩りを目の当たりにして、一層命に感謝して、ちゃんとその肉を食べて生きていかなければと、そう思ったことは確かだ。

だが、だからこそ、手当てをするのはやり過ぎだったのではないだろうかと考えてしまう。

（この先僕は、目の前で怪我をしている動物がいたら、きっとまた助けてしまう。自分で狩りができるようにならないとと思うのに、獲物以外は助けたいって、そう思ってしまう……）

一方で命を奪い、一方で助けるなんて、矛盾しているのではないか。

思い悩み、俯いたレイだったが、その時、後頭部をそっとあたたかいものに包み込まれる。黒い鱗に覆われたその大きな手は、傍らのアーロンのものだった。

「お前は本当に真面目だな、レイ」

金色の瞳を優しく細めたアーロンが、ぽんぽんとレイの頭を撫でて言う。

「そんなに考えすぎるな。助けたいと思ったから助けた、それでいいじゃねぇか」

「でも……」

「第一、そんなこと言い出したら俺はどうなる。野生動物のヒナを拾って育ててるんだぞ?」

なあ、と話しかけられたククが、ク? と首を傾げる。小さく笑ったアーロンは、レイの頭から手を離し、またパンをちぎってククにやりながら、穏やかに語りかけてきた。

「ガザールの恋のシーズンは、これからが本番だ。レイが今日助けたガザールは、きっと新しい番を見つけて、次の春には子供を産むだろう。レイは、ガザールたちの命を繋いだんだ」

「命を、繋ぐ……」

繰り返したレイに、アーロンが頷く。

「そうだ。俺たちは生きるため、食うために命を奪うが、そのためにはガザールたちにも命を繋いでもらわなきゃならん。必要な時に必要な分だけ狩って、無用な命は奪わないことは大前提だが、この森を守っていくこと、ガザールたちの命を守っていくことも狩人の大切な仕事だ」

「…………」

「だから、お前のしたことはなにも矛盾なんてしてないし、間違ってもねぇと、俺は思う」

力強いその言葉に、レイはじっと手にしたサンドイッチを見つめた。

ふわふわのパンに挟まれた、カリカリのベーコン。

これも、アーロンが狩りで得た獲物から作ったものだ。

黙り込んだレイの腕に、ククが飛び移ってくる。クルルッと鳴いてねだるククにパンをちぎってあげて、レイは食べかけのそれにかぶりついた。

ゆっくり咀嚼し、目を閉じてしっかり味わう。ごくんと飲み込んで顔を上げたレイは、見守るアーロンに笑みを向けた。

「……美味しいです。すごく」

「ああ。……そうだな」

フッと笑みを浮かべたアーロンが、自分の分のサンドイッチを食べつつ、思い出したように言う。

「そういや、さっきは驚いた。レイがあんなに手際よく適切な処置ができるとはな。ガザールに話しかけてるのも、まるで本物の医者みたいだったぞ」

「あ……、そういえばそうですね。なんだか体が勝手に動いて……」

添え木や包帯代わりの布の処置など、無意識に手が動いていたことに気づいて、レイは自分でも驚いてしまう。

(そういえば、さっきは薪割りの時と全然違って、なにをどうすべきか考えなくても、自然と手が動いてた……。……僕は本当に、医者だったんだ)

今まで自覚はなかったし、医療に関する知識も思い出せないままだけれど、それでも自分の手はああした手当てのやり方をしっかり覚えていたらしい。

広げた手のひらをじっと見つめるレイに、アーロンがそっと声をかけてくる。

「……焦らなくてもいいんじゃねぇか」

「え……」

低く優しい声に、レイはアーロンの方に顔を向けた。切り株の上に足を乗せたアーロンは、ゆったりとその尾を揺らしていた。

「過去を思い出せなくても、お前はお前だ、レイ。お前自身はこうしてちゃんと生きてて、ガザールを助けることだってできる」

「あ……、でもそれは、とっさのことで……」

「とっさでもなんでも、俺一人だったらああして手当てしてやることはできなかった。あのガザールを助けてやれたのは、お前がいてくれたからだ」

ゆるく首を振ったアーロンが、レイを見つめて続ける。

「この森で狩りをする一人として、礼を言いたい。ありがとな、レイ。お前と一緒に来てよかった。お前と出会えて、よかった」

「アーロン……」

やわらかく光る金色の瞳に、レイは小さく頭を振って微笑み返した。

「僕の方こそ、アーロンと出会えて本当によかったと思っています。……ありがとうございます、アーロン」

早く記憶を取り戻さないとと、そう思っていた。

自分自身が誰か、一刻も早く思い出さないと、と。

けれど、今ここで、自分は生きている。


ここでの暮らしを、アーロンと共に過ごすこのひとときを、なによりも大切にしたい――。

湖面を撫でる風が、二人の間を通り抜けていく。

涼やかなその風を、レイは胸一杯に吸い込んだ。

「……いい風だな」

目を細めたアーロンが、のんびりと呟く。ゆらゆらと尾を揺らしてくつろぐ彼に、レイは頷いた。

「はい」

レイの肩の上で、ククがクルルッと首を傾げる。

キラキラと煌めく湖面をじっと見つめて、レイはぱくりと、アーロンお手製のサンドイッチを頬張ったのだった。

◆◆◆

藁(わら)で作られた巣の中に、ころんと丸い卵が三つ、転がっている。持ってきたカゴにそれを移して、レイは巣の主(あるじ)である雌鳥(めんどり)のコッコに微笑みかけた。

「今朝もありがとう、コッコ。立派な卵だね」

コッコッコ、と誇らしげに鳴いたコッコが、空の餌箱をつついてレイに催促をする。レイは苦笑を浮かべて、餌箱に朝ご飯を入れてやった。

この世界の鶏は、『レイ』の世界の鶏と大きさは同じだが、羽はより長くて、飛ぶこともできる。卵もいわゆる卵形とは違い、ボールのようにまん丸な形をしていて、一羽の雌鳥が一日に産む数も三、四個と多かった。

「いっぱい食べて、また明日も美味しい卵をよろしくね、コッコ」

さっそく餌をつつきだすコッコの後ろでは、雄鶏(おんどり)のドゥーが愛妻の食事を見守っている。

「今日も一日頼むね、ドゥー」

任せろ、とばかりにドゥルルッと声を張り上げるドゥーの鶏冠は、虹色だ。彼はいつも、コッコの食事中は周囲の警戒を怠らず、自分は彼女が十分に食べた後にゆっくりと食事をしていた。

(それにしても、コッコにドゥーって、アーロンは基本的に鳴き声で名前を付けてるんだな……)

なんだか可愛い、とくすくす笑うレイの肩で、同じく鳴き声から名前を付けられたのであろうククが、クルルルッと首を傾げる。なんでもないよとその嘴を撫でて、レイは鶏小屋を出て隣の小屋に向かった。

レイがアーロンと共に暮らし始めて、二週間ほどが経った。

あの日、獲物のガザールを肩に担いだアーロンと共に家路についたレイは、途中で立ち寄ったキノコの群生地でバスケットいっぱいにキノコを収穫した。そして帰宅した後、処理を施した肉をアーロンと二人で切り分け、キノコと共に村の人々に配って回った。

いつもお世話になっています、これからもよろしくお願いしますと手渡した秋の味覚に、村人たちは皆大喜びしてくれた。お返しにと野菜や自家製のパン、干し肉などを出してきてくれる村人たちに、慌ててレイが遠慮しようとしても、いいから持っていきなと押しつけられてしまって。

あんた細いんだからいっぱい食べな、そんなんじゃすぐ倒れちまうよと、どの家に行ってもそう言われてしまうレイに、アーロンは背後でずっと笑いを堪えていたらしい。

最後に寄ったグラートのところでも、シュリから同じようなことを言われてお手製の焼き菓子を持たされたレイに、アーロンはついに吹き出していた。

『いや、俺も人のことは言えねぇけどな。それにしても、皆が皆そろってお前になにかしら食べさせたくて仕方ないとはなあ』

笑うアーロンに、シュリも肩をすくめて言った。

『この村の男は、誰もこんなに細くないからね。どうしたって心配になるさ。早いとこレイを太らせないと、ちゃんと嫁に食わせてやってないのかって皆から非難されるよ、アーロン』

『だから、嫁じゃないってば……。もう、シュリがそうやって言うから皆すっかり誤解しちゃって、説明するの大変なんだからね』

いくらお嫁さんじゃないんですって言っても全然信じてくれないし、とため息をつくレイだが、シュリはあっけらかんと笑うばかりで。

『なに言ってんの。皆冗談だって分かってて、レイをからかってるだけだよ』

『……え？』

『ま、レイならそのまま、嘘から出たまことになっちゃってもいいよねって皆言ってるけどね』

『嘘から出たまことって……』

言葉の意味に気づいて、ぼわっと赤くなったレイに、アーロンが苦笑する。

『そうやって反応が素直だから、皆にからかわれるんだ』

『そんなこと言って、いつもアーロンだって僕をからかうじゃないですか……』

『そうか？　うちの嫁はすぐ赤くなって可愛いから、

ついなあ』

『……言ってるそばから嫁扱いしないで下さい』

恨めしげに言うレイを見て、シュリがおかしそうに笑う。

『言うようになったねぇ、レイ。本当に夫婦みたいじゃないか』

『仲よくやってるようで、安心したよ』

グラートにそう言われてしまうと、むきになって否定もできない。口ごもってしまったレイに、グラートは優しく微笑んで告げた。

『レイ、お前さんのことは王都に問い合わせているが、まだ詳しいことが分からなくてね。ただ、あの村に医者はいないということだったから、お前さんは旅の途中で巻き込まれたのかもしれない』

『……そう、ですか』

俯いたレイに、グラートは気遣わしげに言ってくれた。

『今、王都からも人が来て調べてくれているから、もう少し待ってくれるかい？　なにか分かったらすぐに伝えると約束するよ』

『ありがとうございます、グラートさん。よろしくお願いします』

レイが頭を下げて改めて頼むと、グラートは穏やかな瞳を細めて頭を振った。

『ここにはお前さんの好きなだけいてくれていいんだからね。焦らなくていいんだよ、レイ』

なにかあったらいつでもおいでと言ってくれたグラートにもう一度お礼を言い、レイはアーロンと共に村を後にした。

『この村が気のいい連中揃いなのは、間違いなくグラートの影響だろうな』

行きよりも大荷物になってしまった帰り道で、アーロンはレイにそう言った。

いつもにこにこと微笑みを絶やさないグラート翁は、長年この村をまとめており、近隣にも名の知れた好人物らしい。多くの者に慕われており、国中に知り合いがいるため、アーロンが追っている相手についてなにか情報が入ったら逐一教えてくれるのだそうだ。

(僕の家族はどんな人たちなのか、まだ思い出せないけど……。でも、おじいちゃんがいたら、こんな感じなのかな)

自分の家族は、今どうしているのだろう。

あの村に医者はいないということだったから、自分はあの村の出身ではない可能性が高いが、この世界のどこかに、自分のことを知っている人がいるのだろうか――……。

――忘れもしない、最初に目覚めた時にいたあの村のことを思い出すと、胸が痛む。

昨日レイは、アーロンに頼んで、あの村のあった場所に連れていってもらった。元いた場所に行けばなにか思い出すかもしれないという期待もあったし、それにアーロンが埋葬してくれた人たちにちゃんと手を合わせたかったのだ。

だが、期待とは裏腹に、やはり自分自身に関することはなにも思い出せなかった。

たくさんの墓標が立てられた丘の上で、レイは長い間祈り続けた。

思い出せなくてごめんなさい。どうか安らかに眠って下さい、と。

自分だけが助かったことが、その場に行ってもなにも思い出せないことが申し訳なくて、帰り道ではどうしても涙が溢れてしまった。

声を殺して泣くレイをアーロンは逞しい腕でしっかりと抱きしめて、ゆっくりゆっくり、綺麗な夕陽が地平線に沈むまで飛び続けてくれて――。

「……っと、駄目だ、ちゃんと気持ちを切り替えないと」

沈んでしまいそうになる気持ちを奮い立たせて、レイは顔を上げた。

どうやらアーロンは匂いで人間の感情が分かるらしく、レイが落ち込んでいるとすぐにそばに来て、大丈夫かと声をかけてくれる。今はアーロンは家の中にいるから匂いまでは伝わらないと思うが、まだ悲しい気持ちを引きずっていると気づかれたら、彼に心配をかけてしまう。

（アーロンもグラートさんもシュリも、皆僕のことを気遣ってくれてる。いつまでも落ち込んでいたら、ずっと心配をかけ続けてしまう……）

優しい人たちに、これ以上心配をかけたくない。

よし、と気持ちを切り替えて、レイは鶏小屋の隣にある家畜小屋の扉に手をかけた。

「おはよう、皆」

扉を開けた途端、中からメェメェと白いふわふわの毛玉が飛び出してくる。元気いっぱいな毛玉たちの様子に、レイは自然と頬をゆるませていた。

毛玉の正体は、アンザーという動物である。羊のようにもこもこの被毛に覆われているが、鳴き声はヤギそっくりで、額には角もある。飛び出してきた三頭のアンザーはまだ子供で角も小さく、レイが両手で抱えられる大きさだが、大人は――。

「お……、おはようございます、メメさん」

メェエエ、と野太い声を上げてのっそりと家畜小屋から出てきたのは、その背がレイの目線の高さまである巨大な雌のアンザーだ。雌だが、額には立派な角が二本生えている。

「あの……、今日もミルクを分けてもらっていいですか？」

一応メメさんは家畜なのだが、貫禄（かんろく）がすごすぎてついつい敬語になってしまう。

おずおずと頼んだレイをちらっと見たメメさんは、仕方ないわねと言いたげな表情で、メェエ、と声を響かせた。

「ありがとうございます。ちゃんと子供たちの分は残しておきますから」

レイは小屋の外に置いてあるイスを引き寄せて座ると、草を食むメメさんの乳を優しく布で拭いて、持ってきたお鍋に直接乳を搾った。しかしその間にも、三匹の仔アンザーたちがミルクの匂いに惹かれてわらわらと集まってくる。

「駄目だよ、君たちは後でお母さんから直接もらって……、っ、こら、頭突っ込んじゃ駄目！」

お鍋に直接頭を突っ込もうとするちびっこアンザーを慌てて遮るが、三匹が代わる代わるミルクを狙ってくるのでキリがない。どうにか必要な分の乳を搾り終える頃には、レイの息はすっかり上がってしまっていた。

「きょ……、今日はなんとか勝った……」

ちなみに初日は、攻防の末、搾ったミルクをどうにか死守しようとお鍋を頭上に掲げた途端、ちびアンザーに突撃されて頭からミルクをひっかぶった。その上、尻餅をついたところを三匹に群がられ、全身舐められたり吸われたりして、さんざんな目に遭ったのだ。

茫然とするレイに呆れたような目を向けてきたメメさんはともかく、どうにか笑いを堪えようとして堪えきれず、顔を背けて肩を震わせるばかりでちっとも助けてくれなかったアーロンのことは、未だにちょっと恨んでいたりする。

(……まあ、最後はちゃんと助けてくれたけど)

搾り終えたミルクを零さないよう、ちゃんと蓋をして、さっとその場から離れる。その途端、三匹の仔アンザーはメメお母さんの元へまっしぐらに突進していった。

「ありがとうございました、メメさん。後でブラッシングしにきますね」

元気な子供たちにお乳をあげているメメさんに声をかけると、メェエ、と短い返事が返ってくる。はいはいとでも言っているのだろう。のんびりと草を食むメメさんに微笑んで、レイはイスを片づけた。

家畜小屋と鶏小屋の周囲は柵で覆われているため、天気のいい日はこうしてメメさんたちを放牧している。今日は一日外でよさそうだな、とよく晴れた空を見上げながら、レイは置いておいた卵のカゴを腕にかけ、ミルクの入ったお鍋を両手で持って家に戻った。

アーロンが暮らしているこのロッジ風の山小屋は、元は村人たちの集会所として使われていたらしい。災害時の避難場所にもなっていたため、かなりがっしりした造りをしていて、一つ一つの部屋も広々としていた。

中でも一番大きな部屋は、テラスから続く扉を開けてすぐのところにある。アーロンはここを居間兼ダイニングキッチンとして使っていた。

「ただいま。アーロン、ミルクと卵、もらってきました」

「お、お帰り、レイ。今日は大丈夫だったか？」

ニヤッとからかうような笑みを向けてくるアーロンは、レイがミルクをぶちまけた時のことを思い出しているのだろう。レイは大丈夫です、とちょっとむくれつつ、朝食の準備をしているアーロンの元にミルクと卵を運んだ。

天井の高い部屋は木製の家具で統一されており、美しい木目のテーブルやイスは大柄なアーロンに合わせてかなり大きい。聞けば、アーロンがこの村に住むことになった際、村人たちがわざわざアーロンのサイズに合わせて作ってくれた特製の家具とのことだった。

居間の壁には立派な暖炉が設えられており、冬の間は燃料節約のためにこの暖炉で煮炊きをしているらしい。冬は狩りに出られないから、昼間はこの暖炉のそばでスープを煮込みながら工芸品を作り、夜はチーズや薫製肉を炙って晩酌するのだとアーロンが教えてくれた。

秋口の今は残念ながらまだ暖炉に火は入れられていないが、部屋の奥のキッチンには小さな窯があり、アーロンは毎日その窯でパンを焼いてくれている。今日も漂ってくる、パンの焼ける香ばしい匂いに鼻をひくひくさせながら、レイはアーロンに卵を手渡した。

「いい匂いですね、アーロン」

「ああ。もう少しで焼き上がるぞ。っと、今日は三個か。レイ、どっちがいい？」

　朝の卵料理は、その日コッコが産んでくれた卵の数で決まる。偶数の時は目玉焼きかゆで卵、奇数の時は分けやすいように、オムレツかスクランブルエッグだ。

「スクランブルエッグがいいです」

「分かった。じゃあレイはチーズを切ってくれるか？　中に入れよう」

「はい！」

　目を細めたアーロンが、手元のフライパンで焼いていたベーコンとアスパラを皿に盛りつけ、ボウルに卵を割り入れる。片手でぱかりと器用に卵を割ったアーロンは、続いてミルクの入った鍋を火にかけた。煮沸した後、濃いめに入れた紅茶と合わせればあっという間にミルクティーの出来上がりだ。

「本当にこの紅茶、いい香りですね」

「グラート特製のブレンドだからな」

　紅茶好きなグラートは茶葉のブレンドが得意で、アーロンはいつもそれを分けてもらっているらしい。この村の人々はそれぞれ自分の得意なものや自慢の品を物々交換しているため、食卓はいつも美味しいもので溢れていた。

　レイが刻んだチーズを卵液に入れたアーロンが、たっぷりのバターを溶かしたフライパンで手早くスクランブルエッグを仕上げる。ベーコンとアスパラの隣に盛りつけられた黄金色のスクランブルエッグの上に、レイは粗挽(あらび)きの黒胡椒(くろこしょう)をパラパラと振りかけた。

　窯の中を覗いたアーロンが、パンを取り出してカゴに盛る。綺麗なキツネ色に焼けたパンからは、ほわ……っと幸せな香りの湯気が立っていた。

「よし、パンも焼けたな。レイ、運んでくれるか？　今日は天気がいいから、テラスで食べよう」

「いいですね！　そうしましょう」

アーロンの提案にパッと顔を輝かせて、レイは皿を手に外に出た。テラスのテーブルに朝食を並べて、二人そろって食卓に着く。

「いただきます」

「ああ、いただきます」

手を合わせたレイに続いて、アーロンも同じように手を合わせる。もともと彼にこの習慣はなかったのだが、レイが前世の記憶では食事の前にこうして挨拶をしていたと告げたところ、俺もやろうと言ってくれたのだ。以来、二人の間では食事の前にはいただきます、後にはごちそうさまを言うのが習慣になっている。

清々しい朝の空気を胸いっぱいに吸い込みながら、レイはまずスクランブルエッグを口に運んだ。朝陽に艶々と輝くスクランブルエッグは、とろんとした半熟具合が絶妙で、濃厚な卵とチーズの塩気、鼻に抜けるバターの香りがたまらない。

「はー、このスクランブルエッグ、美味しい……」

「そりゃよかった。お前はいつも本当に美味そうに食うから、俺も作りがいがある」

うっとり味わうレイに目を細めたアーロンが、パンに手を伸ばす。

「ん、今日のは特にうまく焼けたな」

焼きたてのパンは、外側はパリッと、中はふんわりとやわらかくて、小麦のいい香りがする。

「レイが作ったジャムも、いい味に仕上がってるぞ。香りがいいし、食感もパンによく合う」

アーロンがたっぷりとパンに載せたのは、昨日レイがアーロンに教わりながら作った、トゥッファーハのジャムだ。仕上げに煮出した紅茶と角切りにした実を加えたそれは、ごろごろと食べ応えのあるジャムになっている。

「本当ですか？　じゃあ僕も……」

自分も食べてみようと、うきうきと手を伸ばしかけたレイは、カゴに盛られたパンの中に見慣れないものを見つけて首を傾げた。

「あの、アーロン、これは？」

そのパンは、なんとも不可思議な形をしていた。あえて例えるなら星型に近いが、アーロンがこんな奇抜な形のパンを作るなんて珍しい。

肩に乗ったククにパンをちぎってあげていたアーロンが、レイの視線に気づいて苦笑を零す。

「ああ、それな。昨日村に行った時に、シュリから押しつけられたんだ。……新作だとさ」

「そ……、そうですか……」

ごくり、と喉を鳴らしてしまうのは、シュリの新作でろくな目にあったことがないからだ。

料理音痴なのに料理好きな彼女は、毎回いろいろなものを作っては、二人にお裾分けという名の味見を要求してくる。花嫁修業に付き合えと言われては断ることもできず、毎回グラートに、すまないが頼むよとこっそり胃薬を渡されている二人だが、パンの試食は初めてだ。

（大丈夫かな……。この間もらった焼き菓子は、野草が練り込まれてて滅茶苦茶苦かったけど……）

奇をてらわなければそこそこ美味しいものが作れそうなのに、何故かとことんオリジナリティを追求するシュリの料理には、今までさんざん度肝を抜かされてきた。

今回のパンはどうだろう、とおそるおそる手を伸ばしたレイを見て、アーロンももう一つあった奇抜な形のパンを手にする。

「……いっせーので食べるか」

まるで死ぬ時は一緒だ、と言わんばかりの表情を浮かべたアーロンの肩の上で、ククがカルルッと警戒するような声を上げる。まん丸の目を見開いて心配そうにアーロンを、続いて自分の方を見つめてくるククに、レイは苦笑を零した。

「大丈夫だよ、クク。さすがに毒は入ってないはずだから。……食べましょう、アーロン」

「ああ。いっせー、の」

サクッと、二人の口元で軽やかな音が上がる。こわごわ咀嚼してみたレイは、途中であれ、と首を傾げた。

(サクサクパリパリの層が何層も重なってて、バターのいい香りがする……。これは……)

「……美味いな」

「クロワッサンだ……！」

驚いたように呟いたアーロンの声に、レイの声が重なる。もぐもぐと口を動かしたアーロンが、首を傾げた。

「クロ……？　なんだ、それは」

「クロワッサンっていうパンです。えっ、すごい！　これ偶然作ったのかな、シュリ！」

形こそいびつだが、味や食感はクロワッサンそのもので、とても美味しい。あっという間に完食してしまったレイを見て、ククが慌てたようにアーロンの顎をつついた。気づいたアーロンが、ククにもお裾分けをしてやる。

「ああ、ククも食ってみろ。……そうか、『レイ』のいた世界にはこんなパンもあったのか」

「確かバターをたくさん練り込んで作るんです。今度シュリに、作り方聞いてみよう……！」

どうやらククも気に入ったらしく、一口食べた途端クルルルッと声を上げ、もっともっととアーロンに催促している。レイはミルクティーを口に運びながら呟いた。

「そうか、完全に同じじゃなくても、似たものなら作れるのか……。でも、醤油とか味噌はどうやって作るんだろう」

日本人の『レイ』の記憶があるレイが真っ先に作りたいと思うのは、やはりその二つだ。『レイ』の日常では必須の調味料だった。

「ああ、お味噌汁飲みたいなあ。そこに焼き魚と納豆と卵かけご飯があったら最高なんだけど……」

もちろんアーロンお手製の朝食は絶品なのだけれど、時々無性に和食が食べたくなる。

味噌汁の具材はシンプルにワカメと豆腐、焼き魚は鮭もいいが、アジの干物も捨てがたい。納豆には刻んだネギを入れて、パリパリのたくあんが添えてあって。コッコの卵は、きっと卵かけご飯で食べても美味しいだろう。

(でも、この世界には醤油も味噌もないしなあ)

確かどちらも、作るには糀が必要なはずだ。しかし、なくても似たものか、近いものは作れないだろうか。

うんうんと考え込んでいるレイに、アーロンが聞いてくる。

「そのミソシルと、タマゴカケゴハン、か?　それはどんな食べ物なんだ?」

「ええと、味噌汁は味噌っていう調味料をだし汁で溶いた温かいスープです。味噌は大豆っていう豆を発酵させて作ったもので、『レイ』の家では味噌汁の中にいろんな野菜や海草なんかを入れていました。卵かけご飯は、ご飯に生卵をかけた食べ物です」

「生の卵を食うのか?　……腹を下しそうだな」

驚いたように目を瞠ったアーロンが、顔をしかめる。自分の皿のスクランブルエッグを見つめ、これを生で……、と衝撃を受けているアーロンに、レイは思わず笑ってしまった。

「日本では卵が衛生的に処理されていて、生で食べるのも普通のことだったんです。卵かけご飯にはお醤油をかけるんですけど、すごく美味しいんですよ。お醤油も大豆を発酵させた液体の調味料で、ただご飯にかけただけでも美味しくて……」

前世の記憶を頼りに、レイはアーロンに日本の食べ物を次々に紹介した。

記憶のフラッシュバックは相変わらず断片的で、思い出すのは『レイ』の記憶ばかりだ。しかもほとんどが食事風景ばかりで、その度に味の記憶も甦るから、唐突に白いご飯が恋しくなったりしてちょっとつらい。

(でも、『レイ』はすごくいい子みたいだった。無口で頑固なおじいちゃんと、優しいおばあちゃんと一緒に暮らしてて、食べるのが大好きで……）

思い出すのは、レイの祖母が作ってくれた手料理がいっぱい並んだ食卓だ。

煮物に酢の物、揚げ物に汁物。どれもとれたての野菜がふんだんに使われた優しい味付けで、食いしん坊の『レイ』は毎回ご飯をお代わりして食べていた。お櫃からご飯を山盛りによそって、もりもりおかずを食べる『レイ』に、おばあちゃんはいつもにこにこと嬉しそうに笑ってくれていて。

（多分『レイ』は、おばあちゃんが喜んでくれるのが嬉しくて、いっぱい食べてたんだろうな）

もちろん祖母の料理が美味しかったのは言うまでもないが、その気持ちは今のレイにも分かる。目の前でアーロンが嬉しそうにしてくれると、食べる方も幸せになってしまうのだ。

もっとアーロンに喜んでもらいたい。もっと彼の嬉しそうな顔を見たい――。

（……食事って、一緒に食べる相手によって全然違うものなのかもしれないな）

断片的な記憶の中には、『レイ』が一人で食卓に向かっている記憶もあった。しかしそこは祖父母の家ではなく都会の一室で、並んでいたのもカップラーメンとゼリー飲料といった、祖母の手料理とはほど遠いものだった。

おそらくあれは、『レイ』が祖父母の元に身を寄せる前の記憶なのだろう。『レイ』の両親に関する記憶がまったく思い出せないことからも、彼は両親とはあまりうまく関係を築けていなかったのだろうことが察せられた。

（……彼はその後、どうなったんだろう。どんな人生を送ったのかな……）

今のところ思い出す記憶は『レイ』の高校生の頃までで、その後彼がどんな人生を歩んだのかまでは分からない。自分のこともそうだが、いつか『レイ』のことも全部思い出せるといいなと思いながら、レイは話を結んだ。

「……まあでも、『レイ』の食べていたものはこの世界にはないものがほとんどですから、ないものねだりなんですけどね」

ないと分かっているからよけい、食べたくなってしまうのだろう。そう苦笑したレイに、アーロンが首を振って言う。

「いや、そうとは限らないぞ。『レイ』のいた世界も広かったみたいだが、この世界にもいろいろな国があるからな。俺が知らないだけで、どこかにミソやショウユもあるかもしれない。……クロワッサンも、奇跡的にできたことだしな？」

「ふふ、そうですね」

笑ったレイに、アーロンも目を細める。と、その時、アーロンがなにかに気づいた様子で、不意にレイの方に手を伸ばしてきた。

「……レイ」

「え？　あ……」

アーロンの長い指先が、レイの口元に触れる。唇をかすめた、さらりとした鱗の感触に、レイは思わず目を瞠っていた。

「……欠片がついてたぞ」

ふっと笑ったアーロンが、指先につまんだクロワッサンの欠片をククに差し出す。クルルッと嬉しそうに欠片をつつくククを見て、レイは我に返った。

「す……、すみません……」

口にパン屑をつけたまま喋っていたなんて、子供みたいで恥ずかしい。でも。

「……言ってくれたら、自分でとったのに」

パン屑をつけていたこと自体も恥ずかしいが、それ以上にアーロンにそれをとってもらったことが恥ずかしくて、いたたまれない。

つい恨むような口調になってしまったレイに、アーロンが苦笑を零す。

「ククが狙ってたからな。口をつつかれて、怪我でもしたら大変だろ」

「それは……、そうですけど」

でも、わざわざアーロンがとってくれなくてもいいと思う。

飲み込んだ言葉は、表情に出ていたのだろう。アーロンが悪戯っぽく笑ってレイをからかう。

「なにせレイは、俺の大事な嫁さんだからな。嫁の世話を焼くのは夫の務めだろう？」

「もう、またそんなこと言って……」

嫁じゃないですってば、と言いつつも、ついくすくす笑ってしまう。するとアーロンは一層目を細めて微笑みかけてきた。

「……どうやら俺は、お前の世話を焼くのが楽しいみたいでな。ま、嫌じゃねえなら大人しく世話を焼かれててくれ」

な、と笑いかけてきたアーロンが、ごちそうさま、と食事を終える。甘やかなその表情と言葉に少し頬を赤らめつつ、レイもごちそうさまでしたと手を合わせた。

テラスから食器を運び、二人並んで洗い物を片づける。いつものようにアーロンが洗い終えた皿を受け取り、布巾で拭きながら、レイはうきうきと声を弾ませた。

「アーロン、確か今日は村の畑で収穫作業があるんですよね？」

先日アーロンから聞かされていた、村の共同の畑の収穫が行われるため、今日は朝から村に向かうことになっている。頑張らないと、と張り切るレイに、アーロンが頷いた。

「ああ。片づけたら早速行かねぇとな。ククは置いていきたいところだが……」

言い淀んだアーロンが、自分の肩の上にとまるククをちらりと見やる。気配を察したのか、カルルッと怒ったような声を上げ、一人にするなと訴える仔フクロウに、アーロンが早々に白旗（しらはた）を上げた。

「分かった分かった。お前も連れてってやるが、邪魔はするなよ。つまみ食いも禁止だ」

「……それは難しいかもしれませんね」

食いしん坊のククにとって、収穫された穀物や作物はきっと宝の山だろう。

ク？　と首を傾げるククに、アーロンがため息混じりに言う。

「ククが盗み食いしねぇよう、見張ってないとな」

「ですね」

手の焼ける仔フクロウを前に、二人はこっそり、苦笑を交わし合ったのだった。


ぐぐぐっと軍手越しに伝わる確かな手応えに、レイはパアッと顔を輝かせた。よし、と意気込んで、掴んだ蔓を握りしめる。

朝食の片づけを済ませたレイとアーロンは、早速村の畑の収穫を手伝いに来ていた。初心者のレイは比較的簡単な芋の収穫作業、アーロンは収穫した野菜や穀物の運搬作業を請け負うことになり、青空の下、他の村人たちと共に汗を流している。

地上に出ている蔓を引っ張って収穫するこの芋は村の特産品で、一つの蔓の先に何個もの芋が生っている。しかし、力任せに引っ張ると根がちぎれて土の中に芋が残ってしまい、鍬で掘り起こさなければならなくなるため、簡単なようでいて力加減がなかなか難しい作業だった。

（もうちょっと、かな……？）

レイはぐ、ぐっと感触を確かめつつ、少しずつ蔓を引っ張った。最初の方はコツが掴めず、途中で切れてしまうことが多かったが、だんだん力加減も分かってきた。これなら全部綺麗に抜けるかも、とわくわくしながら、一層ぐっと蔓を引く手に力を込めた、——その瞬間。

「よし、抜け……っ、うわ……!?」

全部抜けたと思った途端、最後の一個に繋がる根が途中でぶつっとちぎれてしまう。力を込めて蔓を引っ張っていたレイは、反動で勢いよく後ろに倒れ込んでしまった。

「……っ！」

思わずぎゅっと目を瞑ったレイだったが、尻餅をつくより早く、トン、と背中になにかが当たる。おそるおそる目を開けてみると、そこにはアーロンの顔があった。

どうやら彼が、転びかけた自分を抱き留めてくれたらしい。

アーロンは、レイの腰を支えているのとは反対の腕で、肩に担ぎ上げたカゴを支えていた。カゴの縁にはククがとまっており、ククがクルル、と鳴いた途端、山盛りになった芋が一つ、カゴからころりと転げ落ちる。

「大丈夫か、レイ」

「あ……、す、すみません、アーロン！」

慌てて離れようとするレイに、アーロンが苦笑を零す。

「いいから、そんなに慌てるな。足元に気をつけて、俺の胸にしがみつけ。ゆっくりでいい」

「は、はい。……ありがとうございます」

アーロンの言葉に甘えて、レイは彼の胸元に手をついた。さらさらの鱗に覆われた逞しい胸元から爽やかな石鹸と彼自身の香りがして、気づいた途端、何だか無性に恥ずかしくなる。

（アーロンは助けてくれただけなのに、いい匂いだなって思うとか……、なに考えてるんだ、僕）

同じ石鹸を使ってるはずだろ、といつぞやアーロンに言ったのと同じことを思いつつ、レイは身を起こした。

レイが自分の足でちゃんと立つまで待って、アーロンがするりと腕を引く。

「ずいぶん頑張ってるみたいだな、レイ」

そう言いながら腰に下げた布を引っ張ったアーロンが、レイの頬を優しく拭う。どうやら知らない間に泥がついていたらしい。

「なにからなにまでお手数かけます……」

レイの言いようがおかしかったのか、アーロンがふっと吹き出して頭を振る。

「いや。張り切るのはいいいけどな、怪我にだけはくれぐれも気をつけろよ」

「はい。ありがとうございます、アーロン」

照れ笑いを浮かべたその時、レイの腹がくうと小さな音を立てる。音が聞こえたのか、クルル、とククが翼を羽ばたかせ、自分もおなかがすいたと主張した。

「…………」

真っ赤な顔で俯いたレイの頭を、大きな手がぽんぽんと撫でてくる。見上げると、アーロンが赤い瞳をやわらかく細めて笑っていた。

「もうすぐ昼飯だから、あと少し頑張ろうな」

「……はい！」

元気よく頷いたレイにくすくす笑って、アーロンがククと共に去っていく。

黒く太い尾をゆらゆらと揺らしながら畑を横切る彼の後ろに、どこからともなくわらわらと村の子供たちが集まってくる。楽しそうにきゃっきゃとじゃれつく子供たちを尻尾であしらっているアーロンは、まるで仔猫をあやす親猫のようだった。

「こら、危ないからお前たちはあっちに行ってろ。作業が終わったら遊んでやるから」

「はーい。絶対だよ、アーロン！」

「あとでクク触らせてね！」

「……ククがいいって言ったらな」

カルル、と子供たちを威嚇するククは、絶対嫌、と言っているかのようだ。

「おっかねー！　可愛いのに！」

「可愛いのにね！」

顔を見合わせ、楽しそうに笑い合って駆けていく子供たちを目を細めて見送ったアーロンが、近くにあった山盛りの芋のカゴをもう一つ抱えて歩き出す。

悠々とカゴを運ぶ彼の後ろ姿に、レイはよし、と意気込んだ。

「僕も……！」

この畑の芋の蔓はあらかた抜き終えたし、いったん芋を集めて運んだ方がいいだろう。そう思って、先ほど抜ききれなかった芋を掘り起こし、土を払ってカゴに入れる。

こんもりと芋を山盛りに集めたレイは、よいしょ、と声をかけてカゴを持ち上げようとして、目をまん丸に見開いた。

「……全然持ち上がらない」

このカゴはアーロンが持っていたものより二回りほど小さい。容量もそれだけ少ないはず、とカゴに回した腕に何度も力を込めるが――。

「……っ！　……っ、……っ！」

びくともしない。

真っ赤な顔で必死に格闘し続けるレイだったが、その時、背後から肩をぽんぽんと叩かれる。

振り返るとそこには、苦笑を浮かべたシュリが立っていた。

「そんなんじゃいつまで経っても持ち上がらないよ、レイ。ちょっとどいて」

言うなり屈んだシュリが、いとも簡単そうにひょいっとカゴを持ち上げる。

「う……」

「こういうのはコツがあるんだ。こっちはいいから、あんたはあっち、手伝ってきてくれるかい」

くい、とシュリが顎で示す方には、刈り取られた麦が集められていた。

そのすぐそばでは村の子供たちが地面に座り込み、熊手のような道具で麦の穂を取っている。実を取り終えた麦藁は大人が束ねて、畑の隅に組んだ木材の上に干していっていた。

「できたら昼飯までにあの作業も終わらせたいからね。頼める？」

「……分かった。絶対後で持ち上げ方教えてね、シュリ」

このままではさすがに男の沽券に関わる。お昼を食べ終わったらちゃんと習って、自分も力仕事に加わりたい。

そう思って頼んだレイに、しかしシュリは肩をすくめて言った。

「いいけど、旦那の許可が出ないと」

「……旦那？」

「新婚さんな上にめちゃくちゃ過保護な旦那だから、なかなか許可が出るとは思えないけどなあ」

言うだけ言って、シュリがカゴを抱えたまますたすたと去っていく。

（旦那って、もしかしてアーロンのこと……？）

思い当たった途端、カーッと赤面してしまって、レイはパタパタと手で顔を扇いだ。新婚さん扱いされた上、過保護という言葉に反論できないのが恥ずかしくてたまらない。

（嫁って言われるのも恥ずかしいけど、アーロンのこと旦那って言われるのは、なんかもっと恥ずかしい気がする……）

ううう、と唇を噛んで恥ずかしさを堪えつつ、レイは頼まれた仕事をすべく、麦藁の山へと急いだ。

「手伝います！」

気づいた村人たちが、にこにことレイを出迎えてくれる。

「ああ、レイ。助かるよ。少しでも陽に当てたいから、早く干したくてね」

「よし、じゃあレイは藁を束ねてくれるかい？」

これをこうしてね、と束ね方を教えてくれる彼らに倣って、麦藁を次々に束にしていく。ちょっと悔しいが、力仕事よりもこういった手先を使う仕事の方が向いているのは確かなようで、レイの周囲にはあっという間に藁の束が積み上がっていった。

「これは……、壮観だな」

芋を運び終えたアーロンが、苦笑しつつ藁を運んでいく。竜人の彼が加わったことであっという間に作業は終わり、レイは村人たちと共に畑の脇に用意された天幕へと引き上げた。

「みんな、ご苦労だったね。さ、たくさん用意したから遠慮なく食べておくれ」

天幕では、グラートが料理の腕を振るっていた。

焼きたてのパンに、野菜と豆と挽き肉の煮込み。厚切りのハムやソーセージが焼かれている鉄板では、先日アーロンがとってきたガザールの肉もじゅうじゅうといい匂いをさせている。

飲み物も、アンザーの乳や果実を搾って冷やしたジュースの他、グラートご自慢の香り高い紅茶も用意されていた。

木製のプレートにパンやハムをとってきて、レイはアーロンの姿を探した。せっかくだから、一緒に食べようと思ったのだ。しかし。

「……うわあ」

見つけたアーロンは、村の子供たちに文字通り群がられていた。一人は肩車、両脇にも一人ずつ抱えており、背中にもやんちゃそうな男の子が二人ぶら下がっている。太い尾にまたがったり抱きついたりして遊んでいる子も幾人かいるようだ。

定位置の肩を奪われたククが、アーロンの鼻先にとまって、カルカル怒りの声を上げていた。

レイに気づいたアーロンが、その状態のままのっしのっしと歩み寄ってきて言う。

「ああ、レイ。見ての通りだから、お前は先に食べててくれ」

「わ、分かりました。……あの、なにかとってきますか？」

「いや、後で適当に食うからいい。作業が終わったら遊んでやるって、さっき約束しちまってな」

どうやら子供たちは大人より先に昼食をとっていたらしい。元気いっぱいできゃあきゃあと歓声を上げる彼らに、アーロンが苦笑した。

「まあ、一通り遊んでやったら、疲れて昼寝するだろう。ちょっと相手してくるから、ククを頼む」

促されたククが、アーロンの鼻先からレイの肩に飛び移る。クルルルル、とまるで愚痴を零すように鳴くククの嘴を撫でてやって、レイは頷いた。

「分かりました。ご飯、とっておきますね」

「ん、頼む」

ありがとな、と笑ったアーロンが、そのままのっしのっしと去っていく。天幕の外に向かう間にも、まるで砂鉄を引き寄せる磁石みたいにあちらこちらから子供が増えていって、レイは思わず呟かずにはいられなかった。

「が……、頑張って……!」

と、その時、近くのテーブルからシュリが声をかけてくる。

「レイ、こっちおいでよ！　一緒に食べよう」

「あ、うん。ありがとう、シュリ」

誘ってくれた彼女にお礼を言い、レイはククを肩に乗せたまま席に着いて、いただきますと手を合わせた。不思議そうにそれを見ながら、シュリが料理に手をつけ始める。

「その、イタダキマス？　それは、『レイ』の食事の時の習慣だったんだよな？　他にもなにか思い出した？」

「うーん、そんなに多くは思い出せてないよ。時々断片的な記憶が甦るけど、どれも『レイ』が美味しそうにご飯食べてる場面ばっかりだし」

自分がよほど食い意地が張っているのか、はたまた『レイ』が食いしん坊だったのかは分からないが、思い出すのは食に関する記憶ばかりだ。そのためレイは、生活するのに支障がない程度ではあるものの、思いがけないところで基礎的な知識が抜け落ちているということが多々あった。

ククッ、ククッと催促するククに、ちぎったパンを分けてあげながら、レイは苦笑混じりに話す。

「例えばこの間なんて、しゃっくりが分からなくて。突然呼吸が変になってびっくりして、慌てて病気かもしれないってアーロンに相談して、ようやくしゃっくりっていう現象を知ったんだ」

息を全部吐き出して、ゆっくり少しずつ水を飲めば治ると教えられて、その通りにしたらようやくとまったけれど、あの時は本当に驚いた。いつまでもひっくひっくと喉が痙攣し続けていて息がうまく吸えなくて、もしかしたらずっとこのままなんだろうか、そのうち呼吸ができなくなってしまうんじゃないかと思ったら、不安でたまらなくて。

　大丈夫だ、病気じゃないと優しく笑って教えてくれたアーロンに、どれだけほっとしたかしれない。

「そんな感じだから、僕自身のこととかはまだ全然思い出せてないんだ」

　苦笑してみせたレイに、シュリがしんみりとした表情になる。

「そっか……」

「でも、シュリたちのおかげで毎日楽しいよ。本当に感謝してる。昨日もらったパンもすごく美味しかった。今日も手伝わせてくれてありがとう」

　今日収穫した野菜や小麦は、いずれも村の人たちが苦労して育てたものだ。その大切な実りを収穫する喜びを、一緒に味わわせてもらえて嬉しい。

　にこにことそう言ったレイに、シュリが笑う。

「こっちこそ、手伝ってくれて助かったよ。大変だったろう？　今日収穫した野菜は今度の収穫祭でも使われるから、楽しみにしてるといいよ」

　いっぱい料理が並ぶんだと言われて、レイは顔をほころばせた。

「アーロンから聞いたけど、収穫祭って一晩中食べて歌って踊るんだってね。すごく楽しそう」

「うん、年に一度のお祭りだから、皆張り切って騒ぐんだ。この祭りで恋人にプロポーズする奴も多くってさ。……そうだ」

　話の途中でなにか思いついたように、シュリが辺りを見回す。祖父のグラートが離れたところにいることを確認した彼女は、ちょいちょいとレイを手招きして声をひそめた。

「レイには特別に見せてあげるよ。ここの村では昔から、プロポーズする相手に自分が作ったスプーンを贈る習わしがあってね。今はお世話になった人とかにも渡したりするんだけど」

　胸元から小さな布の包みを取り出したシュリは、手の上でその包みを解く。中には、掘っている途中らしき木製のスプーンと、小さな折りたたみのナイフが入っていた。

「これ、あたしが作ってるやつ。今度の収穫祭で、じいちゃんにあげようと思ってるんだ」

「えっ、すごい！　これシュリが作ったの？　もうほとんど形ができてる……！」

「うん。あとちょっと形を整えたら、柄のところに細工をして終わりなんだけど、入れる紋様にもいろいろ意味があるから、選ぶのが難しくてさあ」

　特別な相手に渡すものだからこそ、紋様の意味にまでこだわってしまうのだろう。大切そうに柄の部分を撫でながら、シュリが言う。

「このスプーンは、贈る相手に、一生食べるのに困らせない約束をするって意味があるんだ。あたしはまだまだ半人前だけど、でもじいちゃんに少しでも安心してほしくてさ」

　シュリの両親は、彼女が幼い頃に病気で他界してしまったらしい。彼女は将来、グラートの跡を継いで、この村の長となりたいのだと、以前話してくれていた。

「……きっとグラートさん、喜んでくれるよ」

「へへ、そうかな？　ありがと、レイ」

　請け負ったレイに、シュリが照れ笑いを浮かべる。絶対大丈夫、と微笑み返して、レイはふと思いついて聞いてみた。

「……あの、シュリ。そのスプーンって、作るの難しいかな？　できたらその、僕もアーロンにあげたいなって……。今から作り始めても、収穫祭に間に合うかな？」

　日頃の感謝を込めて、自分もアーロンに贈り物がしたい。

　そう言ったレイに、シュリは一瞬目を丸くした後、にんまりと笑った。

「アーロンに？　……いいんじゃない？　まだ時間はたっぷりあるし、十分間に合うと思うよ。後で作り方教えてあげる。材料も余ってるから、分けてあげるよ」

「本当に？　ありがとう！」

「その代わり、収穫祭が近くなったら二、三日こっちに泊まり込みで手伝ってくれる？　広場の飾りつけとか、いっぱいやることあるんだ」

「うん、もちろん」

自分にできることならなんでも手伝うと、喜んで頷いたレイだったが、シュリはよろしく、と言いつつもにやにやと人の悪い笑みを浮かべる。

「しかし、レイがアーロンにスプーンを、ねえ」

「？　なにか変だった？」

お世話になっているのだし、スプーンを贈るのはいい考えだと思ったのだが、なにかおかしかっただろうか。

首を傾げたレイだったが、食事を終えたシュリは空になった皿を持って席を立つと、歌うような調子で答えた。

「なんでもなーい。レイはそのつもりでも、受け取る方はどうなのかなって思っただけ！」

にひひ、となんだか楽しそうに笑ったシュリが、お代わりをもらうべく、じいちゃーん、とグラートの方に行ってしまう。

「……受け取る方？」

訳が分からず首を捻るレイの肩で、ククがククッと鳴いて、レイの耳たぶを嘴で引っ張る。『ご飯もっと』の催促に、レイは苦笑を浮かべて謝った。

「ごめんごめん。はい、どうぞ」

差し出した肉の切れ端にご機嫌で食らいつくククに、美味しい？　と聞きながらも、レイはシュリの言葉に内心首を傾げていたのだった。

うーん、と何事か考え込み続けているレイを横目に、アーロンはハラハラしていた。

（足元を見ろ、レイ……！）

うーんうーんと首を捻っているレイは、頭のてっぺんにククを乗せ、首から下げた野菜入りのカゴを両手で抱えている。この道はただでさえでこぼことした農道で足元が覚束ないというのに、考え事などしていたらすぐに転んでしまいかねない。

レイと共に村の畑で収穫を手伝った、帰り道のことだった。男二人なんだからたくさん食べなと、たくさん野菜を分けてもらったため、アーロンもどっさりと野菜が詰められた大きなカゴを両腕で抱えている。

せめてレイの抱えている野菜を取り上げたいところだが、真面目な彼のことだ、自分で運ぶと言ってきかないだろう。

（一体なにをそんなに悩んでるんだ?）

難しい顔をして歩き続けているレイは、シュリと昼ご飯を食べた後、午後は荷物の持ち上げ方を教わっていた。重いカゴを持ち上げられるようになりたいと一生懸命練習していた時は特に考え事をしていた様子はなかったのだが、それからなにかあったのだろうか。

（確か農作業が終わった後は、シュリにクロワッサンの作り方を教わってくるからって、しばらくグラートの家に行ってたな……。まさかその時にシュリの新作を食わされて、腹が痛いとか……?）

思い至って心配になってしまったアーロンだが、レイは何事か考え込んでいる様子ではあるものの、どこか具合が悪そうには見えない。

クロワッサンの作り方を反芻しているのだろうか、それにしては上の空が過ぎる気がする。

ハラハラしながら見守るアーロンをよそに、レイは重い荷物のせいもあってか、ふらふらと道を進んでいく。

（っ、そっちには窪みが……！）

レイの向かう先を見て、アーロンの我慢はついに限界に達した。

「……ああもう、我慢ならん！」

びたんっと尾を地面に打ち付け、自分の荷物を素早く片腕に寄せると、びっくりして立ち止まったレイを空いた腕でひょいっと抱え上げる。弾みでレイの頭から転がり落ちかけたククが慌てて飛び上がり、カルルッと怒った声を上げてレイの肩の上に着地した。

「……えっ⁉」

一拍遅れて、レイがその緑色の瞳を見開く。

「よし、これで一安心だな」

満足満足と頷いて尾を振ると、アーロンはカルカル怒っているククにすまんすまんと謝り、鼻歌混じりに歩き出した。抱え上げられたレイが、目をパチパチと瞬かせて聞いてくる。

「あの……、……アーロン？」

まだ状況が飲み込めないらしく、腕の中で戸惑っているレイに説明してやる。

「さっきから見てたけどな、お前、ふらふら危なっかしくてかなわねぇんだよ。考え事したいなら家までこうしててやるから、このままゆっくり考えればいいだろ」

「え……っ、い、いえ、そんな……！　そんなことしていただかなくても、ちゃんと歩けますから！」

「歩けてねぇから言ってんだ」

ふうとため息をついて、アーロンは腕の中のレイに肩をすくめてみせた。

「大事な嫁に怪我されちゃ困るしな。他に誰もいないんだし、別に構わねぇだろ」

「構います……！　僕は男で、一応大人なんですし、こん……っ、こんな……！　第一、アーロンだって重いでしょう⁉」

「いや、全然。ククに毛が生えたくらいなもんだろ」

「っ、そんなわけないでしょう⁉」

動揺のあまりなんだか怒るような口調になっているレイが面白くて、アーロンはつい笑ってしまう。くっくっと低く笑い声を上げるアーロンに、レイが珍しく憤慨した。

「なにがおかしいんですか!?　っ、もういいから、本当に降ろして下さい……！」

「嫌だ」

「い、嫌だ!?　なんで!?」

もう訳が分からないのだろう。すっかり敬語も忘れて絶叫するレイの肩の上で、ククが驚いたように目を丸くしていて、アーロンは声を上げて笑ってしまった。

(……ああ、いいな)

細い体をしっかりと抱きしめて、そう思う。

レイが他のことを考えて思い悩んでいた時は心配でたまらなかったけれど、こうして自分のことで頭がいっぱいになっている彼を目の当たりにすると心が浮き立つ。

レイがいつもこうして、自分のことを考えていてくれたらいいのに。

いつも、自分のことだけを見ていてくれたらいいのに――。

(ああ、そうか。俺は……)

降ろして下さいと頼むレイを、まあまあとなだめながら、アーロンは遠くの地平線に沈む夕陽を見やった。

丘の上から見る空は広くて低い。昼と夜の時間が混ざり合う、不思議な色の空を見つめて、アーロンは己(おのれ)の心に宿った温もりの正体を知った。

(……俺はレイが、好きなんだな)

遠くの空に、白と赤、二つの月が浮かんでいる。

上弦の赤い月を睨(にら)んで、アーロンはぐっと、眉間に皺を寄せた――。

◆◆◆

その日はあいにく、朝から雨が降っていた。

朝食後、自室の床に座り込み、木を削ってスプーンを作っていたレイは、窓辺でクルルッと声を上げたククに気づいて顔を上げる。

「今日はもうずっとこのまま雨かもねぇ、クク」

ため息をついたレイの元に、ククがパタパタと飛んでくる。膝に乗ったククのふかふかの額を指先で撫でてやりながら、レイは窓に滴り落ちる雨粒をぼんやりと見つめた。

村の共同の畑で収穫作業をした日から、三日が過ぎた。この三日間はとてもいい天気で、毎日アーロンと一緒に森に狩りに出ていただけに、今日のような雨の日は少し気が滅入ってしまう。

(ようやくちょっとずつ、狩りにも慣れてきたのになあ)

自分自身の手で狩りができるようになりたいと言ったレイのために、アーロンは少しずつ狩りの仕方を教えてくれている。直接的な弓の引き方はもちろんだが、他にも森をどう歩けばいいか、動物の痕跡はどんなところに残っているのか、危険な場所や気をつけなければならない点、獲物を狩った後の処理など、覚えることは多岐に亘っていた。

まだレイ自身の手での狩りは成功していないものの、小さな獲物を狙って弓を引くことも昨日から始めている。生き物に向かって弓を引くのはまだ怖さがあるけれど、それでも自分の手で狩りをしたいという気持ちが揺らぐことはなかった。

(多分、こういう気持ちで狩りに臨めるのは、アーロンのおかげだ)

アーロンから学ぶことは、直接言葉で教えてもらうことだけではない。狩った獲物への敬意、狩りという行為そのものに対する考え方など、狩人としての彼の姿勢を目の当たりにする度、尊敬の念を抱いてしまう。

こういう狩人に、自分もなりたい。彼のように真摯に命と向き合って生きていきたい——。

（……まあ、アーロンの世話焼き癖にはちょっと、困ってはいるけど）

三日前、村での収穫を手伝ったあの帰り道、アーロンに抱え上げられた時には本当に驚いた。しかもその理由が、見ていて危なっかしいからときては、恥ずかしくていたたまれない。

確かにあの時、シュリに言われた言葉の意味を考えていて、足元が疎かになっていたことは否めない。

（シュリが言ってた、僕がスプーンを贈ったらアーロンはどう思うのかって、あれはどういう意味だったんだろう。やっぱり、そんなことしても喜ばないんじゃないかって意味なのかな……。でも、アーロンならきっと喜んでくれると思うんだけど……）

収穫作業の後、クロワッサンと木のスプーンの作り方を教わった時にも聞いてみたけれど、結局シュリはニヤニヤするだけで、言葉の真意については教えてくれなかった。そのため、帰り道で思い悩んでしまっていたのだが、まさかそのせいで当のアーロンに抱き上げられてしまうなんて、思ってもみなかった。

おまけにアーロンはあれ以来、やたらとレイを片腕に抱えるようになった。レイが狙えるような小動物が多いからと、少し離れた森まで飛んで行く時に抱き抱えられるのはまだしも、そのまま森を歩く時も抱えたままでいようとする。

飛ぶ時でも重いだろうにと申し訳ないのに、歩く時までなんてと慌てて降りようとしても、この森はあまり人間が立ち入っていなくて足元が危ないからと言って降ろしてもらえない。

大事な嫁だからなと微笑まれると、なにを言っているんですかと赤面するしかなくて――……。

（これじゃ本当に新婚さんだ……）

いつぞやシュリにも言われてしまったことを思い出して、レイは恥ずかしさにむずむずと唇を引き結んだ。

さんざん嫁扱いされ、甘やかされて、恥ずかしいとか申し訳ないと思いこそすれ、嫌だと思ったことが一度もないのは、結局自分がアーロンに甘えてしまっているからだろう。

今日が雨で気持ちが沈んでしまうのも、狩りを楽しみにしていたというだけでなく、狩りの前にいつもしているひなたぼっこができないのが残念でたまらないからだ。最初は緊張していたはずなのに、今ではすっかり嫁の仕事だからというのを言い訳に、アーロンとククと一緒にくつろぐあの幸せなひとときを楽しみにしてしまっている。

(……僕、ちょっとアーロンに甘えすぎだな)

生活面でもお世話になりっぱなしなんだから少しは自制しようと思うのに、いいからお前は遠慮せず甘えてろとアーロンに笑いかけられると、一も二もなく頷いてしまう。優しく鷹揚なあの笑みを向けられるとそれだけで嬉しくなって、彼に寄りかかってしまいたくなってしまう。

気がつくといつも、自分よりずっと大きくて強くて、絶対的に信頼できる相手に自分の全部を預けられる幸せに、頭から爪先までとっぷりと浸ってしまっている――……。

「……ククもきっと、僕と一緒なんだろうね」

鏡餅仲間だもんね、と笑いかけると、ククがキュルッと鳴いて小首を傾げる。可愛らしい仕草に、レイがくすくすと笑みを零した、その時だった。

「レイ、今いいか?」

部屋の外から、アーロンが声をかけてくる。

「あ……、ちょ、ちょっと待って下さい」

レイは慌てて彫りかけのスプーンを布でひとまとめにしてベッドの下に押し込むと、ククを肩に乗せてドアを開けに行った。

「お待たせしました、アーロン」

「ああ、すまない。なにかしてたか?」

「いえ、大丈夫です。ククと一緒に雨を見てたくらいで」

クルッと鳴いたククが、小さな翼を広げてみせる。

そうか、と頷いたアーロンは、片手に持った大きな壺を見せて言った。

「今日は雨だし、チーズでも作ろうかと思ってな。そろそろメメの子供たちも乳離れの時期だから、多めに搾ってきたんだ。よかったら手伝ってくれないか？」

「はい、もちろんです！」

これまでアーロンに教えてもらって、ジャムやピクルスなどの保存食や料理を作ってきたが、チーズを作るのは初めてだ。

「チーズも作れるなんて、すごいですね」

連れだってキッチンに移動しながら目を輝かせたレイに、アーロンが瞳を細めながら言う。

「俺も作り方はここに来てから知ったんだが、作りたてのチーズの味にすっかりやられてな。今日の昼飯は、作ったチーズでラフマジュンにしよう」

「ラフマジュン……！」

ラフマジュンは、生地の上に肉や野菜を載せて焼いたピザのようなもので、アーロンの得意料理でもある。もう何度も作ってもらったけれど、アーロンはいつも上に載せる具や香草、ソースをいろいろ変えてくれるので、食べ飽きることなんてきっと永遠にないだろうと思えるほど美味しい。

「チーズの載ったラフマジュンなんて、ますますピザみたいだろうなあ……！」

記憶の中のピザの味を思い起こしてわくわくしたレイに、アーロンが苦笑を浮かべる。

「レイは本当にラフマジュンが好きだな。確かそのピザってやつには、必ずチーズが載っていたんだっけな？」

「はい！　『レイ』の記憶だと、人が集まる時とかクリスマスとかに宅配で頼んでいたんです。中には上だけじゃなくて、耳の部分にもチーズが入っているピザがあって、カリッとした生地に包まれたとろとろのチーズが本当に美味しくて……！」

特別な時に皆でわいわい食べるという雰囲気も手

伝ってか、『レイ』はピザが大好物だった。そのせいか、味も匂いも鮮明に思い出せて、うっとりしてしまう。

「美味しかったなあ……。ちょっとタバスコをかけるともう最高なんです。あ、タバスコっていうのは、ピリッて辛くて、ちょっと酸味もある調味料なんですけど」

「そうなのか。なら今日は、そんな味付けにしてみるか」

まったく同じ味にはならないだろうが、と優しく笑うアーロンに、レイは目を瞠ってお礼を言った。

「いいんですか!? ありがとうございます！　頑張ってチーズ作らないと……！」

張り切るレイに、アーロンが苦笑を零す。

「ま、失敗してもどうにかなるから、そんなに気負うな。さてと、まずはクク、お前は危ないからこっちだ」

キッチンに着いたアーロンが、料理に取りかかる前にと、まずレイの肩からククを止まり木に移そうとする。近づいてきたアーロンの指先に、カルルッとちょっと怒ったような声を上げるククに、レイは苦笑して言い聞かせた。

「クク、ちょっとの間だけだから」

クルルル……、と寂しげに鳴いたククが、レイの頬に額をくっつけてくる。ふわふわとしたその額に優しく頬ずりして応えて、レイはククをアーロンに預けた。

ククを止まり木に移動させたアーロンが、戸棚から大きな鍋を取り出し、そこにメメさんのミルクを移す。鍋を火にかけたアーロンは、火力を弱めてからレイに木ベラを渡して言った。

「レイはこのヘラでゆっくりミルクを混ぜてくれ。温度計がここまで上がったら、声をかけてくれるか？」

「はい、分かりました」

どうやらチーズ作りは温度管理が重要らしい。レイは木ベラで鍋の中のミルクを優しく混ぜながら、じっと温度計を注視した。

「アーロン、温まりました」

「よし、じゃあこれを入れて、と」

アーロンが小瓶を傾け、透明な液体を少量注ぎ入れる。

「これは？」

「樹液だ。ま、凝固剤だな。このまましばらく置いておくから、その間に生地作りを始めるか」

火から鍋を遠ざけたアーロンがそう言って、手早く粉を捏ね始める。タイミングを見計らって生地に塩や水を加えたり、アーロンが使った調理道具を片づけたりしていたレイは、ひょいと鍋の中を覗いて声を弾ませた。

「わ、本当に固まってきてる……！」

「ああ、よさそうだな。じゃあレイ、ナイフでその固まったのを切ってくれるか？　鍋の中で、格子状にするんだ」

「はい。……こんな感じですか？」

プリンのような塊になった乳を、ナイフで切っていく。そうそう、と頷いたアーロンは、分離した乳をゆっくりとヘラで掻き混ぜて言った。

「もう少し温めたら上澄みを掬い取ってくれ。取った上澄みも後でスープに使うから、捨てずにこっちの鍋に移してくれるか」

「分かりました」

頼んだ、とレイに任せたアーロンが、打ち粉をした大きなまな板の上でラフマジュンの生地を伸ばし始める。その隣でお玉を使って上澄みを掬ったレイは、アーロンに声をかけた。

「アーロン、こっちは終わりました。この後はどうしますか？」

「お、じゃあ蓋をして、こっちに持ってきてくれるか？　熱いから気をつけてな」

生地作りを終えたアーロンが、厚手の布巾で鍋を包み込む。

「このましばらく保温するんだ。その間に、ラフマジュンの具を刻もう」

今日はチーズがあるから、と思案しつつ、アーロンが具材にする野菜を選んでいく。洗った香草を細かく刻むレイに、アーロンが目を細めた。

「ああ、随分包丁の扱いがうまくなったな、レイ。だが、慣れてきた頃が一番怪我をしやすいから、気をつけろよ」

「……はい」

刻むのに集中していると、どうしても返事が一拍遅れてしまう。眉間に皺を寄せて作業するレイに、アーロンがふっと笑いつつ手早く他の野菜を刻んでいった。

「よし、こんなものか。レイ、そろそろお湯を沸かしてくれるか」

「お湯、ですか？」

スープでも作るのだろうか。でも、さっきスープは上澄みで作ると言っていたけれど、と戸惑いながらもお湯を沸かす。するとアーロンは、沸いたお湯を大きな鍋に移し替え、そこに水を加えた。

湯気の立つお湯の温度を計り、水で少し調整してから、先ほど保温していたチーズの鍋から布巾を取って手袋をつける。

「レイ、お前もこれを」

「あ、はい」

ゴムのような、水を通さない素材のその手袋をつけたレイに、アーロンがニッと笑った。

「ちょっと熱いが、ここからが一番楽しいんだ。見てろよ？」

鍋から、凝固して塊になったチーズの種を取り出したアーロンが、それを熱湯の中に入れる。大きな手で塊の両端を掴んだアーロンは、熱湯の中でそれをぐにーっと伸ばした。

「わ……！　すごい、伸びた！」

「こうやって伸ばして丸めて、湯の中で練っていくと、だんだん艶が出てくる。やってみるか？」

「はい！」

熱いから気をつけろよ、との忠告に頷いて、レイはアーロンと場所を代わった。チーズの種を受け取って、お湯の中で引き伸ばそうとする。しかし。

「け、結構力が、いるんですね……！」

塊が大きいせいか、かなり力を込めてもなかなか伸びてくれない。んんん、と唸りながら格闘しているレイに、アーロンが笑って言った。

「最初のうちは確かに少し力がいるかもな。よし、俺も手伝おう」

「お願いしま……」

場所を代わろうとしたレイだったが、それより早く、アーロンがレイの背後に立つ。え……、と戸惑っている間に、アーロンはレイを後ろから抱きしめるようにして、腕を前に回してきた。

「……っ」

アーロンの大きな体に、長い腕に、すっぽりと包み込まれる。

うなじに当たる、さらりとした鱗の感触。いつもよりひんやりしていると感じるのは、雨で気温が低いせいだろう。

ふわりと香る清潔な石鹸の香りと、お日様に似たアーロン自身の匂い。

逞しい胸からとくとくと規則正しく伝わってくる、確かな鼓動。

手袋越しに重ねられた手は人間とは明らかに違う大きさ、力強さで、いつもならそれに安心感を覚えるのに、この時ばかりは何故か、胸の奥がざわついて——。

「レイ？　どうかしたか？」

「っ、い、いえ、なんでも……」

「そうか？　なら、続けるぞ。しっかり持て」

促されて、かすれた声でどうにかはいと答えると、アーロンがレイの手を包み込んだままチーズの種を練り始める。

「いいか、こうやって……。……な？」

「は……、はい」

覆い被さるようにして手元を覗き込まれているせいで、アーロンの低くてやわらかい声が耳元で響く。いつもの短い問いかけがやけに甘く聞こえて、耳朶に触れる吐息がくすぐったくて、それなのに嫌じゃなくて、でも逃げ出したくて。

太陽のように煌めく黄金の瞳が、いつもよりもずっと近い距離で自分を見つめている。優しくて強い、全部を見透かされてしまうようなその視線に気づいた途端、どうしてかどぎまぎしてしまって、レイは混乱に陥った。

(な……、なに……? なんで僕、こんなにドキドキしてるんだ……?)

早鐘を打つ心臓が、どんどん熱くなる顔が、震える吐息が恥ずかしくて、何故そう感じるのか分からなくて、俯くことしかできない。

いつもひなたぼっこでくっついているのとそう距離感は変わらないはずなのに、指一本動かすのも躊躇うような緊張感が込み上げてきて、体の芯が、燃えるように熱くて——。

「っ!」

次の瞬間、レイは自分の身に起きた変化に大きく目を瞠っていた。

びくっと肩を震わせたレイに気づいたアーロンが、怪訝そうに聞いてくる。

「レイ? どうかしたか?」

「あ……、あの、僕ちょっと、トイレに……!」

真っ赤な顔でそう言ったレイに、よほど切羽詰まっていると思ったのだろう。アーロンが苦笑する。

「なんだ、それでさっきから様子がおかしかったのか。早く行って来い」

「は、はい。すみません……」

アーロンの視線から逃げるようにして、レイは手袋を置き、そそくさとその場を後にした。

キッチンから出て廊下の角を曲がったところで壁に背をつけ、両手で顔を覆ってずるずるとその場に座り込んでしまう。

（な……、なに、これ……？）

ドクドクと、体中の血液が足の間に集まっているような気がする。ゆったりとした衣の下で、自分の排泄器が膨らんで熱く、硬くなっているのが分かって、レイはパニックに陥ってしまった。

（なんで……？　なんで、こんなとこが腫れてるんだ……？　これ、なんなんだ……？）

もしかして病気なのだろうかと不安感が込み上げてくるものの、そこに走るのはしゃっくりの時のような不快感ではなく甘い疼きで、どうしてかその感覚が恥ずかしくてたまらない。

「……っ、ひ……！」

そっと手を伸ばして触れてみた途端、強い電流のような刺激がビリビリッと腰の奥まで駆け抜けて、レイは小さく悲鳴を上げ、慌てて手を引っ込めた。

（い、今の、なんだ……？）

その一瞬の刺激で、そこに渦巻く疼きが一層甘く、濃くなった気がする。

初めて覚えるその感覚が怖くて、どうしていいか分からなくて――、レイは廊下でぎゅっと膝を抱え、熱い吐息をひっそりと零したのだった。


朝から降り続いていた雨は、夕方にはすっかりやみ、夜には星空が広がっていた。

ちゃぷん、と温かいお湯を両手ですくって顔にかけたレイは、キラキラと煌めく星を見上げて、ふうと息をつく。

屋外に設置されたこのお風呂は、巨大なドラム缶を横倒しにし、上部を切り取られて作られている。竜人のアーロンが入っても十分な大きさで、底にはスノコのようなものが敷いてあり、上には屋根も付いていた。ドラム缶は直火で温めているのだが、底になっている部分以外は意外と冷たいままなので、寄りかかったり、縁に頭を預けたりしても平気だ。

「…………」

濃紺の帳が降りた夜空には、白い三日月と半月より少し膨れた赤い月が浮かんでいる。虫の音が響く中、レイはゆらゆらと水面に揺れる二つの月をじっと見つめて、ほっと肩の力を抜いた。

(……よかった。結局なんともなくて)

チーズ作りを途中で抜け出し、廊下でうずくまってしまったレイだったが、あの後しばらくじっとしていたら、下半身の妙な疼きはおさまっていた。

結局なんだったのか、少し不安を残したままキッチンに戻れば、アーロンは完成したチーズを狙うククを遠ざけるのに必死で、とても今の出来事を打ち明けられる雰囲気ではなくて。

(まあ、ククのことがなかったとしても、あんなところが変だなんて、恥ずかしくて言えなかっただろうけど)

もしかしたらアーロンは、匂いで自分の身に起きたことが分かってしまうのではないかと危惧もしたが、調理中ということもあってか、どうやら気づかれなかったらしい。レイはほっとしてアーロンに加勢し、ククをなだめた。

二人で協力してどうにかククの猛攻から守りきったチーズで作ったラフマジュンは、今までで一番美味しかった。チーズ作りの前にレイがしたピザの話を覚えていてくれたアーロンは、生地の端にチーズを包み込んで『レイ』の好物の耳付きピザのようにしてくれたのだ。

『お前が一番美味いと思ってるのが前世の記憶の中のピザだなんて、ちょっと癪だからな』

こんな感じだったか？　とアーロンはタバスコ代わりにピリッと辛いソースをかけて、レイの話したピザを再現してくれた。レイがソースがすごく美味しいと喜ぶと、お前の好きそうな味に改良したんだと、嬉しそうに瞳を細めていて。

(でも、ピザが美味しかったと思ってるのは『レイ』

であって僕じゃないんだから、そんなにいろいろしてくれなくてもいいのに）

レイが覚えている日本の料理について、あれこれ詳しく聞きたがるアーロンは、きっと異世界の料理に負けたくないと思っているのだろう。今日は、覚えている料理で一番好きなものはなにかと聞かれて、おばあちゃんの作ってくれたおにぎりだと答えたら、それはどんな料理だと根ほり葉ほり質問されてしまった。

けれど、それはあくまでも『レイ』の記憶だ。レイ自身が知っているのはアーロンの手料理の味だけなのだから、レイにとっての一番はアーロンの作ってくれたラフマジュンに決まっている。

比べるまでもないことなんて分かっているだろうに、意外と負けず嫌いなんだなあとくすくす笑いながら、レイはお風呂を出た。

（午後に作った漬け物とか干し肉は、冬に備えてだって言ってた……。きっと美味しいんだろうなあ）

今年は多めに作らないとなと言っていたアーロンに、それは冬までここにいてもいいって意味ですか、とは図々しすぎて聞けなかったけれど、本音としてはずっとずっとここで彼と一緒に暮らしていきたい。

（……でも、僕が誰なのか分かったり、記憶が戻ったらやっぱり出ていかなきゃいけないんだろうな）

アーロンと離ればなれになることを想像するだけで悲しくなってしまって、レイはわざとばふばふと乱暴にタオルで顔を拭いた。

一日も早く、自分の記憶を取り戻したい。けれど同時に、ずっとこのままでいたいとも思う。

自分が誰か分からなければ、もう少しアーロンと一緒にいられる。一日でも長く、アーロンとこの生活を続けていたい――。

（……いや、でもそれは僕のわがままだ）

別れはつらいけれど、でも自分は居候の身だということは忘れてはいけない。

本来、自分はここにいていい人間ではない。自分は彼の家族でもなんでもないのだから、いつかはここを出ていくべきなのだ。

（その時が来たら、ちゃんとお礼をしなきゃ。僕がアーロンにできることなんてなにもないかもしれないけど……、それでも）

　気持ちを整え、髪と体もしっかり拭いて、寝間着を着る。この辺りの寝間着は、男女共に頭からすっぽりと被る貫頭衣(かんとうい)で、ワンピースのようなそれに最初は違和感を覚えていたレイも、今ではすっかり慣れっこになっていた。

「アーロン、お風呂ありがとうございました」

「ああ、お帰り、レイ」

　居間に戻ると、アーロンは暖炉の前にクッションをいくつも並べ、床に座り込んで本を読んでいた。傍らではクッションの真ん中に陣取ったククが、例の鏡餅状態で目を瞑り、気持ちよさそうに船を漕(こ)いでいる。

　パチパチと弾ける火に気づいて、レイは思わず歓声を上げた。

「わあ、暖炉に火、入れたんですね」

「まだ早いかと思ったが、今日はちょっと寒かったからな。……ん、まだ髪が濡れてるじゃねぇか。こっち来い、レイ」

　本を閉じたアーロンが、レイを手招きする。レイが歩み寄ると、アーロンはレイの手を引いて自分のあぐらの上に座らせた。

「あ……、あの」

　昼間に背後から抱きすくめられたのと似たような体勢に思わず動揺してしまったレイだったが、アーロンは鼻歌でも歌い出しそうな様子でお構いなしにレイのタオルを取り上げて言う。

「拭いてやるから、じっとしてろ。な？」

「それなら、自分で……」

「いいから、俺に世話焼かせろって。ほら」

　ふわりとレイの頭にタオルを被せたアーロンが、大きな手で髪を拭き出す。ククを撫でる時のように、優しく優しく頭を包み込まれて、レイは緊張にわずかに肩を強ばらせた。

「レイの髪は綺麗だな。濡れていると特に艶があって、暖炉の炎が映り込んで……」

ふっと笑みを含んだ吐息を零したアーロンが、もう一度、綺麗だと呟く。やわらかくて低い声にそわそわしてしまって、なんと答えたらいいのか分からなくて、レイはただ黙って、じっと暖炉の炎を見つめていた。

じんわりと、炎の温もりが頬を撫でる。

早く髪が乾いてほしいような、ずっとこのままでいたいようなその気持ちは、先ほど覚えた感情に似ていた。

(なんだか僕、アーロンのそばにいると、自分がどうしたいのかよく分からなくなるな……)

しかも、さっきとは違ってこうすべきという明確な答えがないから、正反対な気持ちのどちらが正しいのかも分からない。

ぎゅっと、寝間着の裾を握りしめるレイに、アーロンが普段と同じ穏やかな声で問いかけてくる。

「少し前髪が伸びてきたな。今度切ってやろうか？」

「……お願いします。あの、その時は後ろの髪も一緒に切ってもらってもいいですか？」

肩口まである髪は、農作業の時などに時々邪魔になる。どうせ切ってもらうならそちらも、と頼もうとしたレイだったが、アーロンはレイの髪を拭くタオルをどけて、苦笑を零した。

「そんな勿体ねぇこと言うなよ、レイ。こんな綺麗な髪、誰が切れるかって」

低く笑ったアーロンがレイの髪を一房取り、毛先にキスを落とす。驚いて硬直したレイには気づかない様子で、アーロンはそのままぽすっとレイの頭に鼻先を埋めると、すうっと深く息を吸い込んだ。

「ああ、やっぱりお前、いい匂いがするな。……俺の好きな匂いだ」

「……っ」

後ろから回ってきた長い腕が、すっぽりとレイを包み込む。

やわらかなその抱擁に、昼間よりもあたたかい温もりに、髪に埋められた鼻先を覆う鱗の感触に、じん、と腹の奥に甘い疼痛が走って、レイは慌ててアーロンの腕を振り解くと、勢いよく立ち上がった。

「っ、あの！」

驚いたようにこちらを見上げるアーロンの横で、ククも目を丸くして、クルルッと声を上げる。

しかし、取り繕う余裕なんてもうどこにもない。ただただ早くここから離れたくて、気づかれたくなくて、レイは大声で叫んだ。

「ぼ、僕、もう寝ます！　おやすみなさい！」

「レイ？　ちょっと待て、まだ髪が……」

「いいです！　大丈夫ですから！」

立ち上がろうとするアーロンを必死に制して、自分の部屋へ一目散に逃げ込む。扉を閉めるなりベッドに潜り込み、頭からすっぽり布団を被って、レイはぎゅっと身を丸めた。

（なんで……、なんでまた、こんな……！）

昼間と同じように熱く疼き始めている体に、泣きたくなってしまう。

あれは一時的なことで、もう治ったのではなかったのか。これは一体、なんなのか。

どうしてアーロンにくっつかれると、自分はこうなってしまうのか——。

「……レイ」

部屋の外から、アーロンが声をかけてくる。

びくっと布団の中で肩を震わせて、レイは必死に息を押し殺した。

「少しだけ、話したい。……駄目か？」

そっと聞いてくるその声から、彼が自分を心配してくれているのがありありと伝わってきては、否とは言えなかった。

「……どうぞ」

小さな声で答えたレイの耳に、部屋のドアが遠慮がちに開く音が聞こえてくる。こちらに歩み寄ってくるアーロンの足音は、布団越しにくぐもっていても、とても慎重な様子なのが分かった。

ベッドのすぐそばまで来たアーロンが、足をとめる。躊躇うような数秒間の沈黙の後、ややあって聞こえてきたのは思いがけない一言だった。

「……悪かった」

「……っ？」

何故、アーロンが謝るのだろう。

布団に包まったまま驚くレイをよそに、アーロンが続ける。

「嫌だったんだろう？　その……、俺にべたべた触られるのが。レイはいつも恥ずかしがりながらも受け入れてくれるから、つい調子に乗った。お前は小さくて愛らしくて、しかも俺を怖がらないから、構わずにはいられなくて……、いや、そんなのはただの言い訳だな」

低い声を悔恨に歪ませて、アーロンは言った。

「お前の意思もきちんと確認せず、無遠慮に触ったりして悪かった。匂いも、いくら好ましい匂いだからと言って、あんな不躾に嗅ぐべきじゃなかった。すまなかった」

「あ……、い、いえ、そんな……」

どうやらアーロンは、レイが抱きしめられたり匂いを嗅がれたりしたことを怒っていると勘違いしているらしいと気づいて、レイは慌ててしまった。

「そうじゃなくて、その……っ」

しかし、どう説明したらいいか分からず口ごもっている間に、アーロンがまた早合点をしてしまう。

「いいんだ、レイ。そんなに俺に遠慮しないでくれ。お前の優しさに甘えて、調子に乗った俺が悪かったんだから」

「そ、そういうんじゃないんです。僕はそんな、怒ってなんていなくて……！　……っ」

誤解を解くために布団から出ようとしかけて、レイはハッとして思いとどまった。

今布団から出たら、アーロンに自分の体の変化がバレてしまうかもしれない。たとえ見た目は誤魔化せたとしても、竜人の彼には匂いで分かってしまうだろう。

（ど……、どうしよう……。でも、布団から出ないと、きっとアーロンは僕が怒ってるって勘違いしたままだ……）

レイが危惧した通り、アーロンの声はどんどん力なく落ち込んでいく。

「……お前が不快に思うのは当然のことなんだから、気にしないでくれ。これからは重々気をつける。本当に悪かった」

「あ……」

最後に真摯な声で謝った彼が、部屋を出ていく気配がする。重いその足取りに、このままではアーロンに誤解させたままになってしまうと焦って、レイは無我夢中で布団から這い出ていた。

「ま、待って！　待って下さい、アーロン！」

「レイ……、……っ？」

こちらを振り返ったアーロンが、なにか違和感を覚えたように、すんと鼻を鳴らす。やっぱり気づかれた、とレイは顔を真っ赤にして、しどろもどろに説明した。

「その……、僕、変なんです。アーロンに抱きしめられると、か……、体が、熱くなって……」

「熱く、って……」

「……っ、ここが……、は、腫れてるんです……」

足の間を示すと、大きく目を見開いたアーロンが、まじまじとレイを見つめてくる。信じられないと言わんばかりのその視線に、レイは急に心細くなってしまった。

「こんなのやっぱり、変、ですよね……。本当はその、昼間もこうなってて……。もう僕、なにがなんだか分からなくて、怖くて……」

ぎゅっと寝間着の裾を摑んで、懸命に涙を堪える。頭の中は混乱と恐怖でいっぱいなのに、一度熱が集まってしまったそこはまだ甘く疼いていて、不安でたまらない。

　でも、それでもアーロンに誤解させたままでいたくない。彼のせいだなんて、思ってほしくない。

　その一心で、必死に言い募る。

「だから、アーロンのせいなんかじゃないんです、本当に……！　僕が……っ、僕が、おかしくて、だから……！」

「……レイ」

　痛ましそうな表情を浮かべたアーロンに遮られて、レイはきゅっと唇を噛んだ。何度も躊躇いながら、震える声をどうにか押し出す。

「ぼ……、僕の体、どうしちゃったんだろう……。なんで、こんなことになってるんだろう……」

　昼間はすぐに治まったから大丈夫だろうと思ったけれど、こんなにすぐにまた腫れ上がるなんて、きっと普通じゃない。

　自分はやっぱり病気なんじゃないだろうか。このままそこが膨張を続けたら、自分の体はどうなってしまうのだろうか――……。

「うー……っ」

　堪えきれず、ついにほろりと涙を零してしまったレイだったが、その時、ふわりとなにかに包み込まれる。驚いて目を開けると、アーロンの黒く艶やかな鱗があった。

　ぽんぽんと、子供をあやすようにレイの背中を撫でながら、アーロンが言う。

「……落ち着け、レイ。大丈夫だ。お前のそれは、ただの生理現象だ」

「せ……、生理、現象？　これ、病気じゃないんですか？」

　おそるおそる聞くと、アーロンが苦笑して頷く。

「ああ、病気じゃない。……一応確認するが、こうなるのは、記憶をなくしてから初めてなんだな？　『レイ』の記憶の中でも、こういうことはなかったのか？」

「は、はい、ありませんでした。今日の昼間、アーロンにチーズを作るのを手伝ってもらった時に、おかしくなって……」

そうか、とアーロンが呻くような声を出す。苦しげなその声にまた不安が押し寄せてきて、レイはじわっと瞳を潤ませて聞いた。

「や……、やっぱり変なんですか？　これ、触るだけですごく怖くて、変な感じがして……。もしかしたらそのうち、爆発するんじゃないかって思って」

「ば……」

レイの言葉に大きく目を瞠ったアーロンが、くっと顔を背ける。なんだろう、と不思議に思ったレイは、アーロンが肩を震わせて笑っているのに気づいて、少しむくれてしまった。

「……ひどいです、アーロン。僕は本当に、怖かったのに」

「い、いや、悪い。まさか、爆発すると思ったとはな……！」

気持ちは分からなくはねぇが、と笑み混じりの声で言って、アーロンはレイをそっと離した。遠ざかる温もりが惜しいような、寂しいような気持ちを覚えつつも、レイはアーロンに尋ねる。

「爆発しないなら、どうしてこんなに腫れてるんですか？」

先ほどアーロンは、これは生理現象だと言った。だとしたらあくびやくしゃみのように、体に必要な現象のはずだ。

「……アーロンも、腫れることがあるんですか？　それとも、竜人は人間と体の造りが違って、付いていなかったりしますか？　その、おちん……」

「っ、待て待て待て！」

言いかけたレイの口を、アーロンがその大きな手でぱふっと塞ぐ。言葉を遮られたレイは、驚いてアーロンを見上げた。

「はーほん？」

「……付いてるし、俺にもその生理現象はある。腫れてるんじゃねぇけどな」

はあ、と疲れたように肩を落としたアーロンが、勘弁してくれと呻く。

「俺の方が爆発するだろうが……」

「?」

ぼそっと呟くその低い声に、どういう意味かとレイが問うより早く、アーロンがレイから手を離して聞いてくる。

「あー、レイ。お前、交尾は分かるか?」

「こうび?」

「……そこも記憶がねぇのか」

がっくりとうなだれると、アーロンはレイのベッドの端に腰かけた。

「あのな、レイ。動物は雄と雌が交尾して、子供を作るんだ。雌の性器に雄の性器を入れて子種を出して、雌が孕めば子ができる。お前のそれが今そうなってんのは、その交尾のための生理現象だ。腫れてるんじゃねぇ、そりゃ勃起って言うんだ」

「ぼっき……」

繰り返したレイに、そうだ、とアーロンが頷く。

「普通は好きな相手に欲情してそうなるもんだが、男の体はどんどん子種を作るようにできてるから、定期的に出さなきゃなんねぇんだ。溜め込むと体に悪いし、なにもなくても勃起するようになる。朝起きた時とか、ちょっとしたきっかけでな。お前もきっと、子種が溜まってそうなったんだろう」

「……そうなんですか」

確かに、自分が記憶を失ってからもずっと体の中ではどんどん子種が作られていたのだろうから、そういう生理現象が起きてもおかしくはない。

納得したレイに、アーロンがため息混じりに告げる。

「とりあえず恋人ができるまでは、自分で処理するしかないからな。定期的に手で擦って出せば、無闇やたらに勃起することはなくなるから……」

「え……、こ、擦るんですか? ……これを?」

レイは思わず寝間着の上からまじまじと自分の性器を見つめてしまった。

先ほどまでただの排泄器官だとばかり思っていたそこは、じんじんと熱く、硬くなっていて、下着が擦れるだけでも背筋がぞわぞわと震えてしまう。昼間、指先で少し触れただけでも悲鳴を上げてしまったことを思い出して、レイは青ざめた。

「む……、無理です、そんな……」

「無理って、お前……」

「こ、怖い……」

こんなに熱くなっているものを擦ったら、それこそ爆発してしまうのではないか。いや、それ以前に自分の心臓が持ちそうにない。

ぎゅっと寝間着の裾を握りしめて震えるレイに、アーロンがなだめるように言う。

「……最初は怖いかもしれないが、慣れればなんてこたねぇよ。出さなきゃおさまりがつかねぇし、好きな奴でも想像してすれば……」

「アーロンも、するんですか？」

思いがけない言葉に驚いて、レイは顔を上げた。息を呑むアーロンを見上げて、聞く。

「アーロンも、好きな相手を想像して、自分でするんですか？」

「…………」

しばらく沈黙した後、アーロンはじっとレイを見つめて頷いた。

「ああ。……する」

「そう、ですか……」

艶めく黄金の瞳から視線を逸らして、レイは再び俯いた。

（アーロンも……、アーロンも、するんだ……。好きな相手を、思い浮かべて……）

そう思った途端、カアアッと顔が熱くなると同時に、胸の奥がナイフで突き刺されたように痛くなって、レイはきつく唇を引き結んだ。

アーロンには、好きな相手がいるのだ。

交わり、子を生したいと願う相手が――。

「……レイ?」

黙り込んでしまったレイを心配したのだろう。アーロンがそっと声をかけてくる。

「さっきも言ったが、溜め込んでも体によくない。怖いかもしれないが、少しずつ触って慣れていって、定期的にちゃんと出した方がいい」

「……はい」

真摯な声に、レイは頷いた。

アーロンが自分に嘘を教えることはないのだから、言われた通りにすべきだろう。

けれど――。

「よし、じゃあ俺は自分の部屋で寝るから……」

レイが一人になれるようにと、そう言って立ち上がろうとしたアーロンの手を、レイは咄嗟に摑んでいた。

「っ、レイ?」

「……、もらえませんか……?」

かすれた細い声で言ったレイに、アーロンが聞き返す。

「すまん、聞き取れなかった。なんだ?」

「お……、教えて、もらえませんかって、言いました……」

顔を上げ、まっすぐアーロンを見つめたレイに、アーロンが息を呑んで呟いた。

「……っ、レイ、お前、目が……」

「お、お願いします……! 僕にやり方を、教えて下さい……!」

アーロンの言葉を遮って、必死に頼み込む。

こんなの、誰かに頼むようなことじゃない。一人でなんとかしなければいけないということは、レイにだって分かっている。

でも、今ここで一人にされたところで、自分はきっと怖くて最後までなんてとてもできやしないだろう。そして、改めてアーロンを頼ることも、恥ずかしくてできないに違いない。

だとしたら今、アーロンに頼むしかない。

「っ、一人でするのは、どうしても怖いんです……！　お願いします、アーロン。僕にやり方、教えて下さい……！」

「いや、けどな……」

懇願するレイに、アーロンが表情を曇らせる。

当たり前だ。こんなことを頼まれたって、アーロンだって困ってしまうに決まっている。

でも、そうと分かっていても、どうしても怖くてたまらないのだ。

「お願いします、アーロン……！　こんなこと、アーロンにしか頼めない……！　お願いです……！」

ここでアーロンに拒まれたら、もうどうしていいか分からない。

鱗に覆われた太い手首をぎゅっと握りしめ、レイは瞳を潤ませてアーロンを見つめ続けた。

やがて、レイをじっと見下ろしていたアーロンが、重い吐息をつく。

ああ、となにか諦めるような声で誰ともなしに呟いて、彼は低く唸った。

「……分かった」

「っ、ありがとうございます、アーロン！」

ほっとして、パッと笑顔を浮かべたレイに、アーロンが苦笑を零す。

「ただし、今回だけだぞ。やり方覚えて、次からは自分一人で処理するんだ。お前が好きな相手と両思いになって、恋人とか夫婦になるまでな」

いいな、とアーロンが念を押してくる。

はい、と頷いて、レイはもう一度お礼を言った。

「ありがとうございます……！　よかった、アーロンがいてくれて……！」

「……仕方ねぇな。ったく」

ぼやいたアーロンが、大きな手でレイの頭をぽんぽんと軽く叩き、ついでのように指の背でそっと目元を撫でてくる。

先ほど少しだけ泣いてしまったから、心配してくれているのだろうか。さりさりと当たる鱗がくすぐったくて、レイは照れ笑いを浮かべた。

ふうと息をついたアーロンが、苦笑を零す。

その漆黒の鱗は、窓から差し込む赤みを帯びた月光につやつやと艶めいていた――。

◆◆◆

暖炉の火を消してくるから少しだけ待ってろ、と言い置いて、レイの部屋を出る。

廊下の角を曲がったところで、くるりと壁の方を向いて立ち、アーロンは地を這うような低い声で唸った。

「馬鹿か、俺は……！」

自分自身に猛烈に腹が立って、ゴンッと壁に額を打ち付ける。それだけでは飽き足らず、細くなった尾の先をベシベシッと床に叩きつけて、アーロンは憤った。

（なにが、仕方ない、だ！　なんできっぱり断って突き放さなかったんだ、俺は！）

本当にレイのためを思うなら、あそこはぐっと堪えて、自分一人でどうにかしろと言うべきだった。

初めてのことで怖いだろうが、レイの体は成人している男のものなのだ。おそらく記憶を失う前は、自分自身で性欲の処理もしていただろう。

少し恐怖を堪えれば、体はきっと快感を拾い上げて、ちゃんと一人でも処理ができるはずなのだ。

（それなのに、俺は……！）

いくら本人に頼まれたとはいえ、ひそかに想いを寄せている相手の自慰の手伝いをするなんて、自分で自分の首を締めているも同じだ。

ベシベシベシ、と尾の先を床に打ち付け、アーロンは額をぐりぐりと壁に押しつけながら呻いた。

「まさか、レイが自慰を知らないとは……」

正確には知らないではなく、覚えていないのだが、どちらにしても彼が性的な刺激にまったく耐性がなく、快感に怯えていることは確かだ。

(俺に教えてほしいと頼み込んでくるレイの可愛さといったらなかった……)

それこそ、一人でしろと突き放すことなどできないほどに。

他に頼れる相手なんていないと、必死に縋る彼を思い出すだけで、ずくりと下腹部が疼いて、ううう、と唸るような声が漏れてしまう。

大きな口から、はーっと長く重い息を吐き出し、きつくきつく目を閉じて、アーロンは必死に身の内に渦巻く欲の炎を鎮めた。

レイの愛らしさに負けて自慰を教えてやると言ってしまったけれど、彼は自分を信頼して頼ってくれたのだ。自分の勝手な想いで、彼を裏切るわけにはいかない。

(……一通りやり方を教えるだけ、だ。なにがあろうと絶対に、レイに俺の欲望を向けるわけにはいかない……)

記憶を失って、懸命にここでの生活に慣れようとしているレイは、まだ恋愛をする余裕はないだろうし、そもそも彼は人間で、同性だ。

自分がどれだけ彼のことを好きでも、彼には彼の人生がある。それこそ、記憶を失くす前は恋人がいたとしてもおかしくない――……。

「……っ」

レイの隣を歩く、彼に似合いの小柄な人間の女を想像した途端、ギリッと心臓が引き絞られたように痛んで、アーロンは奥歯を噛みしめた。加減もできず、強か(したた)に尾を床に打ち付けてしまう。

(……次のオラーン・サランまでにレイの記憶が戻らなければ、俺は少しレイから離れた方がいいかもしれんな)

竜人は、オラーン・サランと呼ばれる赤い満月の夜、恋する相手に発情する。

通常であれば想いが通じ合い、深く愛し合った相手でないと、その発情は起こらない。そのため、オラーン・サランの発情で結ばれた二人は、その絆の強さから、運命の対とも呼ばれている。

しかし、今のこの自分の状態では、たとえレイが自分のことをただの友人だと思っていると分かっていても、オラーン・サランの発情が起こりそうだ。

そうなる前に、自分は彼から離れなければならない。発情してしまえば、理性を失って彼を襲ってしまいかねない――……。

「……火を、消しに行かなきゃな」

はあ、と深いため息をつき、アーロンは重い足取りで歩き出した。居間に向かいつつ、先ほどのレイの濡れた瞳を思い返す。

(……しかし、レイの左目……。あの目はどうして、青くなっていたんだ……?)

レイには告げなかったが、実は先ほどレイの瞳は片方だけ色が変化していた。

優しい若草のような緑色から、海の底のように澄んだ、鮮やかな青い瞳に――。

自分の体の変化に戸惑い、怯えていた彼をこれ以上混乱させたくなくてあえて告げなかったが、あれは一体どういう現象なのだろうか。

(竜人は、オーラン・サランの発情で瞳の色が変わることがあるらしいが……)

人間でも感情の高ぶりや光の加減で多少明るさが変わることはあるだろうが、あそこまではっきりと色が変わるというのは気になる。

だが、アーロンがそれとなく指先で目の周囲に触れても、レイは痛がりはしなかった。どうやら彼自身も、自分の瞳の色が変わっていることに気づいていないらしい。

しかも、しばらく指で撫でていたら瞳の色は徐々に元の緑色に戻っていった。

(……そういえば、最初に会った時も、レイの目は左だけ青に見えた。あの時は俺の見間違いだったのかと思ったが、そうじゃなかったのか?)

以前レイは、記憶を取り戻そうとすると目が痛むと言っていた。だとするとあの瞳の色の変化は、レイが記憶を失っていることとなにか関係があるのだろうか。

（病気でないとしたら、呪いか？　だが、一体誰が、なんの目的で？）

一番可能性が高いのはあの村を襲った犯人――、アーロンが長年追い続けている相手の仕業だが、そもそも他の者は皆殺しにされているのに、レイだけ生き残っていたのも不可解だ。

何故、レイは殺されずに済んだのか。

何故、瞳の色が変わるのか。

何故、彼は記憶を失ってしまったのか――。

「……とりあえず目のことは、そのうちレイが寝ている時にでも、そっと調べてみるか」

生理現象だけで、あれほど怯えていた彼だ。

これ以上、不安を覚えさせたくはない。

（……レイがなにかに怯えている匂いは、もう嗅ぎたくないからな）

暖炉で燃え続けていた火に灰を被せ、止まり木で眠るククに小さく、おやすみと呟く。

ランプの灯りを落とした暗闇に、真っ黒な竜人の姿は簡単に溶けて、消えた。

◆◆◆

ギシッと音を立てて、アーロンがベッドに上がる。

壁に背をつけて座り込んだ彼にレイ、と呼ばれた途端、レイは今更ながら頭が真っ白になってしまった。

（……どうしよう）

とにかく一人でするのが怖くて必死で、教えてほしいなんて言ってしまったけれど、よくよく考えたらものすごく恥ずかしいことを頼んでしまったのではないだろうか。

（だって、教えてもらうにはやっぱり、そこを見せないといけない、よね……？）

昼間も今も、そこがどうなっているかなんて怖くて自分でも確かめていない。普段とは明らかに違う形をしていて、硬くなっているのは分かるけれど、実際どうなっているかはまだ自分でも見ていないのだ。だというのに、いきなりアーロンに見せないといけないなんて、ハードルが高すぎる。

こんなことなら、さっきアーロンが暖炉の火を消しに行った時に、どうなっているのかだけでも確かめておけばよかった。そうすれば少しは心の準備ができたのに、アーロンに教えてもらえるならもう大丈夫と思って、すっかり安心してしまっていた。

「……っ」

アーロンのそばに近寄らなくては、教えてもらわなくてはと思うのに、足が棒になってしまったように動かない。ぎゅっと寝間着の布地を握りしめ、きつく唇を引き結んだレイに、アーロンが苦笑を浮かべて言った。

「レイ。恥ずかしいなら、俺に背を向けて座ればいい。そうすれば、俺からは見えない。な？」

「は……、はい。……すみません」

こんな時にも気遣ってくれる優しい彼に、自分で自分が情けなくなる。謝らなくていい、と笑って、アーロンはレイの手をそっと引いてくれた。

その手に導かれるようにしてベッドに上がり、アーロンの足の間に座り込む。緊張でがちがちに固まっているレイに、アーロンは低くやわらかい声で話しかけてきた。

「俺に背を預けて、深呼吸してみろ。ゆっくりでいいから」

「……はい」

もう何度もひなたぼっこの時や森を歩く時にくっついているというのに、場所がベッドの上だというだけでいつもどうやって彼に体重を預けていたか分からなくなってしまう。ぎこちなくアーロンの胸元に背をつけ、肩を上下させて必死に深呼吸するレイに、アーロンはふっと笑みを落として言った。

「そうだ、ちゃんとできてるから安心しろ。……俺も少し、お前に触れてもいいか？」

「……っ」

ひそめた低い声に、もしかしてもうそこに触れられるのかと緊張してしまって、声も出せずにこくりと頷く。するとアーロンは、その大きな手でレイの頭をそっと撫でてきた。

「……？　あ……、あの、……アーロン？」

いつまでも優しく頭を撫でている手が不思議で、おそるおそる後ろを振り返る。するとアーロンは、苦笑を浮かべていた。

「俺が触ったら、自慰の練習にならないだろう？　落ち着くまでこうして頭を撫でるだけだ。……少し匂いも確かめるが、お前が不快に思っていないかどうか知るだけだから、それくらいは許してくれ」

「あ……」

どうやらアーロンは、先ほどレイのことを抱きしめたり、髪の匂いを嗅いだことを、まだ自省しているらしい。気にしていないと伝えたが、それでも踏み込みすぎたと思っているのだろう。

「あの、そんなに気にしないで下さい。匂いを嗅がれるのは少し恥ずかしいけど、でもアーロンにならいやじゃないです。頭撫でてもらうのだって、いつも嬉しいっていうか、すごく安心するので……」

懸命にそう言うレイに、アーロンが少し表情をゆるめる。傍らに投げ出されていた彼の尻尾が、なんだか嬉しそうにゆらりと波打った。

「……そうなのか？」

「はい。だからあの、いっぱい頭撫でてほしい、です……」

口に出してから、子供っぽい願いだったかと恥ずかしくなる。首筋を赤くして俯いたレイに、アーロンが笑う気配がした。

「……ならもう少し、な？」

レイの肩口に鼻先を埋めたアーロンが、すんと首筋の匂いを嗅ぎつつ、長い腕と尻尾を前に回してくる。胸元に腕を、腹に尻尾を回され、抱き寄せられて、レイの体はアーロンの胸元にすっぽり収まってしまった。

「……っ」

「このまま下着を脱げるか、レイ？　難しければ、ずらすだけでもいいが……」

耳元で囁きかけられて、背中がそわそわする。レイはこくりと喉を鳴らして、頷いた。

「やって、みます……」

何度も躊躇しながらも寝間着の中に手を突っ込み、腰を浮かせて自分で下着を脱ぐ。途中、性器が引っかかって脱ぎにくくて恥ずかしい思いをしたが、なんとか寝間着は着たまま、下着だけを脱ぐことができた。

脱いだ下着が恥ずかしくて、なるべく遠くに押しやる。

（そもそもこの下着だってアーロンが用意してくれたものだし、いつも洗濯だって二人で一緒にしてるのに……）

そうと分かっていても意識せずにはいられなくて、でも意識しているのも恥ずかしくて。

再び固まってしまったレイに、アーロンが深呼吸、と低く囁く。すう、はあ、と大きく呼吸を繰り返すと、褒めるようにまた頭を撫でられた。

包み込んでくれるような長い指が嬉しくて、ふう、と肩から力が抜けていく。逞しい胸元に寄りかかると、低くて甘い声が上から落ちてきた。

「よし、じゃあ次は、少し足を開いて自分で握ってみろ」

「……はい」

少し緊張しながらも頷いて、レイはそろりとそこに手を伸ばした。寝間着の中に手を入れて、おそるおそるそれを握ってみる。

「……っ」

触れた瞬間、びりっと走った甘い刺激に、レイはびくっと肩を揺らした。思わず離しそうになった手を、アーロンが寝間着の上から尻尾でそっと押さえつけてくる。

「っ、アーロン……」

「大丈夫だ、レイ。そのまま続けてみろ」

「……っ、はい」

　励ますような声音で促すアーロンに、レイは懸命に自分を奮い立たせて頷いた。

　無理を言って教えてもらっているのだ。少し怖いくらいでくじけるわけにはいかない。

「う、く……っ」

　初めて触れたそこは熱く、硬く膨れ上がっていて、普通の状態とは明らかに違っていた。

（熱いし、なんかどくどくしてる……）

　脈打つそこは、まるでもう一つ心臓があるんじゃないかと思うほどで、こんなに血が集まっていて本当に大丈夫だろうかと不安になってしまう。

　両手で包み込んだ茎からじんじんとした疼きが腹の奥まで伝わってきて、慣れないその感覚がどんどん膨れ上がっていくのも怖くてたまらない。

「……っ、あ、の……、これ、どうなってるか見てみたい、です」

　一体自分の体はどうなっているのか、不安に駆られてそう言ったレイに、アーロンが頷く。

「ああ。見えた方がやりやすいだろう。俺の方からは見えないから、裾を捲ってみろ」

「はい」

　いったん手を離し、おそるおそる寝間着の裾を捲り上げる。

　現れた花茎は、普段とはまるで違う色形をしていた。真っ赤に膨れ上がったそれは、なんだか花の雄しべのようにも見える。

（これが、勃起……）

　アーロンには生理現象だと言われたけれど、いつもと違いすぎて落ち着かない。これは本当に普通のことなのだろうか。

　不安に駆られて思わずぎゅうっとそこを握ってしまったレイは、痛みに小さく息を呑んだ。

匂いで気づいたのだろう。レイの後頭部に鼻先を埋めていたアーロンが、なだめるように言う。

「レイ、そんなに力を入れるな。最初は軽くさするようにしてみろ」

こうやって、とアーロンが尻尾でするりとレイの手の甲を撫でる。月明かりに艶めく黒い鱗に覆われた尻尾で、まるで猫の喉を撫でるように優しく手の甲を上下にさすられて、レイはふうっと肩の力を抜いた。

「ん……、はい。……やって、みます」

するする、さりさりと擦れる鱗の感触が気持ちよくて、こんなふうに触られたらきっと気持ちいいだろうなと思うと、少しだけ怖さが薄れる。

強ばっていた手を解き、レイはそうっと自身を上下にさすってみた。

「ん、は……っ」

じわじわと、指が触れているところから甘痒(あまがゆ)いような感覚が広がっていって、腹の奥の疼きが膨れ上がっていく。飲み込まれそうなその感覚が落ち着かなくて、不安で、レイは逃げ出してしまいたいような焦燥感にもじもじと敷布の上で両足を蹴った。

「なんか……、なんか、変、です」

自分が自分でなくなるような気がして、また怖くなってくる。手の中の花茎がぬるりと滑って、レイは混乱と羞恥にカアッと頬を染めた。

「……っ、なに、これ……？」

困惑の声を上げたレイに、アーロンがそっと聞いてくる。

「……どうした？」

「あの……、……ぬ、濡れて、きました……」

一体これはなんなのか。感触が違うから漏らしているわけではなさそうだけれど、どうしてそんなところが濡れるのか分からなくて、これは普通のことなのかと不安が込み上げてくる。

かすれた声で訴え、ふるりと肩を震わせたレイだったが、アーロンはレイの匂いをすうっと吸うと、小さく笑って囁きかけてきた。

「大丈夫だ、レイ。それはお前の体が気持ちよくなっている証拠だ」

「気持ち、いい……?」

こんなぞわぞわした、熱くて得体の知れない感覚が、本当に気持ちいいということなのだろうか。よく分からなくて首を傾げたレイに、アーロンがふっと笑みを零し、安心させるように頭を撫でてくる。

「本当にまっさらなんだな、お前は。……男も女も、快楽を感じると性器が濡れるんだ。交尾しやすようにな。お前の体がちゃんと機能してる証拠だから、なにも心配しなくていい」

「……そう、なんですか」

おかしいことではないと説明されて、ほっとする。よかった、と呟いて、レイは首を傾げた。

「でも……、これが本当に、気持ちいいってことなんでしょうか?」

性器に走る感覚は強烈で、どちらかというと怖いし、逃げ出したくなる。こんなことより——。

「……僕、アーロンに頭を撫でてもらってる方が、ずっと気持ちいいです」

ゆったりと髪を撫でる長い指にうっとりしながらそう言うと、アーロンの手がぴたりととまる。

ぐう……っと呻くような声が聞こえてきて、レイは背後のアーロンを振り返った。

「アーロン?」

「平常心……」

「え?」

「いや、なんでもない。そのまま続けてみろ。もっと気持ちよくなってくるはずだ。……お前がしてほしいなら、このまま頭を撫でていてやるから」

促されて、レイははいと頷いた。アーロンが言うならきっとそうなのだろうし、それに頭を撫でてもらえるならもう少し頑張れる気がする。

アーロンの長い腕に包まれて、レイはは……っ、と短く熱い吐息を零しながら、そこを両手でさすり続けた。時折アーロンに教えてもらって先端を指先で撫でたり、根元をくすぐったりし続けていると、芯を持った花茎にじんじんと熱が集まってくる。

（……っ、確かに気持ちいい、かも……？）

目を閉じて力を抜き、アーロンの逞しい胸元に背中を預けると、最初に感じていた恐怖が次第に受けとめられている安心感に変わっていくのが分かる。この腕の中ならなにも怖がらなくていいのだと、そう思うと、逃げ出してしまいたかった焦燥感が小さく小さく縮んでいって。

残された甘い、蜜のような快感が、指先までじんわりと広がっていって、レイはこくりと喉を鳴らし、艶めいたため息を零した。

（もっと……）

もっと、気持ちよくなりたい。

けれど、くちゅりと鳴る水音が恥ずかしくて、どうしてもそれ以上手を激しく動かせない。

「っ、ん……」

「……レイ」

もどかしさに身じろぎしたレイに、アーロンがそっと手を伸ばしてくる。アーロンはその大きな手でレイの手ごとそこを包み込んで言った。

「少し恥ずかしいかもしれないが、これは悪いことじゃない。もっと思うまま、気持ちよくなっていいんだ」

「え……、あ……っ、んんっ！」

レイの手を摑んだアーロンが、大きく上下に動かし出す。熱くなった性器を自分の手ごとぐちゅぐちゅと扱き立てられて、レイはたちまち悲鳴を上げてしまった。

「ひぅうっ、あっあっ、や……！　アーロ……っ、アーロン、怖い……！」

「……っ、大丈夫だ、レイ。なにも怖くない。気持ちいいだろう？」

逃げようとするレイの腰を、くるりと巻き付けた尻尾で押しとどめながら、アーロンが言う。

「言ってみろ、レイ。そうしたらもっと、気持ちよくなる」

「あ……」

振り返った先、肩越しにこちらを見つめる金の光が、快感に潤んだ視界でとろりと蕩ける。

導くように、そそのかすように、つうっと指先で手の甲を撫で上げられて、レイはたまらず声を震わせた。

「き……、気持ち、い……」

「……もっとか?」

「っ、うん……! もっと……っ、もっとして、アーロン……! 気持ちいいこともっと……、もっとしてほし……!」

「……っ、ああもうお前は!」

声を荒らげたアーロンが、背後からレイを強く掻き抱く。グルルッと獣のように喉奥で低く唸った彼の鱗が、サアッとさざ波のように煌めいた。

「可愛すぎるだろうが……!」

「あっあっあ……!」

耳元でなにか呻くような声がしたのは分かったけれど、同時に襲ってきた嵐のような快感にすぐになにも分からなくなる。ぎゅっと自分の手ごと強く握られ、激しく扱き立てられて、レイはアーロンの腕の中でその身を打ち震わせた。

「気持ちい……っ、んんっ、アーロン、ああっ、いい……!」

「レイ……っ、レイ、……もっとか?」

強い衝動を抑えつけるような、必死に堪えるような声で、アーロンが聞いてくる。その問いかけに、レイは夢中でこくこくと頷いた。

「ん、ん……っ、もっと……っ、もっと……!」

求めれば求めただけ、アーロンの手はレイの花茎を強く、激しく扱き立ててくる。もうレイ自身の手にはほとんど力なんて入っていなくて、それなのにアーロンは頑なにレイの手の上からしか触れてくれなくて、それがもどかしくてたまらない。

こんな、押しつけられているだけの自分の手なんかじゃなく、力強くて大きなアーロンの手で直接触ってもらえたら。

あのさらさらの鱗で、熱い熱いそこをくすぐるみたいに愛してもらえたら――。

「んん……っ、アーロン……っ」

甘い蜜の塊になってしまったようなそこを、アーロンに直に愛撫される快感を想像して、レイは無意識のうちにうずうずと腰を揺らした。

してほしい。でも、まさかそんなことまで頼めない――、と、その時だった。

(あ……)

レイの腰に、熱く硬い、太いものが当たる。咄嗟になにか分からないほど大きなそれの正体に思い当たって、レイはこくりと喉を鳴らした。

(これ……、アーロンの……)

アーロンも興奮してくれている、そうと気づいた途端、くらんと目が眩む。頭の芯がどろりと溶けるような衝動に襲われて、レイは咄嗟にアーロンの手を押しのけるようにして自分の手を引き抜いていた。

「レイ……？　……っ、な……！」

くるりと体を反転させ、アーロンのそこに手を伸ばす。衣の上からそろりと撫でると、太茎がびくびくと脈打つのが分かった。

「アーロンのも、大きくなってる……」

熱に浮かされたように呟き、アーロンが呆気にとられているのをいいことに、前をくつろげる。ぶるんっと飛び出てきたのは、自分のそれとは比べものにならないくらい逞しい雄茎だった。

天を向き、先端に光る蜜を湛えているそれは、形こそ人間と同じだが、彼の巨軀に見合った大きさで、根元には下生えの代わりのように鱗がある。

「すごい、大きい……」

「……っ、レイ、なにを……、っ！」

アーロンがハッと我に返るのと、レイが彼の雄を握るのとは、ほとんど同時だった。息を呑んだアーロンの、片手では到底おさまらないそれを指先でそっと撫でさすって、レイは首を傾げる。

「アーロンのも大きくなってるから、しようと思ったんですけど……」

「っ、俺はいい！」

叫んだアーロンが、レイの手をどけようとする。しかし、その拍子にレイの指先がアーロンの雄茎の根元にある鱗をかすめた。

「……っ！」

「……もしかして、ここが気持ちいいんですか？」

びくっとあからさまに身を震わせたアーロンに目を瞠って、レイはそこに手を這わせた。さりさりと指先で鱗をくすぐると、太い雄蕊（ゆうずい）がびくびくと脈打って、一層猛々（たけだけ）しさを増す。わ、と小さく声を上げたレイに、アーロンが片手で顔を覆って呻いた。

「勘弁しろ……」

「え……、で、でもこれ、子種を出さないとおさまりがつかないんですよね？」

先ほどアーロンは、溜めては体に悪いし、出さないとおさまりがつかないものだと言った。アーロンは竜人だが、首から下は人間と同じ体の造りをしているのだし、それはレイと変わらないはずだ。

「あの……、僕に触られるのは嫌でしたか……？僕はその、アーロンが興奮してくれて嬉しかったし、できたらアーロンにも気持ちよくなってほしいなって思ったんですけど……」

「…………」

「だ……、駄目、でしたか……？」

自分はアーロンに直接触ってほしいと思ったけれど、アーロンはこの行為は恋仲の者がするのだと言っていた。彼は自分に触られるのは嫌なのかもしれない。

しゅん、と肩を落としたレイだったが、アーロンはしばらく黙り込んだ後、はーっと大きなため息をついて低い声で言う。

「……嫌だったら、そもそもこんなことになってねえよ」

「え……、あ、わ……っ」

両脇の下に手を入れられ、ひょいっとすくい上げるようにして膝の上に乗せられる。あぐらをかいたアーロンの上にちょこんと座る格好になったレイは、追い上げられたまま中途半端に放置されていた性器がアーロンのそれとぬるりと擦れる感触に、思わず息を呑んだ。

「……っ！」

「レイ、手、貸せ」
ハ、と熱い息を切らせ、鮮やかな金色の瞳を獰猛に光らせたアーロンが、レイの返答を待たず手首を摑む。ぐいっとレイの手を自分の方に引き寄せたアーロンは、そのままレイの手ごと包み込むようにして、二人の性器を握った。
「っ、あ……」

「……逃げるな」

思わず腰を引こうとしたレイの背を、もう片方の手と太い尻尾で抱き寄せ、扱き出す。最初からぐちゅぐちゅと蜜音を立てて激しく擦り上げられ、レイはあっという間に快楽に呑み込まれてしまった。

「あっ、ひぁあっ、あああ……！」

膨れ上がった花茎に、アーロンの長い指が直接触れている。人間の皮膚よりも硬い鱗は、細かな凹凸が蜜でぬめって、まるで無数の突起に茎全体が包まれているようで、その強い刺激に腰が勝手にびくびくと跳ねてしまう。

ぐいぐいと押しつけられる逞しい雄茎の根元の鱗に、敏感な蜜袋をまるで喰むようにくすぐられて、レイはもう声すら出せずにアーロンの腕の中で身を震わせた。

「……っ、んー……！」

アーロンの先端から溢れ出た透明な蜜が、とろりと滴り落ちてくる。自分のそれよりも熱く、ねっとりと濃厚な雫に性器を濡らされる甘痒さに、レイは一層強くアーロンにしがみついた。

混じり合った二人のそれが、アーロンの、レイの手の中でぬちゃぬちゃと一層恥ずかしい音を立てる。重ね合った手がぬるりと滑って、それすらももう訳が分からなくなるくらい気持ちがよくて。

「アーロ……っ、アーロン、変……！」

　こんな快楽は知らないのに、自分の体がどんどん変わっていく気がして怖くてたまらない。ちゅくちゅくと擦り立てられる度、際限なく熱が膨れ上がって、どこかへ飛んでいってしまいそうで。

「こ、怖い……」

　過ぎる快楽に怯え、かすれた声で必死に訴えたレイの背を、アーロンがなだめるように撫でて言う。

「ん……、大丈夫だ、レイ。変じゃねぇよ」

「ほ……、本当？　僕、変じゃ、ない？」

「……ああ」

　はあっと熱い吐息を零したアーロンは、レイをぎゅっと抱きしめて呟いた。

「変じゃない。……わいい」

「え……？」

　かすれた声が聞こえなくて、聞き返したレイだったが、その時、アーロンの手が一層激しくそこを責め立ててくる。

「あ……！　ひあ……っ、アーロ……っ、アーロン……っ！」

「レイ、このまま……、な？」

　いつもと同じ問いかけを、いつもと違う声で囁かれる。

　このまま続けていたらどうなってしまうのか分からないのに、分からないはずなのに、低いその声音に、はあ、と耳元で零れる熱い吐息に、もっと大きなものが、決定的な快楽が来ることを否応（いやおう）なしに分からされてしまう。

　限界まで膨れ上がった甘い甘い熱を堪えきれず、レイはきつく目を閉じた。

「アーロン……っ、あ、あ、あ……！」

　チカチカチカ、と瞼（まぶた）の裏で真っ白な光が弾けて、

その時が襲ってくる。ドッと心臓が大きく跳ね上がると同時に、体が勝手にびくびく跳ねて、レイは衝動のまま淫らな声を上げ、白蜜を放っていた。

「……っ、レイ」

く、と息を詰めたアーロンが、一拍遅れて腰を震わせる。ぶるるっと震えた彼の胸元を覆う鱗が、サアッと煌めくのが見えて、レイはその美しい光景に心を奪われてしまった。

「あ……」

びゅ、びゅるるっと太茎から白濁が吐き出される度、アーロンの漆黒の鱗に虹色の光の波が走る。まるで月の光で撫でられたようにつやつやと艶めく鱗に、レイはとろりと瞳を蕩けさせた。

（綺麗、だ……）

人ならざる彼が深い快楽を感じている証を目の当たりにして、嬉しさと同時に興奮が押し寄せてくる。

ぴゅ、とまた少量の蜜を放って達したレイは、甘い倦怠感に熱いため息を零して、目の前の逞しい胸元にもたれかかった。

「レイ……」

は……、と息をついたアーロンが、レイの背を支えていた手で頭を撫でてくる。鋭い爪が当たらないよう、そっと髪を梳く長い指先に安心感を覚えている自分に気づいて、レイはああ、と納得した。

（……僕、この人のことが好きなんだ）

同性で、人間ではなくて、けれど誰よりも優しい、あたたかい心を持っていて。

彼にこうして頭を撫でられて嬉しいのも、彼に触れられたいと思うのも、彼が深い快楽を感じていることに興奮と喜びを覚えるのも、すべて自分が彼のことを好きだからだ。

自分の体が反応したのも、ただの生理現象なんかじゃない。

アーロンに抱きしめられて、彼のことを欲しいと、もっと彼と近づきたいと、そう思ったからだ。

（……でも、アーロンには好きな相手がいる……）

ズキリ、と胸の奥がひどく痛んで、レイは唇を引き結んだ。

その相手は、アーロンと同じ竜人なのだろうか。

彼とはもう、恋人同士なのだろうか。

アーロンはその恋人にもこうやって、……もっと、優しく触れるのだろうか――。

「……っ」

焦げつくような胸の痛みに息を詰めたレイの感情の変化に、匂いで気づいたのだろう。アーロンが問いかけてくる。

「レイ？　どうかしたか？」

「……いえ」

なんでもないです、と小さく頭を振って、レイはそっと目を伏せた。

キラキラと、アーロンの鱗が快楽の余韻に煌めいている。

本当は、自分はこの煌めきを見るはずはなかった。見ては、いけなかったのだ。

そう思うとたまらなく息が苦しくて、レイはぎゅっと強く、目を閉じたのだった。

◆◆◆

トン、軽い衝撃と共に森の入り口に降り立ったアーロンが、広げていた翼をしまう。

「よし、着いたぞ、レイ。今日はこの森で狩りをしよう」

アーロンの胸当てに潜り込んでいたククが、到着を悟ってクルルッと顔を出す。パタパタッと小さな翼を広げたククは、ぴょんぴょんとアーロンの胸元を飛び跳ねて肩へと移った。

空を飛んでいた時のまま、片腕にレイを腰かけさせて歩き出そうとしたアーロンに、レイはやんわりと声をかけた。

「アーロン、ありがとうございました。自分で歩きますから、降ろして下さい」

「いや、だが……」

「アーロン」

言いかけたアーロンを遮って、繰り返す。

「自分で歩きます」

静かに、けれどきっぱりと言ったレイに、アーロンの肩に乗ったククがクルル……、と二人を見比べて心配そうに首を傾げる。

「……そうか。なら、気をつけろよ」

心なしか沈んだ声で言ったアーロンが、レイを地面に降ろしてくれる。ありがとうございますとお礼を言って、レイはこちらに飛び移ってきたククと共にアーロンの後に続いて森を進んだ。

レイがアーロンに自慰を教えてもらってから、数日が過ぎた。

達した後、黙ってアーロンにもたれかかっていたレイを、どうやらアーロンは慣れない行為にショックを受けてしまったと思ったらしい。

無理をさせてすまなかった、俺まであんなことをする必要はなかったと謝る彼に、レイは気にしないで下さいと笑った。

『そもそも、アーロンもって言い出したのは僕の方ですし……。やり方、教えてくれてありがとうございました。もう一人で大丈夫です』

そうか、と頷いたアーロンは少し複雑そうな顔をしていたけれど、レイがその言葉通り、一人で自分を慰めたことはそれ以来一度もない。

（またどうしようもなくなったらするしかないんだろうけど……、でも、積極的にしたいとは、やっぱり思えない。してもきっと、アーロンの手を思い出してしまうだろうし、彼の想い人のこととか、あれこれ考えちゃうだろうから……）

前を進むアーロンは、レイの目線の高さの葉を折ってくれたり、足元に危険がないか注意を払ってくれている。そこまでしてくれなくていいのに、と喉まで出かかった言葉を、レイは無理矢理呑み込んだ。

あまりなにもかも拒否してしまっては、アーロンが気に病むかもしれない。

あの日以来、レイはアーロンとの接触をなるべく避けるようにしていた。今までは無神経に彼と一緒にひなたぼっこしたり、抱き上げられて森の中を運んでもらったりして安心していたが、そういうスキンシップは控えるべきだと思ったのだ。

恋人でもない自分が、アーロンに甘えすぎてはいけない。

たとえアーロンの想い人が近くにはいないのだとしても、けじめはつけなければいけない——。

(……本当は、アーロンが優しくしてくれればしてくれるほど、僕がつらくなるからなんだけど)

彼の優しさに触れる度、この人が好きだと強く思う。けれど同時に、彼には想う相手がいることを思い出してつらくなる。

嫉妬というものはこんなにも醜く、苦しいものなのかと、レイはこっそりため息をついた。

アーロンが想い人や同族と離れて暮らしているのは、仇(かたき)を追っているからだ。それならいっそ、その仇が見つからなければいいのにと思ってしまう。

このままずっと、アーロンのそばにいたい。

ずっとこうして、アーロンと二人で暮らしていきたい。

たとえこの先、自分の過去を思い出しても、それを告げなければ——……。

(最低だな、僕……)

自分のあまりの身勝手さに嫌気がさして、レイは唇を引き結んだ。

あの惨劇を目の当(ま)たりにして生き残ったのは、自分だけなのだ。亡くなった人たちの死の真相を、自分は思い出さなければならない。

それに、記憶がない自分は、アーロンたちに面倒をかけている。この世界の常識すら覚えていない自分を受け入れ、気にせずいつまでいてもいいよ、でも早く記憶が戻るといいなと、皆が励ましてくれているというのに、当の自分がこんなことを考えるなんて、彼らにだって顔向けができない。

（アーロンだって、本当は早くその仇を討って、仲間の元に戻りたいだろうに……）

前を行く広い背中を見つめているのがつらくて、レイは俯いた。

この村の人たちと仲良く暮らしているアーロンだが、元々彼がこの地に住むことになったのは、仇を追ってのことだ。いずれは同族の仲間の元に戻るつもりなのは間違いない。

アーロンの幸せを思うのなら、自分は早く記憶を取り戻して、少しでも彼の敵討ちの手助けになるよう、思い出したことを伝えるべきだ。

身勝手な嫉妬や独占欲に駆られて、彼が仲間の元に戻るのを邪魔する権利は、自分にはない。

それなのに、どうしても思い出したくないという気持ちが消えてくれない。

自分が一体誰なのか、あの村になにがあったのか、思い出したい。

けれど、すべての記憶を取り戻したら、もうアーロンと一緒にいられなくなってしまうかもしれない。

それだけはどうしても、どうしても嫌だ。

このままでいたい。

このままずっと、アーロンと一緒にいたい――。

（……本当に最低だ）

レイが自己嫌悪にきつく唇を噛みしめた、その時だった。

「……レイ」

ほとんど空気を震わせるだけの声で、アーロンがレイを呼ぶ。声音にひそむ緊張感に、レイはサッとアーロンの視線を追った。

アーロンの視線の先には、ウサギに似たアルナブという動物がいた。木立の向こう、少し開けた草地で、夢中で草を食んでいる。動きは俊敏だが、ガザールほど大型でない分、レイのような初心者が狙うのにちょうどいい獲物だ。ガザールの時には目を丸くして固まっていたククも、じっとアルナブを見つめ、爛々と目を光らせている。

「……」

いけるか、と視線でアーロンがレイに問いかけてくる。無言で小さく頷いて、レイは弓に矢を番えた。

（どんな獲物にも、隙はある。よく狙って、動きの先を読めば、必ず仕留められる……）

アーロンに教わったことを一つ一つ頭の中に思い浮かべながら、キリキリと弓を引く。

（しっかり見て、……放つ！）

パッと手を離した途端、弓は勢いよくアルナブに向かって飛んでいった。トスッと足に矢が刺さったアルナブが驚いて逃げようとするより早く、レイはククを放った。

「クク！」

カルルルッと鳴いたククが、アルナブ目がけて一直線に木立を抜ける。翼を羽ばたかせたククは、自分よりも大きなアルナブを、その力強い爪でぐっと押さえ込んだ。


急いでククの元に向かったレイは、携えていたナイフでアルナブを仕留める。

「……っ、シュクラン・ルーフ……」

ナイフを振るうその一瞬、躊躇いそうになる心を奮い立たせて、レイは祈りを捧げた。

後ろから追いかけてきたアーロンが、初めての狩りに興奮しているククをなだめて落ち着かせ、レイの隣に膝をつく。

「……やったな、レイ。初めての獲物だ」

「っ、はい」

アーロンから教わった通り、手早く血抜きの処理をして、ふうと息をつく。ナイフを布で拭ってしまってから、レイは改めて自分の指先が震えていることに気づいた。

「……っ、怖かった……」

命を奪うのはこちら側なのに、怖かったなんて変だろうか。

初めて自分の力で獲物を狩ることができた高揚と

喜び、そしてそれ以上の緊張と畏怖に似た感情がごちゃ混ぜになって、レイは震える指先をじっと見つめた。

と、その指先をアーロンが大きな手でそっと包み込んでくる。

「アーロン……」

「その気持ちを、いつまでも覚えておくといい。狩りをする上で、獲物に対する畏敬の念は最も大切なものだ」

真っ黒な鱗に覆われた大きな手が、緊張に冷たくなった手に温もりを移してくれる。そのあたたかさにほっとして、レイは頷いた。

「……はい。ありがとうございます、アーロン」

「いや。……おめでとう、レイ。これでお前も一人前の狩人だな」

ニッと笑ったアーロンが、レイの頭をくしゃくしゃと撫でてくる。屈託のないその笑みと、久しぶりにアーロンに頭を撫でられる安心感に熱いものが込み上げてきて、レイは思わず唇を引き結んだ。

(僕……、僕、やっぱりアーロンのことがすごく、好きだ)

この人のために、なにかしたい。

たとえ記憶を取り戻したらその時は別れなければならないと分かっていても、アーロンのために思い出したい——。

しかし、ぐっと涙を堪えるレイを見て、アーロンは勘違いしたらしい。

「あ……、す、すまん。つい癖で……。悪かった」

ここのところスキンシップを避けているレイを思い出したのだろう。さっと引っ込められた手に少し寂しさを感じつつも、レイはいえ、と頭を振った。

どこかもどかしそうにしながら、アーロンが言う。

「なんにせよ、初めての獲物だ。毛皮は帽子にでもするといい。ここの冬は寒いからな」

「……はい」

「よし、そうと決まったら、今日はもう狩りは仕舞いにして、家に……」

　言いかけたアーロンが、途中でふっと顔つきを改める。レイの頭越しになにかを見つめている様子の彼に、レイは首を傾げて後ろを振り返り――。

「アーロン？　なにか……、っ！」

――驚愕に、目を瞠った。

　そこには、真っ白な被毛の大きな、熊のように大きな狼がいたのだ。

「な……、な、に……っ」

　距離は一メートルも離れていないだろう。翡翠色の瞳をしたその狼は、木の根の上に置かれたアルナブには目もくれず、じっとこちらを見つめている。

　いつの間にこんな近くに、こんなに大きな狼がと驚愕し、後ずさりしたレイだったが、その時、アーロンがその狼に向かって声をかけた。

「久しぶりだな、ラトゥ。元気だったか？」

「え……」

　まさか、アーロンはこの狼と知り合いなのか。唖然としたレイだったが、驚くのはまだ早かった。

「ああ、まあね。あんたこそ達者だったかい、アーロン」

「……っ、喋った……!?」

　驚愕のあまり、その場にすとんと尻餅をつきそうになったレイを、背後のアーロンがおっと、と支えてくれる。レイの肩で驚いて目を丸くしていたククが、慌てふためいてアーロンの肩に避難した。アーロンの太い首の陰に隠れ、カルルルルッと警戒の声を上げる。

「こら、クク。威嚇するんじゃない。レイも大丈夫か？　彼女はラトゥと言ってな。俺の友人で、この辺り一帯の森を守ってる獣人だ」

「獣人……？　でも……」

　竜人のアーロンは、首から下は人間と同じ骨格をしている。獣人と言うからには、同じように頭だけが獣という種族ではないのか。

　そう思ったレイに、ラトゥが説明する。

「おや、あんた知らないのかい。獣人や竜人はね、深く愛した相手を失うと、苦しみのあまり獣の姿になっちまうんだよ。中にはそのまま命を落とす者もいるがね。あたしもその口さ」

「そ……、うなんですか……」

驚きつつも頷いたレイは、慌てて居住まいを正し、おずおずと名乗った。

「あの、僕はレイと言います。アーロンのところでお世話になっている人間です。驚いたりして、すみませんでした」

「ああ、いいんだよ。人間があたしを見たら、ただの大きな獣だと思って当然だからね。そっちの生意気なチビ助と違って、あんたはなかなか礼儀正しい子みたいだねぇ」

カルカル怒っているククをちろ、と眺め、瞳を細めたラトゥが、レイの方に歩み寄ってくる。

「あんただろう？　この間、ガザールの手当てをしてくれたのは」

「え……、あっ、あの……？」

一瞬なんのことかと戸惑ったレイは、それがアーロンと最初に狩りをした時に助けた雌のガザールのことだと思い当たる。そうだよ、と頷いたラトゥは、レイの目の前で歩みをとめると、その鼻先をレイのこめかみに擦りつけてきた。

すう、とレイの匂いを深く吸い込んで言う。

「ああ、あんた、人間にしちゃ珍しく綺麗な匂いをしてるね。まるでまっさらな赤子みたいな匂いだ」

「そ……、そうなんですか？」

自分では自分の匂いなんて分からないけれど、もしかしたら記憶がないからそういう匂いがするのかもしれない。

首を傾げたレイの匂いを更に嗅ごうとするラトゥに、アーロンが低い声を発した。

「……おい。もうその辺にしろ」

「おや、若造がいっちょ前に。そういうことはね、この子の匂いにあんたのが少しでも混じるようにな

ってからお言い」

「アーロンの……？」

匂いが混じるとは、一体どういうことなのだろう。

きょとんとしたレイだったが、アーロンにはその意味が分かったらしく、ぐっと反論を無理矢理飲み込むような表情で黙り込む。

「アーロン？　あの、匂いって……」

「……お前は知らなくていい」

はーっと息を吐き出して唸ったアーロンに、でも、となおも問おうとしたレイだったが、その時、ラトゥが話を元に戻す。

「ま、それはともかくレイ、あんたのおかげであのガザールは命拾いした。ガザールは走れなきゃ生きてけないからね。あの子に代わってお礼を言うよ。ありがとう、レイ」

「あ……、い、いえ、そんな……」

戸惑って頭を振るレイに、ラトゥがぐいぐいと鼻先を擦りつけてくる。まるで甘える犬のような仕草に、レイは思わず手を伸ばし、ラトゥの鼻の上をそっと掻いた。気持ちよさそうに目を細めて、ラトゥが言う。

「番のことは残念だったが、それも仕方ないことさ。ただし、くれぐれも無益な殺生や森を荒らすような真似はしないどくれ。……あの子を助けてくれたあんたを、咬み殺したくはないからね」

「はっ、はい……！」

冗談めかした言葉だが、鋭い野生を湛えた翡翠色の瞳は笑ってはいない。レイは慌てて手を引っ込めると、背筋を正して頷いた。

二人のやりとりを見守っていたアーロンが、腕を組んで聞く。

「で、一体どうしたんだ、ラトゥ。いつも森の奥に引っ込んでるあんたが、わざわざ礼を言うために出てきたってことはないだろう？」

「……ああ。ここ最近、どうも東の方から不穏な気配がしていてね」

その場に腰を落ち着けたラトゥが、鼻の頭に皺を寄せて告げる。

「大きな力が働いている気配がする……。もしかしたら、あんたの探してる方術使いかもしれない。それだけ伝えておきたくね」

「……そうか」

ラトゥの言葉に、アーロンが重々しく頷く。表情を険しくしたアーロンに、レイはずっと気になっていたことを聞いてみた。

「あの、アーロン……。その方術使いって、どういう相手なんですか……?」

五年前からアーロンが追い続けている仇だということだが、そもそも何故アーロンはその方術使いを追うことになったのか。

尋ねたレイに、アーロンは少し躊躇いがちに切り出した。

「……五年前、竜人族の里は、ナジュドという国に攻め込まれた。このカーディアの南にある国だ」

近くにあった大きな切り株に、アーロンが腰を降ろす。視線で促されて、レイもその近くの木の根に腰かけた。

「竜人は、喉元に逆鱗という鱗を持っていてな。その鱗に力を蓄えておくことができるんだ。竜人族には初代の竜王と竜王妃の逆鱗が、宝玉として代々受け継がれている。二つの逆鱗は強大な力を秘めていて、ナジュドはそれを狙って戦いを仕掛けてきたんだ。……俺は、竜王妃様の護衛隊長として、敵を迎え撃った」

「護衛隊長って……。すごいんですね、アーロン」

王妃の護衛を任されていたということは、アーロンは竜人族の中でも相当強い戦士なのだろう。驚いて目を見開いたレイに、ラトゥが言い添える。

「そもそもアーロンは、若い頃は王の近衛隊長で、次期竜王候補だったくらいだからね。自分よりもふさわしい者が現れたからって、隊長の座も次期竜王の座も明け渡して、竜王妃の護衛隊長になったのさ」

「……そうだったんですか」

だとしたら、時が時ならアーロンは竜人族の王になっていたかもしれないのか。ますます目を丸くしたレイに、アーロンが苦笑を浮かべる。

「他にたまたま適任がいなかったから、一応そんなことになってたってだけだ。そもそも俺にそんな大役が務まるわけねぇだろ」

最初から王になる気はなかったと笑うアーロンの肩の上で、ククが首を傾げる。クルル、と鳴くククを指先で撫でて、アーロンは続けた。

「まあ、俺のことは置いておいて、……ナジュドは人間の国だが、多くの邪悪な方術使いを擁していてな。激しい戦いの末、妃の逆鱗は敵の手に奪われてしまった。竜王妃様はそれを必死に阻止しようとして敵の手にかかり……、亡くなったんだ」

「……っ」

淡々と語るアーロンだが、きっとその当時はひどく苦しんだのだろう。

自分が守らなければならなかった貴人を、彼は目の前で失ったのだ――。

「俺は逆鱗を奪った方術使いを追跡し、どうにか奪い返すことができた。ただその時、戦闘の中で逆鱗の一部が欠けちまってな。……その欠片は、奴に奪われてしまった」

ぐっと目を眇めたアーロンが、自分の胸元の傷に視線を落として続けた。

「俺は竜王妃様をお守りできなかったばかりか、一族の宝の一部を奪われた責任をとって、職を辞した。そして一族の元を離れ、その方術使いを追い始めたんだ。欠片とはいえ、その力は計り知れない。放っておくわけにいかないからな」

「……その方術使いが、あの村を襲った犯人……」

呟いたレイに、アーロンが頷く。

「ああ、おそらくな。奴はジャディスと言ってな。ナジュドを裏切り、欠片を自分だけのものにしようとしている。厄介なことに、そいつが得意としているのが人心を操る術でな」

ふーっと大きく息を吐いて、アーロンは難しい顔で唸った。

「方術で操られた人間は、まるで人形のように奴の言いなりになっちまう。これまでも奴は、力の溜まりやすい場所を見つけては、その周囲の村人を操って身を隠しつつ、欠片に力を集めていてな。俺が追いつめても操った人間を盾にして、俺が彼らにかけられた術を解いてる間に逃げやがって……」

どうやらアーロンはそのジャディスという方術使いに何度も煮え湯を飲まされているらしい。

レイはふと気になって聞いてみた。

「あの……、でも、僕が気がついた時には、アーロンが来る前に村の人たちは殺されてしまっていました。どうしてその時だけ違っていたんでしょう？」

「……正確なことは分からないが、もしかしたら俺が来る前に、ジャディスはナジュドの追っ手に追いつめられていたのかもしれない」

そう言ったアーロンに、ラトゥも頷く。

「ああ、その可能性は高いだろうね。ナジュドの奴らは、術を解くなんて回りくどい真似はしないだろうし、それに一カ所に力が集まればそれだけ気が淀む。あたしが今回感じた気の淀みも、それに近いものだ」

どうやらラトゥのように五感が優れている者は、遠く離れた地の異変も気配で感じ取れるらしい。ラトゥの言葉に、レイは首を傾げた。

「あの……、そもそもそのジャディスっていう方術使いは、どうして力を集めているんですか？　欠片はその方術使いの手元にあるんですよね？」

アーロンは先ほど、竜王妃の逆鱗には強大な力が秘められていると言った。たとえ欠片であっても、その力は計り知れないと。

それならば、追われる身で更に力を集めるなんて悠長な真似をせず、さっさと自分の手元にある欠片を悪事に使うのが普通なのではないだろうか。

そう思ったレイだが、アーロンは更に表情を強ばらせて重々しく告げた。

「……実はその五年前の戦いで、竜王妃の逆鱗が奪われた後に、竜王の逆鱗まで奪われてはまずいと、竜王の逆鱗が異世界に転送されてしまってな。そのまま行方不明になってるんだ」

「……っ、異世界に転送って……、そんなことができるんですか?」

驚いたレイに、アーロンが頷く。

「さすがに竜人族の中でも限られた奴にしか使えない術だがな。さっき話に出た、俺の後輩で王の護衛隊長になった男が転送の術を使ったんだ。竜王の逆鱗を悪用されないためには、そうするしかなかったからな。奴の判断は正しかったと、俺は思ってる」

次期竜王候補だったアーロンが、その力を認め、道を譲ったほどの人物だ。おそらくアーロン同様高潔で、強大な力を正しく使うことのできる竜人なのだろう。

話が逸れたな、とアーロンが続ける。

「ジャディスは竜王妃の逆鱗の欠片を使って、その竜王の逆鱗を呼び戻そうとしてやがるんだ。逆鱗を呼び戻すには強大な力がいるが、竜王の逆鱗と竜王妃の逆鱗は対の宝玉で、二つは引かれ合うからな」

つまりジャディスは、異世界に転送された竜王の逆鱗を得るため、竜王妃の逆鱗の欠片に力を集めているということらしい。

(竜王妃の逆鱗の欠片だけでも計り知れない力を秘めているのに、それを使わず、更に力を集めているなんて……)

一体その竜王の逆鱗の力は、どれほど強大なのか。思わず緊張にこくりと喉を鳴らしたレイに、ラトゥが静かに告げる。

「……そもそも方術ってのは、術者自身の生命力を基に、周囲の自然の力を借りて行うもんでね。竜人や獣人ならいざ知らず、人間のような生命力の弱い生き物にはそこまで大がかりな術は使えないもんなのさ。だが、五年前の戦いの時、ナジュドの方術使いたちはその理を ねじ曲げ、強力な方術を次々に行った……」

「そ、れって……、……どうなったんですか？」

人間の方術使いには本来使えない術を、使う。

その代償はと聞いたレイに答えたのは、アーロンだった。

「……戦いが終わってからもずっと、その周辺では天変地異が続いてな。当然、作物は育たない。多くの無関係な人間が、命を落とした」

「……っ、そんな……」

ナジュドの方術使いのせいで、たくさんの人が苦しめられたのだと聞いて、レイは言葉を失ってしまう。そんなひどいことが、理不尽な暴力が、たった五年前に起きていたのだ――。

「……ジャディスは竜王の逆鱗を手に入れて、世界を支配しようとしている。奴が王になれば、この世界は闇に落ちるだろう。もちろん、ナジュドもそれは同様だ」

ぐっと黄金の瞳を険しくして、アーロンが言う。

「だが、そんなことは絶対にさせない。そのためにも、奴から逆鱗の欠片を奪い返さなければ……！」

「アーロン……」

見たこともないほど鋭い顔つきでそう言い、獣のような低い唸り声を上げるアーロンに、レイは息を呑んだ。

こんなにも激しい怒りに駆られているアーロンは、初めて見る。

彼にとってその方術使いは、敬愛する竜王妃の命を奪った仇で、一族の宝を持ち去った大罪人、そして人間を危険に晒す憎い存在なのだ――。

「……もしかして、アーロンのその胸の傷も？」

ずっと気になっていた、胸元の斜め十字の傷。それも、その五年前の戦いで負ったものなのだろうかと聞いたレイに、アーロンが頷く。

「ああ、ジャディスとの戦いで負ったもんだ。竜人は傷の回復が早いんだが、これだけは痕が残っちまってな」

「……あんたは無理しすぎなんだよ」

呆れたようにアーロンを見やってそう言ったのは、ラトゥだった。

「いくら回復が早くたって、ろくに手当てもせず、昼も夜も力を使って方術使いを追っていたんじゃ、治るもんも治らなくて当然さ」

叱りつけるようにそう言ったラトゥの言葉で、張りつめていた空気が少しやわらぐ。ほっとしたレイに、ラトゥは当時のことを教えてくれた。

「ここに来た時のアーロンは、ぼろぼろでね。ほとんど行き倒れ寸前だったアーロンを、あたしがグラートのところに運んだんだ。あれは人がいいから、きっと助けてくれるだろうと思ってね」

「……その時のことは感謝してる。おかげで命拾いした」

軽く頭を下げたアーロンに、ラトゥがため息をついてぼやく。

「おかげであたしが獣人だってことが、あの村の連中に知られちまったじゃないか。それまでは神獣扱いで、皆で崇め奉って、供え物までしてくれてたっていうのに」

「供え物はその後も続けてくれてるだろ？」

俺も時々してるしな、とアーロンが苦笑混じりに肩をすくめてみせる。するとラトゥは、それはそうだがと唸って言った。

「あの村の連中ときたら妙に懐っこくて、祭りだなんだとしょっちゅう誘いにきて、うるさいったらないんだよ。顔を出せば出したですぐに子供らがよじ登ってくるし、シュリはひっついてくるし」

「好かれてていいじゃねぇか」

「あたしは神秘的な森の主でいたかったんだ！」

憤慨したラトゥが、アーロンにそう吠える。しかし、その背後ではふさふさの大きな尻尾が嬉し気にふるふるっと震えていて、レイは思わず小さく笑ってしまった。

口ではなんだかんだと言っているラトゥだが、人間に好かれて悪い気はしていないらしい。

（でも……、そうか。五年前、アーロンにそんなことがあったんだ……）

明らかになったアーロンの過去に思いを馳せながら、レイはラトゥをからかって笑っているアーロンをじっと見つめた。

（……思い、出さなきゃ）

強く、強くそう思う。

自分が記憶を取り戻したところで、なにか手がかりになるような情報を目にしているかどうかは分からない。もしなにか手がかりを目にしていたら、アーロンはきっと仇を討ち、彼の故郷へ帰ってしまうだろう。

なにより、手がかりの有無にかかわらず、すべての記憶を思い出したら、自分がここにいる理由はなくなってしまう。もしかしたらアーロンや村の人たちはここにいてもいいと言ってくれるかもしれないが、その厚意にいつまでも甘え続けているわけにはいかない。

アーロンと一緒にいたい。

このままここで、暮らしていきたい。

たとえ自分が何者か分からなくても、この幸せな暮らしを続けていきたい。

――でも。

（それでも、僕は思い出さなきゃ）

自分の身勝手な想いで、彼が仇を討つ機会を奪うわけにはいかない。無関係な人間を、危険に晒すわけにはいかない。

もし自分がなにか、重要な情報を知っていて、それを思い出せないせいでアーロンがその方術使いを倒せないなんてことになったら、悔やんでも悔やみきれない――……。

（記憶を取り戻すこと。それが、今の僕にできる、精一杯の恩返しだ）

カルルッと肩の上からラトゥを威嚇するククを、アーロンが苦笑しながらなだめる。

その穏やかな横顔を見つめて、レイはきゅっと唇を引き結んだのだった。

遠い山の向こう側に、燃えるような色をした太陽が沈んでいく。

自分の腕の中で茜色に染まったその空をじっと見つめ、黙り込んでいるレイをちらりと見やって、アーロンは内心ため息をつきながら力強く翼を羽ばたかせた。

（ラトゥと会った時は、少し笑顔が戻っていたんだが……）

彼女と別れ、家に戻るために森から飛び立とうとした時にはもう、レイは沈んだ表情に戻ってしまっていた。

行きと同様、思い悩んでいる様子のレイを見て、アーロンは眉間に深い皺を刻んだ。

（……やっぱり、あの日のことを気にしてんのか）

気にしないわけねぇよな、と奥歯を噛みしめる。

あの日以来、アーロンはレイに避けられており、彼の瞳を気づかれないように検めることもできないでいた。

レイは以前のように誘っても一緒にひなたぼっこをすることはなくなったし、アーロンが頭を撫でようとすると、慌てて用事を思い出したとどこかに行ってしまう。笑いかけてもぎこちない笑みを返すばかりで、しかしそれは照れからくるものとは違う様子だった。

漂ってくるレイの香りは、自分を恐れている匂いこそしていないものの、拒否するような、頑なな匂いがしている。

まるで透明な殻で自分を守っているかのような、そこから先はアーロンには入ってほしくないと思っているかのような、そんな匂いだった。

(怖がられてはいないし、嫌われているわけでもない……。だが、前のように俺に心を許してくれていた時の甘い匂いも、しない)

ふわりとあたたかい、ひだまりのようなあの優しい匂いがしないことに、自分でも驚くほどの絶望感が込み上げてくる。

レイが自分を拒んでいる、そのことがこんなにも苦しく、耐え難い——……。

(……くそ)

レイに自慰を教えたあの時、決して自分の欲望をぶつけることだけはしないと心に決めていた。どれだけつらくても、欲しくても、自分はレイにやり方を教えるだけにとどめようと。

それなのに、結局自分は欲に負けてしまった。

心から愛しい、恋しいと想う相手を欲しいと願う衝動がこれほどまでに強いなんて、思ってもみなかった——。

(あんな強引なことをしたんだ。レイが俺のことを警戒して、距離を置きたいと思うのは当然だ)

それなりに生きてきて、それなりに自分を制することもできると、そう思っていた。誰かに惹かれても、恋の駆け引きを楽しむくらいの余裕はいつも持っていた。

それなのに、レイのこととなると、途端に理性がきかなくなる。

今だって、このままレイを誰の目も届かない場所へ連れ去って、自分だけしか知らないところに閉じこめてしまいたいと思ってしまっている。

たとえ彼が泣いても、怯えても、自分のものにしてしまいたい。

強制的にでもなんでもいい。彼が自分と距離を置くことなんて、できなくしてやりたい。

彼の殻を強引にこじ開けて、その瞳に自分しか映らないようにしてしまいたい——……。

(オラーン・サランでもねぇってのに……)

こんな衝動は初めてで、正直持て余してしまっている。

運命の対を見つけた竜人は、皆こんな衝動を堪えているのだろうか。

それともこの凶悪な欲望は、彼が人間だから覚えてしまうのだろうか。

この小さな体を、いつまでも抱きしめていたい。力に訴えるなんて最低だと知っていてなお、それが簡単にできてしまうと分かっているから、頭の中でもう一人の自分が囁く。

彼を離したくない。

今なら、それができる。

空の上で、逃げ場がない今なら、簡単に彼をさらってしまえる――……。

(っ、馬鹿か、俺は……!)

ぶるっと頭を振って、アーロンはその誘惑を断ち切った。

「……アーロン？　寒いんですか？」

動きに気づいたのだろう。腕の中から、レイが心配そうな視線を向けてくる。こちらを見上げてくるそのやわらかな緑色の瞳に、アーロンはふっと微笑みかけた。

「いや、大丈夫だ。……もうすぐ家に着くからな」

「はい」

胸元に潜り込んだククに、もうすぐだって、と小さな声で囁いて、レイがぎゅっとしがみついてくる。

その細腕に込められた力は、竜人のアーロンからしてみたら本当に弱々しくて、頼りないことこの上ない。けれど、それが彼の精一杯の力だと知っているから、その目一杯の力でしがみついてくれていることが愛おしくてたまらない。

このままずっと、レイがなにも思い出さなければいい。

そうすればずっと、ずっと彼と二人で暮らしていける。

ずっとレイと一緒にいられる――。

（……俺は、なんて身勝手なんだ）

記憶がないことで、レイがどれだけ苦しんでいるか知っている。

全滅したあの村で、泣きながら祈りを捧げていた彼の姿は、忘れようにも忘れられないというのに。

それなのに、どうしてもその思いが消えない。

このままでいたい。このままレイと一緒にいたいと、そう思ってしまう――。

（……レイ）

腕の中に簡単に包み込めてしまう、小さな体を抱きしめて、アーロンはせめてと心の中で願った。

（もし……、もしお前がすべて思い出したとしても、どうか俺を選んでくれ。俺のそばから、離れないでくれ）

運命の対など、人間の彼には関係ない。それがもどかしくてたまらない。

もし彼が同族なら、自分を一生の相手にしてくれと言えるのに。

彼にも同じように、自分を求めてほしい。

同じように、自分を愛してほしい。

「……着いたぞ」

小さく重い、熱い吐息を零して、アーロンはレイをしっかり抱きしめたまま、見えてきた家へと高度を下げた。と、そこで、敷地の中に人影が二つあるのに気づく。

「あれは、グラートか？　それと……」

家の前に立っているその人影は、グラートと見知らぬ男のものだった。どうやら若い男のようだが、腰に長剣を下げ、立派な甲冑を着ている。

と、男がこちらを振り向くなり、目を瞠って叫んだ。

「エルヴェ！」

「え……」

明らかに自分に向けられたその呼びかけに、レイが怪訝そうな顔をする。

（まさか……）

どく、と心臓が大きく脈打つのを感じながらも、アーロンは必死に理性でそれを抑えつけ、地面に降り立った。翼をしまったアーロンとレイの元に、男が駆け寄ってくる。

「エルヴェ！　ああ、生きていてくれたんだな！」

「あの……、どなた、ですか？」

おずおずと問いかけたレイに、男がくしゃりと顔を歪める。

「ダンテだよ、エルヴェ！　思い出せないか？　君の恋人のダンテだ！」

「……っ」

遠く青い山脈に、太陽が沈む。

ゆらゆら、ゆらゆらと揺れる炎のようなその夕焼けを、アーロンはただ茫然と見つめていた——。

◆◆◆

どうぞ、とダンテに紅茶を勧めて、レイは戸惑いつつも彼をちらっと見やった。

ありがとう、とカップに口を付けるダンテは、白に近い金髪に青い瞳の持ち主で、彫刻のように美しい、端整な顔立ちをしている。

年齢は二十代後半といったところだろうか。先ほどは興奮していたようだが、こうしている彼はごく落ち着いた雰囲気の青年だった。

家の前で待っていたダンテとグラートを、アーロンはとりあえずと家の中に招き入れた。

『レイの知り合いということなら、詳しく話を聞かせてもらいたい。グラートも、そのつもりで連れてきたんだろう？』

ああ、と頷いたグラートは今、食卓として使っているテーブルに、ダンテと並んで座っている。ククを止まり木に移したアーロンがグラートの前に座り、レイはダンテの正面に腰を落ち着けた。

緊張を覚えつつ、目の前のダンテをそっと窺い見る。

（この人は、僕のことを知っている……。それどころか、この人が僕の恋人……）

長い睫を伏せて紅茶を味わうダンテは、彼が身につけている甲冑も相まって、絵本の中の騎士のようだ。というか、おそらく本物の騎士なのだろう。

騎士が恋人なんて、自分が医者だと言われた時以上にピンと来ない。なんだか夢でも見ているみたいだと思っていると、ダンテが視線に気づく。

にこ、と微笑みかけられて、レイはぎこちなく笑みを返した。

「それで、エルヴェ」

「…………。……あ、は、はい」

呼びかけられて、一瞬それが自分の名前だと分からず反応が遅れてしまう。慌てて返事をしたレイに、ダンテは少し困ったように笑った。

「ああ、今はレイと名乗っているんだっけ。それじゃ、記憶が戻るまでは私もそう呼ぼうか」

「すみません……」

恐縮したレイに、ダンテが頭を振る。

「謝ることはないよ、レイ。今の君にとっては、そちらが自分の名前なんだからね」

こちらこそすまない、と優しく言って、ダンテはそっと問いかけてきた。

「それで……、本当になにも覚えていないのかい？自分のことも……、私のことも」

「……はい。気がついたら、自分が誰かも分からなくなっていて……、……すみません」

恋人だと名乗るこの人を目の前にしても、なにも思い出せない。申し訳なくて謝ったレイに、ダンテが微笑む。

「謝ることはないと言ったはずだよ。君はなにも悪くないんだから。それに、こうして生きていてくれただけで、どれだけ嬉しいか……。グラートさんからあらかた話は聞いたけれど、本当に無事でよかった」

瞳を潤ませるダンテの隣で、グラートが口を開く。

「彼は、カーディア王家に仕える騎士だそうだ。任務で王都を離れていたが、先日帰ってきて事の次第を知り、私の元を訪ねてきたんだよ」

「そうなんですか……」

やはり本物の騎士なのか、と感心してしまったレイだったが、隣に座ったアーロンはじっとダンテを見つめて尋ねた。

「……悪いが、手の甲を見せてくれるか?」

「手の甲?」

不思議に思ったレイをよそに、ダンテは苦笑を浮かべて籠手(こて)を外す。

「はい、これでいいですか?」

差し出された彼の手の甲には、紋章のような青い入れ墨があった。

「これは?」

聞いたレイに、アーロンが答える。

「カーディア王家の紋章だ。王家に仕える騎士は、忠誠の証(あかし)として全員、この入れ墨を手の甲に入れている。……疑ってすまなかった」

謝ったアーロンに、ダンテがいいや、と頭を振る。

「むしろ安心しました。あなたのような方が彼を保護してくれていてよかった。ありがとうございます、アーロンさん」

「いや。……アーロンでいい。俺も、ダンテと呼ばせてもらう」

改めてアーロンが片手を差し出し、二人がテーブル越しに握手する。どうやらアーロンはダンテのことを信用できると判断したらしいと悟って、レイは少しほっとした。

(アーロンがそう思ったなら、この人の言うことは信じて大丈夫だ)

人間よりも五感が優れているアーロンに、嘘偽(うそいつわ)りは通用しない。なにか違和感を感じたらすぐに教えてくれるだろう。

アーロンがいてくれる安心感に後押しされて、レイはダンテに問いかけた。

「あの……、ダンテさん。僕はあなたとその……、恋人同士、だったんですか?」

こんな端整な顔立ちの男性と自分が付き合っていたなんてまるで実感が湧かず、おそるおそる聞いたレイに、ダンテが頷く。

「ああ、そうだよ。いきなり同性の恋人がいたなんて、戸惑わせてしまったかな」

「それは……、……はい」

隠しても仕方ないので、正直に頷く。

今の自分はアーロンに惹かれているが、それは性愛の対象が同性だからだとは思えない。自分にとってアーロンは特別な存在で、だからこそ好きになったのだと思うが、記憶を失くす前の自分にとっては、ダンテがそういう存在だったのだろうか。

内心首を傾げてしまったレイに、ダンテが謝る。

「驚かせてごめん。私たちは幼なじみでね。元々私が君にずっと片思いしていたんだ。だから、私のことはダンテと呼んでくれると嬉しい。徐々にでいいから」

「……分かりました」

レイにとっては初対面でも、ダンテにとっては長年の知り合いで恋人という認識なのだ。他人行儀なのは彼にとっては酷だろう。

頷いたレイに、ダンテが微笑む。

「……記憶を失くしても、やっぱり君はそのままだね、レイ。いつも控えめで一生懸命で、人のことを思いやって……。私はそんな君のことが、昔から大好きだったんだ」

「あ……、ありがとう、ございます……?」

お礼を言うところなのかはよく分からなかったけれど、愛おしげな視線を向けられて気恥ずかしくなってしまう。少し顔を赤くしたレイの隣で、アーロンがダンテに質問した。

「幼なじみと言ったが、ダンテはレイといつから知り合いなんだ?」

「レイが二歳で、私が六歳の頃からだよ。もう二十年になるね」

「二十年……」

ということは、自分は今二十二歳なのか。ようやく分かった年齢を忘れないよう、しっかり頭に刻み込んだレイを見つめて、ダンテが語り出す。

「……私たちは、同じ孤児院で育ったんだ。レイは二歳の時に両親が亡くなって引き取られてきてね。引っ込み思案な大人しい子だったけど、私には懐いてくれて、いつも後ろをついて回ってた。あの頃のレイは本当に、天使みたいに可愛かったよ」

「なるほど、兄弟のようなものだったんだね」

相槌を打ったグラートに、ええ、と頷いて、ダンテが続ける。

「私は幼い頃から騎士に憧れて、鍛錬をしていました。それで怪我をするといつも、レイが手当てをしてくれたんです。初めは簡単な手当てしかできなかったんですが、どんどんうまくなって、他の者の手当てもするようになって……。レイは、もっとたくさんの人の怪我や病気を治したいと言って、本格的に医学を学び始めました」

「あ……」

ダンテの言葉に、レイは首から下げたペンダントに視線を落とした。

紋様のようなものが浮かぶ、涙型をした青い石。自分の身分を証明する唯一のものとして、今までずっと肌身離さず身につけてきたけれど、自分は本当に医者だったのだ。

「……君は人一倍努力していた」

優しい瞳でレイを見つめながら、ダンテが言う。

「王都の学校は優秀な学生揃いだけれど、レイはその中でも飛び抜けた成績を修めて、飛び級もしていてね。卒業後の進路についても、王立の研究機関や外国からいくつも誘いが来ていたよ。でも、君はそのどの誘いにも応じず、旅医者になると決めた」

「……旅医者？」

聞き慣れない言葉に、レイは首を傾げた。アーロンが説明してくれる。

「医療道具を携えて、町や村を旅して回る医者だ。地方には医者が少ないからな。そういう医者はどこへ行っても歓迎される」

「ああ。だけど、旅医者は危険も多い上、儲かるとは言い難くてね」

アーロンの説明を引き取ったのは、グラートだった。紅茶を傾け、喉を湿らせて続ける。

「貧しい農村には、治療費が払えない者もいる。それでも、自腹を切ってでも治療を施す旅医者がほとんどだ。だから私たちは、旅医者が来た時には村をあげて歓待するんだ。たとえ今この村に病人がいなくても、隣の村の誰かがその医者に助けられたかもしれない。次に旅医者が来てくれる時には、貧しくて治療費が払えないかもしれないからね」

グラートの前に座ったアーロンも、頷いて言う。

「旅医者になるには、広い知識と覚悟が必要だ。行った先でどんな病人がいるか分からないからな。それでも旅医者になると決めたということは、レイは高い志を持っていたんだろうな」

「その通りだよ」

アーロンの言葉に強く頷いたのは、ダンテだった。

「レイは昔から、周囲の人の役に立ちたいと一生懸命だった。私はそんなレイに惹かれ、君が学生の頃からずっと想いを伝えていたんだ」

「あ……」

こちらをまっすぐ見据えたダンテが、テーブルの上に置かれていたレイの手をとる。ぎゅっとレイの手を握るダンテの手の甲に刻まれた青い紋章を、アーロンがじっと見つめていた。

「思い出せないか、レイ。一年前、私は学校を卒業して旅医者になると決めた君に、離れてもずっと愛していると告げ、君も私の気持ちを受け入れてくれた。歩む道は別々でも、お互いを心の支えにしよう、いつか君が王都に戻ってきて医院を開いた時には一緒に暮らそうと、そう約束した……」

「……っ、ダンテ、さん……」

言葉に詰まったレイに、ダンテがそっと手を離して胸元を探り、なにかを取り出す。差し出されたのは、一通の手紙だった。

「君がくれた手紙だ。……あの村のことが書かれている」

広げられた便箋には、確かにレイの字で近況が綴られていた。

重い病の子供がいたが、ダンテに頼んで送ってもらった薬がよく効いて持ち直したこと。村の人たちからダンテにもお礼をと言われたこと。村人は皆優しく、家族のようにあたたかく接してくれていること。そして。

「……離れていても、いつもダンテのことを思っています……」

手紙の最後に書かれていた一文を読み上げて、レイは黙り込んだ。ダンテが宝物のように丁寧に手紙をしまう。

「君はいつも必ず、手紙の最後にこう書いてくれていた。私も同じ言葉を君に送っていたよ」

「…………」

ダンテの言葉に、レイは俯いてしまった。じっとテーブルの木目を見つめて、考え込む。

（僕は旅医者としてあの村を訪れ、病人の治療をしていた……。僕もダンテさんのことを、恋人として特別に想っていた……）

膝の上に置いた拳を握りしめ、レイはぎゅっと目を閉じた。ダンテから聞いた話を思い返し、なにか思い出せないか、少しでも記憶の断片を摑めないかと念じてみる。——けれど。

「……っ」

（駄目だ……、やっぱりなにも思い出せない……）

必死に記憶を辿ろうとしても、じりじりと焦げるように瞳が痛むばかりでなにも思い浮かばない。

唇を引き結んだレイに、ダンテがそっと声をかけてくる。

「すまない、レイ。無理をさせたいわけじゃなかったんだが、焦らせてしまったね。一気に全部話したりして悪かった」

「いえ、そんな……」

こちらを見つめるダンテの視線は気遣わしげで、とても優しい。なんとなくその視線に安心感を覚えて、レイはふっと肩の力を抜いた。

（なんだろう……。恋人って言われてもピンとは来ないんだけど、でもこの人と話してると少し気持ちが落ち着く……）

幼なじみで、長年兄代わりだったからだろうか。なにも思い出せなくても、ダンテの穏やかな雰囲気はレイにとって好ましいものだった。

「僕のこと、いろいろ教えてくださってありがとうございます。……ダンテ」

頭を下げ、さん付けせずに彼を呼んだレイに、ダンテが嬉しそうに青い瞳を細める。

「いや。なんにせよ、君が無事でよかった。知らせを聞いた時は、気が気じゃなくてね」

「あ……、ご心配かけて、すみません」

家族がいなかったことは少なからずショックだったが、それでも自分にはこうして心配してくれる人がいたのだ。嬉しいような、申し訳ないような気持ちで謝ったレイに、ダンテは微笑んで言った。

「気にしないで、と言いたいところだけれど、王都の友人たちや君の恩師も、皆君のことを心配しているよ。早く戻って元気な顔を見せないとね」

「え……」

思いがけない一言に、レイは戸惑ってしまう。

「戻るって……、王都に、ですか？」

一年前から旅をしていたとはいえ、元々暮らしていた場所は王都なのだから、当然といえば当然かもしれない。けれどそこは、今のレイにとっては知らない場所だ。

どんなところかも分からないのに、と後込み（しりご）したレイに、ダンテが困ったように眉（まゆ）を下げる。

「レイ……。記憶のない君に酷なことを言うようだが、ここは君の故郷じゃない。君は本当はエルヴェなんだから、王都に戻るべきだ。それに、王都に戻れば、なにか思い出すかもしれないだろう？」

「……っ、それ、は……」

「生活のことなら、私が面倒を見る。元々、君と暮らすために蓄えていたからね。君はなにも心配しなくていい」

「あ……」

きっぱりと言い切ったダンテに、レイは返す言葉に詰まって、もう一度俯いてしまった。

――王都に戻るべきだというダンテの意見は、正しい。

自分がエルヴェという名で、素性も分かったのだ。これ以上ここにいていい理由はないいし、思い出深い場所に行けば、記憶が戻る可能性は高くなる。

（でも……、でも、僕は……）

思い切れず、隣のアーロンを見やる。腕を組んだアーロンは、無言でじっとダンテを見つめていた。

（っ、アーロン……）

込み上げてくる気持ちを、レイはぎゅっと拳を握りしめて堪えた。

ダンテの話は、おそらく真実なのだろう。彼が嘘をついている様子はないいし、その必要もない。

彼は、自分の恋人だったのだ。

（でも、今僕が好きなのは、アーロンなのに……）

たとえ過去にそうだったとしても、今の自分はダンテを恋人としては受け入れられない。

そう思ったレイに、ダンテが優しく言葉をかけてくる。

「……少し性急すぎたね。すまない、レイ。君のこととなると、どうも焦ってしまっていけないな」

「い……、いえ」

顔を上げたレイに、ダンテは真剣な眼差しで言った。

「さっき面倒を見ると言ったのは、あくまでも私がそうしたいからだ。君が重荷に感じる必要はない。私は君のことが好きだから、ただの幼なじみとしての厚意だと言ったら嘘になるが、もしこれが君でなく他の友人だったとしても、私は同じように援助を申し出るだろう」

「……はい」

ダンテの言葉に、レイは頷いた。

会ったばかりだが、言動の端々から彼の誠実さ、優しさは伝わってくる。この人なら、きっとそうするだろう。

レイに小さく頷き返して、ダンテが続ける。

「だから、君の面倒を見ると言っても、私は見返りなんて求めてはいない。君が私のことを思い出せないのなら、それでもいいんだ」

「え……、い、いいんですか?」

てっきり、思い出してくれと迫られるのだと思っていたレイは、拍子抜けしてしまう。驚いたレイに、ダンテは微笑んで言った。

「もちろん、思い出してくれたら嬉しいよ。でも、君が私のことを思い出せないのなら、もう一度好きになってもらえるよう、努力するだけのことだ。その結果好きになってもらえなかったら、それは私の魅力が足りなかったということだしね」

苦笑を浮かべてそう言ったダンテは、表情を改め、じっとレイを見据えて告げた。

「私は君の力になりたいんだ、レイ。君が過去を思い出したくないのなら余計なお節介かもしれないけれど、でももしそうじゃないなら、力にならせてくれないか? ……頼む」

(過去を、思い出したくないのなら……)

ダンテの言葉に、レイはぐっと唇を引き結んだ。

もう一度、アーロンを見る。

金色の瞳は、まっすぐレイを見つめていた。

「……お前が決めろ、レイ」

レイと目が合ったアーロンが、そう促す。

低く深い、優しい声は、けれどどこか苦しげな響きを伴っていた。

「お前がここにいたいのなら、そうしてもいい。見知らぬ場所に行くのが不安なら、もうしばらくここで生活するという選択肢もある。俺もグラートも、お前がいたいだけここにいればいいと思っている」

ああ、とグラートも頷いてくれる。

「村の者も皆そう思っているよ、レイ」

「……はい」

頷いたレイに、アーロンが続ける。

「だが、いつまでも自分が誰か分からないのは不安だろう。過去を、取り戻したいだろう。ダンテの話だけじゃなく自分自身の記憶が戻るのなら、それに越したことはない。……お前が本当に生きたい場所を、いたい場所を、お前自身で選ぶべきだと、俺は思う」

「僕がいたい、場所……」

どうしたらレイのためになるか、まるで自分のことのように真剣に考えてくれるアーロンを、レイは見つめ返した。

(僕が本当にいたい場所は、アーロンのそばだ。僕はこの人のそばにいたい……)

もしかしたら、この気持ちは記憶を取り戻していないからこそのものなのかもしれない。

記憶を失う前、自分の恋人はダンテだったのだ。もしすべてを思い出したら、自分はアーロンとダンテ、両方への気持ちで板挟みになって、苦しむのかもしれない。

けれど、たとえ記憶を取り戻したとしても、アーロンへの気持ちが失われることはない。

(僕は、アーロンが好きだ)

このまま、アーロンと一緒にいたい。

けれど、自分は思い出さなければならない。

誰でもない、アーロンのために、すべてを思い出したい——。

「ありがとうございます、アーロン。グラートも」

心を決めて、レイは二人を見つめた。

そして正面のダンテに視線を移す。

「……ダンテと一緒に、行きます。よろしくお願いします」

頭を下げたレイに、ダンテがもちろん、と声を弾ませる。

くしゃりと顔を歪ませながらも、なんとか笑みを返したレイを、アーロンがその鮮やかな金の瞳でじっと、見つめていた――。

◆◆◆

カンッと小気味いい音を立てて、レイが薪を割る。少し離れたところに立ってそれを見守っていたダンテが、驚いたように声を上げた。

「すごいな……！　いつの間に薪割りなんてできるようになったんだ、レイ？」

「アーロンに教わったんです」

ちら、とこちらを見るレイの視線を感じながらも、アーロンは素知らぬ振りをしてひなたぼっこを続けた。その腹の上にはククが乗っている。

瞳を閉じているアーロンを、寝ていると思ったらしい。レイが少し声をひそめて言った。

「……僕のためにって、わざわざ小振りな斧も用意してくれて」

「そうなのか……。いい友人に恵まれたな、レイ」

ダンテの言葉に、ややあってレイがはいと頷く。

静かなその声に、アーロンはズキリと胸が痛むのを感じずにはいられなかった。

（……友人、か）

レイにとって自分は友人に違いないのだから、傷つく必要なんてない。そうと分かっていても、聞こえてきた言葉が心臓に突き刺さる。

二人に気づかれないよう深く息を吐き出して、アーロンは寝たふりを決め込んだ。

あの日、ダンテと共に王都へ行くことを決意したレイだったが、すぐに出立しようとした二人に対し、もう少しここにいたらどうかと提案したのはグラートだった。

『村の者たちも、レイにゆっくりお別れを言いたいだろう。それに、今日は初めてアルナブを狩ったんだろう？　せめてそのアルナブで帽子でも作ってからにしたらどうかね』

そう言ってレイを説得したグラートは、続いてアーロンに頼んできた。

『そんなわけだから、二人のことを頼むよ、アーロン。なにせうちには年頃の娘がいるから、ダンテみたいな色男を泊めるわけにはいかないからねえ』

レイの時には一言もそんなことを言わなかったくせに、何故ダンテは駄目なのかと不思議に思ったアーロンだったが、グラートの意図は別のところにあったらしい。

『……まあ大丈夫だとは思うが、一応あの青年が本当に怪しい者じゃないかどうか、数日様子を見ておくれ』

お前さんなら鼻がきくだろう、と去り際にアーロンに耳打ちしていったグラートは、レイとダンテには好々爺然とした笑みを向けて去っていった。

（……もう五年の付き合いになるが、時々彼には底知れないものを感じるな）

もっとも、グラートがそこまで肩入れするのも、彼がレイのことを気に入っているからこそだろう。

アーロンはちらりと片目を開けて、レイの斧を借りて薪割りをするダンテを見た。

グラートの提案で、出立までアーロンの家に滞在することになったダンテだが、今のところなにも怪しいところはない。それどころか、レイに対して紳士的なばかりか、村人たちに対する態度も非常に友好的で、文句の付け所がなかった。

『アーロン、君だから打ち明けるが、実は私はレイが初恋だったんだ』

昨夜、レイが自分の部屋に引き上げてから、暖炉の前で酒を酌み交わしあった際に話したことを思い出す。

『男同士だから諦めようと、何度も思ったよ。でも、他のどんな女性と付き合ってみても、レイほど心の美しい人間はいなかった』

『……ああ、そうだろうな』

　初めて会った時に感じた、清らかな匂い。

　あの匂いは、レイの魂の美しさだったのだと、今なら分かる。

　彼ほど優しくひた向きで、他人を思いやる心に満ちた人間は、他にいない。

　そんなレイだから、自分も種族や性別を超え、彼に惹かれたのだ――。

『私は彼を幸せにしたい。たとえ彼がこの先私のことを思い出さなくても、私のことを二度と愛することがなくても。……他の誰かを、選んだとしても』

　それはとてもとても苦しいけれど、とそう言うダンテの瞳には、うっすらと涙が滲（にじ）んでいた。

（……俺があの男なら、きっともっと取り乱していただろう）

　もし自分がダンテの立場で、レイと愛し合っていたのに忘れられてしまったなら。

　そんなことになったら、自分はどんな手を使ってでもレイに自分のことを思い出させようとするだろう。二度と愛することがなくても、他の者と結ばれても彼の幸せを願うなんて、そんな自己犠牲に甘んじることなど到底できるわけがない。

　彼が他の者を愛することのないよう、自分だけしかいない地へ連れていき、それこそ自慰すら知らない彼を甘い言葉と快楽で丸め込んで、自分のものにしてしまうかもしれない。

（むしろ、俺がダンテの立場だったらよかった。そうすれば、俺は躊躇うことなくそうしていた……）

　恋人という大義名分があれば、そうできたのにと思ってしまう。

　彼を自分のものに、自分だけのものに、できたのに――。

（……レイが去るまで、あと二日か）

その日はちょうど赤い満月が昇る日、オラーン・サランだ。

アーロンは二人を村のはずれまで送りがてら、そのまま東方の探索に出るつもりでいた。ラトゥが言っていたことも気になるし、それにここから東へ向かえば、王都と反対方向に進める。

万が一オラーン・サランの発情が起きたとしても、レイから離れていれば、自分は彼に危害を加えずに済む。

（万が一というか……、まあ、十中八九起きるんだろうな）

これほど強い独占欲を覚えているのだ。発情が起きないはずがない。

運命の対を見つけた竜人は、オラーン・サランの夜に発情する。その発情がどれほど狂おしいものかは、話に聞いて知ってはいる。

オラーン・サランの発情は、対の相手と肉体的にも心理的にも結ばれなければおさまらず、苦しみ続ける。一度の発情を堪えただけで死に至ったり、姿形が変わるということはないはずだが、この先自分はレイと想いを通わせることはおろか、会うことすらままならなくなる。ということは、月に一度のオラーン・サランの夜が来る度に、襲い来る苦しみに耐えなければならないのだ。

そして、その苦しみの果てに待つのは死か、永遠に竜の姿しかとれなくなるか、どちらかだ。

（……ダンテがいてくれて、よかった）

先ほどとは相反するその感情を、アーロンは目を閉じて噛みしめた。

もしダンテが、レイの恋人が現れてくれなかったら、自分は発情の苦しみに耐えかね、レイに想いを打ち明けてしまっていたかもしれない。そんなことになったら、優しい彼はたとえ気持ちがなくてもその身を自分に差し出してしまっただろう。

もっと情けないことを言えば、そうなることが分かっていて、彼の体だけでも自分のものにできる誘惑に打ち勝てたかどうか、正直自信がない。

ダンテが現れてくれたから、自分はレイを傷つけることなく送り出してやれる。

彼にとって頼れるいい友人のまま、その記憶の片隅に生きることができる――。

（……なるべく早く、例の方術使いの件の片を付けないとな）

命が尽きてしまう可能性があるのはもちろんだが、もし竜の姿になってしまったらもうこの村にはいられない。そうなる前に長年の宿敵を討ち、逆鱗の欠片を竜王の元に届けなければならない。

自分がこの姿で動ける時間は、あとどれくらい残っているのだろう――。

――涼やかな風に乗って、レイとダンテの会話が聞こえてくる。

「あ、ダンテ、僕も薪、運びます」

「そうかい？　なら、これだけ」

「一本って……、ダンテ、いくらなんでも僕だってもう少し持てます」

「まあまあ」

「まあまあじゃなくって。あ、ちょっと……！」

薪を抱えたダンテが先に行ってしまったのだろう。レイが慌てて追いかける気配がする。

楽しそうな二人の笑い声に、アーロンは重いため息をついた。

（……もう、嫁だなんて軽口も言えないな）

最初は、素直で初心な反応を返すレイが微笑ましくて、からかっていただけだったはずだった。けれどいつしか、それが本当になればと思うようになっていた――……。

「……くそ」

悪態をついたアーロンに、腹の上に乗っていたククが、クルルッ？　と驚いたような声を上げる。

「……悪い」

小さな相棒の頭を指先で撫でてやって、アーロンは瞳を開き、高い空をじっと見つめた。

青い空を流れる白い雲も、あたたかな陽の光も、以前と変わらず穏やかで――、けれどそのいずれも、自分の心に刺さった棘を癒してくれそうにはなかった。

◆◆◆

――二日後。

村の広場には、見送りの村人たちが集まっていた。旅支度を整えたレイは、集まった一人一人の間を回り、その手を握ってお礼を言う。

「本当に、お世話になりました。僕が言うのもなんですけど、でも、このご恩は一生忘れません」

ありがとうございました、と頭を下げたレイに、村の人たちが声をかけてくる。

「元気でな、レイ。またいつでもおいで」

「体に気をつけてね。これ、道中でお食べ」

これもこれもと、次々にお菓子や保存食を手渡される。お礼を言ってそれらを受け取っていたレイの元に、シュリが歩み寄ってきた。

「シュリ……」

「まさかレイの恋人が騎士様だったなんてねえ」

苦笑しながらそう言ったシュリが、綺麗な糸で編んだミサンガのようなものを差し出してくる。

「それは？」

「道中が無事でありますようにっていう、旅人のお守り。あたしが作ったんだ。手、出して」

促されて片手を出すと、シュリが手首にお守りを結んでくれる。

「……これでよし、と。ここから王都までは、結構離れてるからね。くれぐれも気をつけて」

「うん。いろいろありがとう、シュリ」

出会った当初、記憶を失って右も左も分からず、落ち込んだり不安にもなったりしたけれど、彼女の明るさやざっくばらんで優しい言葉に随分気持ちが前向きになった。毎日のように味見させられていた突飛な料理も、彼女なりの励ましの意味も込められていたのだと、今なら分かる。

「料理修業、頑張って。でも、最初はレシピ通りの分量と手順で作った方がいいよ」

アレンジを加えるのはそれから、とくすくす笑いながら忠告すると、シュリが腕を組んで唸る。

「それは分かってるんだけどさあ。でも、お手本通りに作っても面白くないじゃないか」

「……料理に面白さはいらないと思うよ……？」

思わず真顔になってしまったレイに、えー、と納得いかないような声を上げ、シュリはニッと笑って手を差し出してきた。

「元気で、レイ。またいつか、遊びに来てよ」

「うん、絶対来るよ。ありがとう、シュリ」

シュリと握手を交わしたレイは、続いてその隣のグラートにお礼を言った。

「グラートさんも、なにからなにまでお世話になりました。本当にありがとうございました」

「私はなにもしていないよ」

にこにこと笑みを浮かべたグラートが、ぎゅっとレイの手を握って言う。

「レイ、この先記憶が戻ろうが戻るまいが、お前さんが私たちの大切な友人であることは変わりないんだからね。なにかあったら遠慮なく頼っておくれ」

「グラートさん……。はい、ありがとうございます」

あたたかい言葉に、熱いものが込み上げてくる。瞳を潤ませたレイは、ぐっとそれを堪えて、村人たちに笑みを向けた。

「……皆さん、本当にありがとうございました！　どうかお元気で！」

村の人たちに改めて頭を下げ、少し離れたところで待っていてくれたアーロンとダンテの元に駆け寄る。何度も後ろを振り返りながら、レイは二人と共に村の外へと出た。

村人たちに手を振り返すレイの横で、ダンテが微笑んで言う。

「レイが出会ったのがあの人たちで、本当によかったよ。記憶を失ったなんて、どんな悪人に利用されていたかしれないからね」

「……アーロンが、僕を連れてきてくれたんです」

彼がいなければ、自分はどうなっていたか分からない。レイがそう告げると、ダンテは前を行くアーロンを見やって、少し声を落とした。

「アーロンには、大きな借りができてしまったな。彼のためにも、記憶を取り戻さないとね」

「……はい」

ダンテに頷いて、レイは荷物を担いだアーロンの背をじっと見つめた。

昨夜、レイは出立前に話しておきたいとダンテに声をかけ、自分の気持ちを打ち明けていた。

『……僕は、アーロンのことが好きなんです』

そう告げたレイに、ダンテは驚いて目を丸くしていた。

『そうか……。アーロンのことが……』

『はい。だから、たとえ記憶が戻ったとしても、ダンテと元通り恋人同士に戻れるかどうかは分かりません。……ごめんなさい』

たとえ記憶が戻らず、二度と自分を愛することがなくても支え続けていきたいとまで言ってくれたダンテにこんなことを打ち明けていいのかどうか、さんざん悩んだ。けれど、自分を心配してここまで迎えに来てくれたこの人に、自分の気持ちを隠しておくのはあまりにも不誠実だと思ったのだ。

このまま王都に行ったとしても、レイがダンテのことを思い出せる保証はないし、たとえ記憶を取り戻せても、これまでアーロンと過ごした日々のことを忘れられるわけがない。

なにがあろうと、アーロンへの気持ちが消えることはない。

『だから、王都に着いたら僕は自分で職を探して、自分の力で生きていきます。ダンテのお世話になるわけには……』

『待って、レイ』

レイを遮ったダンテは、苦笑を浮かべていた。

『私は言ったはずだよ。たとえ君がもう一度私を好きにならなかったとしても、私は君を支えるって。それは、君が誰かを好きかどうかで変わるようなものじゃない。君が記憶を取り戻したいなら、私はその手伝いをしたい』

きっぱりと言い切るダンテに、レイはおずおずと告げた。

『で……、でも、そもそも僕が記憶を取り戻したいのも、アーロンのためなんです。もしかしたら僕が、彼の追っている仇についてなにか知っているかもしれなくて、それで……』

『もちろん、それで構わないよ』

あっさりと頷いて、ダンテが微笑む。

『たとえ誰のためであっても、私は君がエルヴェとしての記憶を取り戻してくれたら嬉しい。もしかしたら君はその結果、最終的に私ではなくアーロンを選ぶかもしれない。それでも、私は君の力になりたいんだ』

なにせずっと君のお兄ちゃんだったからね、と笑うダンテは、優しい瞳をしていた。心苦しくて、レイは正直に打ち明ける。

『そんな、選ぶなんて話じゃないんです。アーロンには他に好きな相手がいるので……』

『そうなのかい？　なら尚更、私はここで得点を稼いでおかないとね』

冗談めかしてそう言ってから、ダンテはふっと真剣な表情を浮かべた。

『……でも、それなら分かってくれるだろう？　他の誰かを好きだと分かっていたって、好きな相手のためにはなにかしたいものなんだよ。自分が苦しむと分かっていても、決して振り返ってもらえないと分かっていても、そうせずにはいられないんだ』

『ダンテ……。……はい』

ダンテの言葉に、レイは頷いた。

好きな相手のためになにかしたい、なにかせずにいられない衝動は、今の自分には痛いほど分かる。見返りなど、なにもいらない。

アーロンが幸せになれるのなら、自分はなんでもする——。

『私はなにがあっても君の味方でいたい。君が誰を好きでも、力になりたい』

それだけだよ、と笑っていたダンテを思い出して、レイは黙り込んだ。

ダンテの気持ちはとても、とても嬉しい。

恋人だった自分が記憶を失ったというのに、それを責めるどころか、それでも支えたいと言ってくれる彼に、感謝の思いは大きくなるばかりだ。

でも、……それでも、自分が好きなのは、自分にとって特別なのは——。

(……っ、アーロン……)

見上げたアーロンは、こちらを気遣ってゆっくりとした歩調ではあるものの、一度もレイを振り返ろうとはしない。その広い肩に乗ったククが、時折こちらをちらちらと見てくるばかりだった。

ダンテが現れて以来、アーロンとはろくに話せていない。ダンテがレイに村での暮らしについて聞いてくるからというだけでなく、レイはアーロンに避けられているのを感じ取っていた。

(アーロンは、僕が少しでも早く記憶を取り戻せるように、ダンテと一緒の時は遠慮してくれているだけだ。それに、もともと僕だってアーロンを避けていたんだから……)

自分だってぎこちない態度だったのに、アーロンに避けられて寂しいなんて、自分勝手すぎる。

だが、そうと分かっていても、これでアーロンとお別れだと思うと寂しくてたまらない。

もしこの旅で、アーロンが仇を討ったら。自分がすべてを思い出し、その情報で彼が敵を倒したら。

彼はきっと、一族の元に戻ってしまう。

そうなればもう、この村に来ても、自分はアーロンには会えない――。

と、その時、アーロンがその歩みをとめた。

「……ここまでだな」

そう言って振り返ったアーロンの背後には、二股に分かれた道が続いている。片方は東方へ、もう片方は王都への道だった。

「すっかり世話になってしまったな。ありがとう、アーロン」

にこやかにそう言って握手を求めたダンテに、アーロンが頷いて応じる。

「いや、俺こそお前と知り合えてよかった。王都までは長旅になる。気をつけてな、ダンテ」

ああ、と頷いたダンテが、ちら、とレイの方を見やる。

「……私は少し先で待っているから」

気を使ってくれたのだろう。ダンテがそう言って、王都への道を進み出す。

レイは緊張にこくりと喉を鳴らして、アーロンの前に歩み出た。

「あの……、アーロン、これを」

震える手で胸元から取り出したのは、木材を彫って作ったスプーンだった。

「これは……」

「シュリに、教わったんです。収穫祭でスプーンを渡す習慣があるって。……お世話になった人に」

本当は、このスプーンを渡す特別な意味を知っている。しかしレイは、アーロンにそれを告げなかった。

「初めて作ったので、不格好ですけど……。でも、一生懸命作りました。アーロンに使ってもらえたら嬉しい、です」

そう微笑んで、アーロンの大きな手にそっとスプーンを渡す。スプーンをじっと見つめているアーロンを見ていられなくて、レイは俯いた。

――見返りがいらないなんて、嘘だ。

本当は、彼のことが欲しくてたまらない。

彼の特別になりたいし、その心が欲しい。

もう二度と会えないかもしれないのなら、いっそこの気持ちを打ち明けてしまいたい。

好きだと、あなたに恋をしたと、せめてそう伝えたい。

でも。

（……そんなことをしたって、アーロンを困らせるだけだ）

彼は、竜人だ。

今は人間と共に暮らしていても、いずれは仲間の元に帰るのだ。

すべきことがある彼の足を、引っ張りたくない。

ずっと自分と一緒にいてほしいなんて、そんな身勝手なことを言えるわけがない。

叶わない願いだと分かっていて、それを口にする勇気なんてない――。

レイはぎゅっと唇を引き結ぶと、そのまま深く、深く頭を下げた。

「……っ、今まで本当にお世話になりました。アーロンと過ごしたこれまでのこと、絶対、絶対忘れません……！」

――初めは、彼のことが恐ろしくてたまらなかった。殺されてしまう、食われてしまうとしか思えなくて、ただただ怯えていた。

でも、彼は自分を助けてくれた。

なにも覚えていない、なにも知らない自分に寄り添い、生きていくのに必要なことを、大切なことを、たくさん教えてくれた。

目を背けてはいけない現実も、彼と一緒だったから受けとめられた。

楽しいことも、嬉しいことも、彼と一緒だったから、喜びが何倍にも膨れ上がった。

アーロンが、自分にすべてを教えてくれた。

生きていく術も、誰かを好きだと思う、その気持ちも。

いくら感謝しても、したりなかった。

「本当に、ありがとうございました……！」

目にいっぱい涙を溜めて、けれどそれが零れないよう精一杯我慢して、レイはどうにかそう告げた。

頭を下げ続けるレイを、アーロンがじっと見つめてくる。

やがて、アーロンはその大きな口を開いた。

「礼を言うのは俺の方だ。……お前のおかげで、毎日が本当に楽しかった」

スプーンをそっと荷物の中にしまって、アーロンが手を伸ばしてくる。

くしゃくしゃと、久しぶりに頭を撫でられて、レイはついにほろりと、涙を零してしまった。

「……っ」

「……泣くなよ。……ありがとな、レイ」

苦笑したアーロンがそう言ったその時、彼の肩からククがパタパタッと飛んでくる。レイの肩にとまったククは、クルルッと鳴き声を上げてレイの頰に頭をすり寄せてきた。

「うん……、ククも、ありがとう。またね」

微笑んでその嘴を撫で、アーロンの元にククを返そうとする。しかし。

「……？　クク？　どうしたの？」

こっちだよ、と指先に移るよう促しても、ククはよそを向き、ガンとして動かない。

「クク、こっちに来い。レイとはここでお別れなんだから……」

そう言って手を伸ばしたアーロンに向かって、カルルルッと怒ったように威嚇する仔フクロウに、レイはすっかり困り果ててしまった。

「クク……。わがまま言わないで。僕、もう行かないと……」

ククにもこれが長い別れになると分かっているのだろうか。

梃子でも動きそうにないククにどうしたものかと思ったレイだったが、その時、アーロンがじっとククを見つめて言う。

「……もしかするとククは、お前について行きたいのかもしれないな」

「え？」

アーロンの言葉に戸惑うレイをよそに、ククがクルルッと声を上げる。まるでその通りだと言わんばかりのククに、アーロンが苦笑を浮かべた。

「帰ってきたくなったら勝手に帰ってくるだろ。悪いが、しばらく面倒を見てやってくれるか」

「っ、でもそれじゃ、アーロンが……」

ずっとククと一緒に暮らしてきたのに、一人になってしまう。そう思ったレイに、アーロンがどこか寂しそうに微笑む。

「いずれは独り立ちさせるつもりだったから、その時期が早まっただけだ。もし途中で気に入る森があれば、そこで暮らしたがるかもしれない。その時はククの自由にさせてやってくれ」

「アーロン……。……はい」

手を伸ばしたアーロンが、黒い鱗に覆われた指先でククをちょいちょいと撫でる。

「……元気でな、クク。……レイも」

金の瞳を細めてそう言ったアーロンが、くるりとレイに背を向け、歩き出す。

「……っ、アーロンも、元気で……」

駆け出したいのをじっと堪えて、レイは呟いた。

小さな声が聞こえたのだろう。ひらりと片手を上げたアーロンはしかし、振り返ることはなかった。

大きな漆黒の竜人の背が、遠ざかっていく。

ぎゅっと唇を噛みしめて、レイは小さくなるその背をいつまでも見つめていた——。

遠い山の稜線（りょうせん）に、赤みを増した太陽が傾きかけている。そのそばには、気の早い赤い月が顔を出し始めていた。

オラーン・サランと呼ばれる、赤い満月の夜が始まろうとしている。

たなびく薄雲が、昼と夜を混ぜた不思議な色に刻一刻と染まっていくのを、レイは泣いたせいで少し熱を持った瞳でぼんやり見つめていた。

隣を歩くダンテが、ゆっくりと穏やかな声で話しかけてくる。

「……あれは確か、君が六歳の頃だったかな。私が士官学校の寮に入ることになった時、君は最初、自分も行けると思っていたみたいで、私の荷物の中に自分のぬいぐるみやオモチャをいっぱい詰め込んでいてね。荷造りの時に気づいて、一緒にはいけないんだよと諭したら、わんわん泣き出して」

「そうなんですか……」

懐かしいな、と目を細めるダンテに相槌を打って、レイはクルル、と肩で声を上げるククの嘴をそっと撫でた。ダンテに気づかれないよう、こっそりため息を零す。

レイがアーロンと別れて、数時間が経った。

すっかり気落ちしてしまったレイを気遣って、ダンテは先ほどからいろいろな話題を振ってくれる。

王都はどんなところなのか、自分たちはどんな少年時代を過ごしてきたのか、共通の友人はどんな人たちで、エルヴェの仕事はどんなものだったのか——。

心配させてしまって申し訳ないし、いつまでも暗い顔をしていてはいけないと思うから、ダンテが話しかけてくれるのはありがたい。気遣ってくれて嬉しいとも、思う。

それなのに、これまでずっと知りたかった自分のことを話してもらっているにもかかわらず、どうしても話が頭に入ってこない。

なにを聞いていても、なにを見ていても、思い浮かぶのはただ一人、あの漆黒の、優しい竜人の彼のことだけで——。

「……今日は早めに休もうか、レイ」

そっと声をかけられて、レイはハッと我に返った。

慌ててダンテに答える。

「あ……、す、すみません。大丈夫です」

「ちっとも大丈夫って顔じゃないよ」

苦笑したダンテが、レイの肩をぽんぽんと叩いて言う。

「王都まではあと数日かかるからね。無理は禁物だよ。今日は野宿になるけど、ゆっくり休もう」

にこ、と微笑んだダンテが、こっちに手頃な場所があるからと、近くの森に入っていく。レイはうなだれつつも、その後に続いた。

少し暗くなり始めた獣道は、見覚えのあるものだった。

(この森……。前にアーロンと来た森だ)

レイが初めて獲物を狩り、ラトゥと出会った森。

あの時はアーロンが飛んで連れてきてくれたからあっという間だったが、歩くとこんなにも時間がかかるところにあったのか。

「ダンテ、あの……」

この森にはラトゥがいる。

先に伝えておかないと、もしなにも知らないまま出会ったら、ダンテが驚いてラトゥを攻撃してしまいかねない。そう思って声をかけたレイだったが、ダンテにはレイの声が聞こえなかったのか、どんどん先に進んでしまう。

慌ててその背を追おうとしたレイだったが、その時、レイの肩からククがパッと飛び立った。

「あ……っ」

クルルッと声を上げたククが、近くの木の枝にとまる。

数秒間、じっとレイを見つめた後、ククはカルルルッと警戒するような声を上げ、森の奥へと飛んでいってしまった。

「ま……っ、待って、クク！　どこへ……！」

突然のククの行動に驚き、追いすがろうとしたレイだったが、真っ白な仔フクロウの姿は、あっという間に木々の間に消えてしまう。

「そんな……、クク……」

唐突すぎる別れに、レイは茫然としてしまった。

アーロンの元に戻ったのだろうか。いや、ククが向かったのは森の奥だったし、それにあの時別れてから今までずっと、ククがアーロンを気にする素振りはなかった。

(もしかしてククは、ここで生きていくって決めたのかな……)

もともとククは野生動物だ。いずれはきっと、独り立ちする日が来るだろうとは思っていた。

アーロンから預かったのだから、ちゃんと自分がククを見送らないと。でも今は、アーロンと別れたばかりの今は、ククがそばにいてくれてよかったと、そう思っていたのだ。

それなのに、こんなにも突然、呆気(あっけ)なく別れが来るなんて、思ってもみなかった。

(……この森は小動物が多いって、アーロンが言っていた。きっと、ククは大丈夫だ。この森でちゃんと、やっていける……)

狩りを手伝ってくれた時の見事な飛翔を思い出す。逞(たくま)しく成長したククなら、きっと一人でも立派に生きていけるだろう――。

「……元気でね、クク」

呟いて、レイはククが飛び去った方向をじっと見つめた。ぎゅっと、肩に担いだ自分の弓を握りしめる。

さわさわと葉を揺らす風の冷たさと虫の音、小動物の気配。いつの間にか、五感で森を感じることにもすっかり慣れた。

(……王都に行ったら、全部思い出したら、もうあんなふうに狩りをすることもなくなるのかな)

せっかくレイのサイズに合わせて作ったのだからとアーロンに勧められて持ってきた弓だけれど、使う機会が巡ってくることはもうないかもしれない。

この弓で、初めて自分の手で獲物を仕留めた時の怖さも、喜びも。

コッコが産んでくれた卵を二人で分け合ったことも、メメさんのやんちゃな子供たちに体当たりされてミルクまみれになったことも。

アーロンと並んで料理をし、一緒に食事を分かち合い、ひなたぼっこした、あの幸せな時間も。

この、胸の奥を締め付ける苦しさも。

すべて、ひとときの思い出になってしまうのだろうか。

いつか自分は、それを遠い過去として懐かしむだけになるのだろうか――。

(そんな……、そんなの、嫌だ)

ぎゅっと拳を強く握りしめて、レイは俯いた。

過去は、どうしたって思い出になってしまう。けれど、彼をただの思い出にしたくない。

あの日々が、もう自分が取り戻すことのできない遠い思い出になってしまうなんて、嫌だ。

アーロンを、思い出の中だけの存在になんてしたくない。

そんな、いつか消えてしまうかもしれない不確かなものでしか彼を想えないなんて、絶対に、絶対に嫌だ。

(僕……、僕は……)

視線を落としたレイが唇を引き結んだ、――その時だった。

「レイ?」

戻ってきたダンテが、レイに声をかけてくる。レイは慌ててダンテを振り返り、謝った。

「す……、すみません、ダンテ。その、ククが行ってしまって……」

ダンテの方に歩み寄りながら、レイはたった今決意したことを告げた。

「あの……、僕、王都に行ったら、なるべく早くこちらに戻ってこようと思います」

記憶を取り戻せるかどうかは分からない。けれど、結果がどうであれ、自分の生きる場所は自分で選びたい。

森の奥へと飛び立った、ククのように。

（僕は、アーロンのそばで生きていきたい。その想いを伝えないうちから、諦めたくない）

レイが王都へ行くことを決めた時のことを、思い出す。

『……お前が本当に生きたい場所を、いたい場所を、お前自身で選ぶべきだと、俺は思う』

あの時自分は、アーロンのそばにいたいと願いながらも、彼のためにすべてを思い出さなければと、王都へ行くことを選んだ。

彼は竜人で、いずれは仲間の元に帰るのだからと、どうせ叶わない願いだからと、想いを告げることを諦めてしまった。

けれど、それはアーロンが今まで教えてくれた生き方に反している。

（アーロンは、僕に誠実に生きることを教えてくれた。仲間を大事にして、一つ一つの命と向き合って、収穫したものを余さず利用して……。それなのに僕は、僕自身に対して誠実じゃなかった）

一人で抱え込むなと、重い荷物は一緒に持ってやると、アーロンはそう何度も手を差し伸べてくれていたのに、自分はあの時、自分さえ耐えればいいのだと、そう思ってしまった。

彼が教えてくれたことは、そんな自己犠牲ではなかったのに。

（たとえアーロンに好きな相手がいても、それで僕の気持ちが変わることはない。振り向いてもらえなくてもいい、ただ好きだって、あなたと暮らしたいって、そう伝えたい）

記憶が戻って、ダンテへの気持ちを思い出して苦しむことになっても、それでもこの気持ちは変わらない。

アーロンと、一緒にいたい。

「迎えに来てくれたのに、本当にごめんなさい。でも……」

歩み寄ってきたダンテに頭を下げたレイだったが、皆まで言うより早く、ダンテがレイの手首を掴む。

「っ、ダンテ？　え……」

「…………」

強い力で引っ張られて、レイはたたらを踏んだ。しかし、ダンテはそれには構わず、レイの手首を掴んだまま森の奥へと歩き出す。

「あの……、ご、ごめんなさい、怒った……？」

「…………」

おそるおそる問いかけるが、ダンテはなにも答えない。無言の彼に、レイは不安に陥ってしまった。

（どうしよう……、こんなに怒るなんて……）

レイが誰を好きでも構わないと、そう言ってくれていたから、最終的には納得してくれるのではないかと、どこかでそんな甘えがあった。まさかここまで怒るなんて、思ってもみなかった。

ダンテに引っ張られたまま、どんどん森の奥に進んでいく。もうアーロンと来た時の道からは随分外れていて、夕暮れ時ということもあり、辺りは鬱蒼と暗くなっていくばかりだった。

「ダンテ、あの……、痛……っ」

木の根につまずき、転んでしまう。しかしダンテは倒れ伏したレイの襟首を掴むと、無理矢理レイの体を起こした。

「……っ」

その人間離れした膂力、あまりにも乱暴な仕草に、レイは違和感を覚える。

（……なんだか、おかしい）

いくら怒っていても、あのダンテがこんな暴挙に出るだろうか。大丈夫かと声もかけないなんて、あまりにも彼らしくない。

「ダンテ……？」

見上げたダンテは、なんの表情も浮かべていなかった。赤い月と太陽が浮かんだ空を背にした青い瞳は虚ろに濁っていて、いつも微笑んでいた唇は真横に引き結ばれている。

まるで、彼の肉体から魂が抜けてしまったかのようで――。

「……遅かったではないか」

その時、暗がりから嗄れた男の声がした。

聞き慣れないその声に、レイは地に膝をついたまま息を呑む。

「だ……、誰、ですか？」

問いかけに、ゆらりと闇が揺れる。その中から、深くフードを被った老人が姿を現した。

木々の間から差し込む赤い夕陽と月光が、老人の容貌を映し出す。

ぎらぎらと光る、獣のような黄みがかった瞳。醜く歪んだ鷲鼻に、深い皺が刻まれた額。その顔は、レイには見覚えのないものだった。

レイをちらりと見やった老人が、腹立たしそうに呟く。

「ふん、儂が分からぬか。記憶がないのは、やはり欠片の影響なのだろうな。……忌々しい」

「え……、欠片……？」

老人の荒れた唇から零れたその言葉に、レイは目を瞠った。

欠片と言われて思い浮かぶものなんて、一つしかない。

「……あなたは、誰ですか？　僕を、知っているんですか？」

緊張に身を強ばらせて、レイは素早く立ち上がった。矢筒から矢を抜き、弓を構える。

もしこの老人の言っている『欠片』が、アーロンが探している竜王妃の逆鱗の欠片のことだとしたら、何故彼が欠片のことを知っているのか。

先ほど彼は、レイの記憶がないのは欠片の影響かと言ったが、それはどういう意味なのか。

この森に入った途端、様子が変わったダンテ。

魂の抜けた人形のようなその姿は、まるで誰かに操られているかのようだった――。

「あなた……、あなたは、まさか……」

震える手で弓に番えた矢を握りしめて、レイは老人をまっすぐ見据えた。

「ジャディス……！」

人心を操る術に長けた、方術使い。

アーロンの宿敵であるその名を叫んだレイに、老人――、ジャディスがふんと鼻を鳴らす。

「聞いておったか。それにしてはあっさりと別れたところを見ると、あの竜人、お前の目には気づいていなかったらしいな」

「目……？　っ、あ……！」

なんのことか、と当惑したレイだったが、その時、そばに立っていたダンテが素早くレイの手から弓を叩き落とす。そのまま腕をひねり上げるようにして後ろ手に拘束されて、レイは痛みに呻いた。

「く……っ、は、離せ……！　ダンテ、目を覚まして、ダンテ……！」

必死に逃れようと身をよじりながら、何度もダンテに呼びかける。しかし、虚ろな目をしたダンテはレイの声にはなにも反応しない。

「無駄だ。その男には、王都を出る時から私の方術をかけてある」

「な……っ」

王都を出る時ということは、村に来た時にはもう、ダンテはこのジャディスの術中にあったということだろう。

「じゃ……、じゃあ、ダンテが僕の恋人だっていう話も嘘なのか!?　一体なんのために……！」

「……お前が知る必要はない」

憤るレイを冷たく睥睨して、ジャディスがその枯れ木のような手を振り上げる。バシンッと頬に衝撃が走って、レイは思わずぎゅっと目を瞑って悲鳴を堪えた。

「……っ！」

「目を開け」

ぐいっとレイの顎を摑んだジャディスが、無理矢理レイの目を開けさせる。左目を覗き込んだジャデイスは、鼻の頭に皺を寄せて呟いた。

「まだか。……さっさと怒りに我を忘れぬか」

「っ、う……っ！」

続けざまにバシッ、バシッと頬を殴られる。骨がぶつかる痛みに、レイは小さく呻きながらも必死に頭を働かせた。

（なんだ？　なんで、こいつは僕のことを怒らせようとしているんだ？）

わざわざダンテを操り、この森で待ち構えていたことからも、ジャディスの狙いが自分であることは間違いない。そして、ジャディスが動くからには、竜王妃の欠片に関係することだと考えて間違いないだろう。

しかし、何故自分を狙うのか。

（さっきこの男は、僕の記憶がないのは欠片の影響かって言ってた……。僕は知らないうちになにか、欠片に関わっていた……？）

しかし、そのことと、今ジャディスが自分を怒らせようとしていることとの関連性が分からない。

何故ジャディスは自分に怒れと言うのか——。

「……まだ緑のままか」

レイの顎を摑んだジャディスが、チッと舌打ちをする。

「欠片さえこの手に戻れば、こんな者共に用はないと言うのに、忌々しい……！」

ぶつぶつと呟くなり、ペッとダンテの頬に唾を吐きかけたジャディスに、レイはカッと目を剝いて叫んだ。

「っ、やめろ！」

ダンテに拘束されたままでなければ、ジャディスに摑みかかっていただろう。フーッと獣のように唸るレイに、ジャディスが濁った瞳を見開く。

「……ほう」

にたあ、とその唇が弧を描いた次の瞬間、ジャディスはダンテの頬をバシンッと平手で打った。美しい白皙の頬が、見る間に真っ赤に染まっていく。

「なにを……っ、やめろ！　やめろってば！」

何故攻撃の対象をダンテに変えたのか。彼はジャディスにとって大事な駒ではなかったのか。

混乱しながらも、レイは必死にもがき、ジャディスを睨みつけた。

レイの瞳を見つめて、ジャディスが笑う。

「おお、おお、よい色になってきたではないか！　これならば取り出せよう……！」

枯れ枝のような指先が、レイの左目に伸びてくる。反射的に目を閉じたレイに、ジャディスが嗄れた声を荒らげた。

「目を閉じるな！　その目は儂のものだ……！」

「……っ！」

ぐいっと、無理矢理目を開かされる。

覗き込んできたジャディスの濁った瞳に、レイの左目が青く煌めいた、——次の瞬間だった。

「レイ！」

低い声が、その場に轟く。

まさか、と息を呑んで見上げたレイの視界に、深紅の満月を背に翼を広げた大きな黒い竜人——、アーロンの姿が映った。

「ジャディス、お前……！」

カッと大きく目を見開いたアーロンが、翼を折り畳んで急降下してくる。その鋭い爪が捕らえるより一瞬早く、ジャディスが後ろに飛びすさって攻撃をかわした。

「っ、この……！」

呻いたジャディスが、闇から闇へと逃げつつ、素早くなにか呪文を唱える。ぎくっとぎこちない動きでレイを突き飛ばしたダンテが、腰に下げていた剣を抜き、地面に倒れたレイの顔面目がけて振り下ろした。

「……っ！」

「させるか……！」

唸り声と共に駆けてきたアーロンが、レイを背に庇い、肘でダンテの剣を受けとめる。

「アーロン！」

勢いよく振り下ろされた剣に、彼の腕が切り落とされてしまうのではと目を瞠ったレイだったが、その剣はカンッと硬い音を立てて弾かれた。

「え……」

驚いたレイをよそに、真っ白な獣がダンテの背後から襲いかかり、地面に引き倒す。

ブルルッと全身を震わせたその獣は、熊ほどもある大きな狼だった。

「ラトゥ……！」

「心配は無用だよ、レイ。竜人の鱗は、自分の意思で自由に硬度を変えられるからね」

天然の鎧みたいなもんさ、と言ったラトゥが、その大きな前足でダンテを押さえつける。その背にパタパタと飛んできた小さな白い影に、レイは思わず叫んでいた。

「クク!?　どうして……っ」

「……ククが、お前の窮地をラトゥに知らせたんだ。ダンテの様子がおかしいってな」

レイを背にしたアーロンが、木立の陰を睨みつけながら言う。

「ククの知らせを受けたラトゥが、俺を呼び戻しに来た。……間に合ってよかった」

低い、深い声は、しかしどこか苦しげだった。

ハ……ッと重く息を切らせているアーロンに気づいたレイは、身を起こして彼に手を伸ばす。

「アーロン？　どうか……」

「っ、触るな！」

しかし、指先が触れる寸前、アーロンの苛烈な声がそれを遮る。ザッと一気に逆立った漆黒の鱗は、まるでレイを拒むようにぎらりと金属的な輝きを帯びていた。

「俺に、触れるな……！」

手負いの獣のように背を丸めたアーロンが、ちらりとレイを振り返り、ウウウッと苦しそうに唸る。

その瞳が、常の金色とは異なる色に変化していることに気づいて、レイは思わず息を呑んだ。

　太陽のような黄金のはずのアーロンの瞳は、ちょうど今夜の満月と同じ、深く濃い、血のような紅に染まっていたのだ――。

「……っ、頼む、レイ……！　これ以上俺に、近寄るな……！」

「あ……」

　苦しげに訴えるアーロンに、レイは言葉を失くして慌てて手を引っ込めた。

　一体アーロンに、なにが起こっているのか。瞳の色が変わるなんて普通じゃないとは思うけれど、だからといってどうしたらいいか分からない。

　二人をじっと見つめていたジャディスが、暗闇でにたあ、と瞳を細める。

「は……！　これは滑稽だな！　竜人族きっての戦士であるお前が、人間に、しかも男に、オラーン・サランの呪いをかけられたか！」

「黙れ……！」

　咆哮を上げたアーロンが、ジャディス目がけて跳躍する。薄闇に彼の深紅の眼光が弧を描き、激しくぶつかり合う二人の力が辺りの空気をドンッと揺らした。

「アーロン！」

「……っ、この、大人しくおし！」

　思わず叫んだレイだったが、その時、背後でラトゥが声を上げる。振り返ると、ラトゥの下からダンテが這い出ようともがいているところだった。虚ろな瞳のまま滅茶苦茶に暴れ回るダンテの剣が、ラトゥの前足に突き刺さる。

「ぐ……！」

「ラトゥ！」

　呻いたラトゥが思わず足を引いた隙をついて、ダンテがバッと身を起こす。無表情で懐から短剣を取り出したダンテは、その鞘を投げ捨てると、レイの方に向かってきた。

「……っ！」

思わずその場に転がっていた弓を摑んだレイは、夢中でそれを目の前に掲げ、振り下ろされた短剣をどうにか防いだ。しかし、ダンテの力は強く、その場に尻餅をついてしまう。

「レイ！　っ、くそ……！」

こちらに駆け寄ろうとしたアーロンだが、その一瞬の隙を逃さず、ジャディスが方術を繰り出してくる。降り注ぐ真っ黒な矢のようなものを硬化させた鱗で防ぐアーロンの頰に、ビッと赤い血が迸った。

「…………」

「ダンテ……！　っ、目を覚まして、ダンテ！」

無言のまま何度も振り下ろされる短剣を、必死に弓で防ぎながら呼びかけるレイの元に、カルルルッとククが飛び込んでくる。

丸い瞳を怒りに光らせたククは、ダンテの顔に飛びかかり、その視界を塞いだ。

「っ、よくやった、チビ助！　そのまま堪えな！」

ククに命じたラトゥが、前足から血を流しながらもダンテに駆け寄り、その大きな口で襟首を咥える。

グルルルッと低く唸ったラトゥは、そのままブンッと勢いよくダンテの体を宙に放り投げた。

放物線を描いたダンテの顔から、ククがパッと飛び立つ。

「ぐ、あぁぁ……っ！」

太い木の幹に衝突したダンテが、呻き声を上げて地面に落ちる。倒れ伏したまま動かなくなったダンテの頭にパタパタと舞い降りたククが、クルルッと勝ち鬨を上げた。

「し……、死んじゃった……？」

おそるおそる聞いたレイに、ラトゥが息を荒く吐きながら言う。

「いや、失神しただけさ。鎧もつけてるし、見たところ頑丈そうな男だから、放っておいて大丈夫だろう。……それよりも」

レイの隣まで歩み寄ってきたラトゥが、すっと目を細めて唸る。

「……あっちは苦戦してるね。オラーン・サランに戦うのは、いくらアーロンでも無茶だとは分かっていたが……」

視線の先には、ジャディスの攻撃を弾き返すアーロンの姿がある。深い森の中、深くフードを被った方術使いと漆黒の鱗に覆われた竜人の姿は、宵闇に溶けてほとんど判別がつかなかった。ただ、その力がぶつかり合う瞬間に二人の間に火花が散り、波動が空気を揺らすばかりだ。

「ああなると、あたしには手出しができない。あいにく夜目がきかなくてね」

ラトゥの言葉を聞いたククが、カルルッと勇んで加勢しようと飛び上がる。しかしそれは、老狼の前足に遮られた。

「やめときな、チビ助。あんたが飛び込んでも、消し炭になるだけさ」

カルルルルッと怒りの声を上げるククだが、それだけ強い力と力が衝突しているということだろう。

レイはラトゥの傍らでぎゅっと拳を握りしめようとして——、手の中の感触にハッとした。

「……っ」

レイが手にしていたもの、それは弓だった。

アーロンがレイのためにと誂えてくれた、レイがたった一つ扱える、——武器。

レイは考えるより早く転がっていた矢を摑むと、素早くそれを弓に番えた。キリキリ、と弓を引き、じっとチャンスを窺う。

(落ち着け……。どんな獲物にも、必ず隙はある)

よく狙って、動きの先を読む。

そうすれば、必ず仕留められる。

アーロンに教わったことを一つ一つ思い浮かべながら、暗闇で戦う二人の動きに集中する。

(自分の目で、しっかり見て……)

ドンッ、ドンッと空気が揺れ、その度にまるで花火のように二人の姿がパッと浮かび上がる。

アーロンの鋭い爪がジャディスのフードを切り裂

き、その黄色く濁った瞳が闇の中で揺れた、その瞬間、レイはパッと弓を放っていた。

「……っ、ぎゃああ！」

叫び声を上げた真っ黒な人影が、木立の陰から転がり出てくる。その後から、肩で息を切らせたアーロンが飛び出してきた。

「アーロン！」

駆け寄ったレイの目の前で、アーロンが胸元に矢が突き刺さったジャディスに馬乗りになり、その襟元を鷲摑みにして引き寄せる。

「答えろ、ジャディス！　レイの目に、お前はなにをした！」

赤い、赤い月光の下、アーロンが吼える。

「逆鱗の欠片はどこだ！　お前……っ、お前、まさか……！」

ぎらぎらと瞳を怒りに燃え上がらせる竜人に、ジャディスは息も絶え絶えになりながらも嘲笑を向けた。

「は……、滑稽だな、竜人。お前の望みを叶えるためには、お前の想いを絶たなければならない……」

「なんだと……！」

息を荒らげたアーロンが、ザアッと背中の鱗を逆立たせる。

「ジャディス、お前、まさか本当に……！」

「……儂は、なにもしていない。その人間がたまたま、『器』としての適性が高かったまで」

枯れ枝のような指が、レイを差す。

「ぼ……、僕？　器って……」

戸惑うレイの前で、ジャディスがゴフッと血を吐く。息を呑んだレイに、にたあ、とジャディスが笑った。

「思い出せ、人間。お前がなにを見たのか。……お前の目に、なにが宿っているのか」

「っ、あ……、うあ……！」

ジャディスの指先がぼうっと白く光った、その次の瞬間、左目が燃えるように熱くなって、レイはその場に倒れ伏した。ジャディスを地面に打ち捨てたアーロンが、すかさずレイの元に駆け寄ってくる。

「レイ！　ジャディス、貴様……！」

「ま……、待って、アーロン……」

ジャディスに牙を向けるアーロンを、レイはかすれた声で押しとどめた。抱き起こしてくれる逞しい腕に懸命にすがりつき、目を大きく見開く。

青く変化した左目で見つめる地面には、まるで映画のスクリーンのように映像が映し出されていた。

「これ……、は……」

――それは、レイが旅医者として訪れていた村を襲った、悲劇の夜のことだった。

逃げ惑う人々は、ジャディスを追ってきたナジュドの方術使いたちによって次々に殺され、レイも大怪我を負った。

苦しくて、痛くて、――死にたくなくて。

生き残った村人たちと共に、必死に村のはずれまで逃げてきたレイは、そこで出くわしたのだ。


窪地(くぼち)に溜めていた力を、青く透き通った宝石の欠片のようなものに移す、ジャディスに。

「う……、あ……」

流れ続ける映像に小さく呻き声を上げ、レイはぎゅっとアーロンの腕にしがみついた。悪寒がとまらず、指先が震えてしまう。

レイ、と苦しげに唸ったアーロンが、大きな手で一層強く肩を抱いてくれた。

――レイたちに気づいたジャディスが、村人の一人を手にかけようとする。

レイはそれをとめようと必死にジャディスに摑みかかり――、揉(も)み合ううちにジャディスの胸元から青い欠片が跳ね飛んだ。

憎々しげにレイを睨んだジャディスが、その指先から真っ黒な矢を放つ。――と、胸を貫く強烈な痛みに思わず目を瞑ったレイの瞼(まぶた)の上に、青い欠片が落ちてきた。

その刹那、レイの瞼にぶつかった青い欠片が、宙へと跳ね返る。赤い、赤い月光に煌めいた宝玉のようなその欠片は、まるで流れ星のように空中で震え、キンッと砕け散った。

次の瞬間、キラキラと輝く星屑のような青い粒子が、大きく見開かれたレイの左目にすうっと吸い込まれていく。淡い若草色だったレイの瞳は、瞬く間に海のように透き通った深い青に染まった。

焼けるように熱い、熱い痛みに、レイが呻き、倒れる。

その意識は、眩い真っ白な光に包み込まれて――。

「……お前のその目には、竜王妃の逆鱗の欠片が取り込まれている」

息を荒らげながらもどうにか身を起こしたジャディスが、にたぁ、と唇を歪めて告げる。

「その欠片の力でお前は生き延び、そして記憶を失ったのだ。その左目を失えば、お前は死ぬ……！」

「……っ、死、ぬ……？」

左目を手で覆い、茫然とするレイの肩を強く抱いて、アーロンが低く唸る。

「そんなこと、誰がさせるか……！」

「ひヒッ！　ならばどうする、竜人！」

口角から血の泡を噴いて嗤ったジャディスが、ボキッと自ら胸元に刺さった矢をへし折り、レイを指差して叫ぶ。

「その人間の目をえぐり出さねば、竜人族の宝は不完全なままだぞ！　永遠にな！」

「っ、だとしても！」

太い声を轟かせて、アーロンは言い切った。

「たとえそうだとしても！　俺は絶対にレイを傷つけない！　誰にも、傷つけさせやしない……！」

「アー、ロン……」

強いその言葉に、レイはアーロンを見上げた。

ジャディスが鼻白んだように嘲笑する。

「ヒヒヒッ、愚かな！　だが、お前がどうしようが関係ない！　欠片は儂のものだ！」

金切り声で叫ぶなり、ジャディスが目にもとまらぬ速さで襲いかかってくる。

「その目を寄越せ……！」

「っ！」

骨ばったその手から放たれた黒い矢に息を呑み、反射的に身を強ばらせたレイの目の前で、漆黒の鱗が煌めいた。

「アーロン！」

「させねぇって言っただろうが……！」

唸ったアーロンがぐうっと背を丸め、ザアアッと逆立てた鱗を極限まで硬化させる。

深紅の月光に光り輝いた鱗で降りかかる矢をすべて弾き返し、アーロンはその爪を深く、深くジャディスの喉元に突き立てた。

「ギャアァアアッ！」

「誰がお前に、レイを渡すか……！」

昇りきった赤い満月に向かって、アーロンが咆哮を上げる。

「お前にも、誰にも、レイは殺させない……！　レイは……、レイは、俺の……！」

断末魔の叫びを響かせ、事切れたジャディスを地面に打ち捨てたアーロンが、グゥウッと苦しげな唸り声を上げ、自分の喉元を掻きむしる。

「俺、の……！」

オォオオオッと、低く太い、狂おしげな叫びを響かせながら自らを傷つけるアーロンに、レイは驚いて駆け寄ろうとした。

「アーロン！　どうして……っ、やめて下さい！」

「よしな、レイ！」

しかしそれは、飛び込んできたラトゥに遮られる。その大きな体でアーロンとの間に割り込んできたラトゥに、レイは叫んだ。

「なんで……！　どいて下さい、ラトゥ！」

「駄目だ」

「そんな、どうして……！」

あれほどアーロンが苦しんでいるというのに、何故近寄るなと言うのか。目の前を遮るラトゥの豊かな被毛にしがみついて、レイは必死に訴える。

「もしかしたら、さっきのジャディスとの戦いで深手を負って、我を忘れているのかも……！　だとしたら、早く落ち着かせて、手当てしないと！」

「無駄だよ。誰も、今のアーロンを落ち着かせることなんてできない」

「っ、やってみなきゃ分からないでしょう……！」

断定するラトゥに、レイは食ってかかった。

こうしている間にも、アーロンは狂おしげな咆哮を上げ、ガリガリと自分の喉を掻きむしり続けている。このまま放っておくことなんて、できるわけがない。

「ラトゥ、ラトゥの方術でなんとかできませんか⁉　せめてアーロンが自分を傷つけないように押さえ込むとか……！」

「……方術に関しちゃ、あたしよりアーロンの方が上だ。仮に押さえつけようとしたって、すぐに術を破られちまう」

「だったら、僕の目の欠片の力を使って……！」

「馬鹿をお言い！」

レイの一言に、ラトゥが血相を変える。

「あんた、さっきの話を聞いてなかったのかい⁉　あんたはその目を失えば死ぬんだよ⁉　軽々しく使えだなんて、言うんじゃないよ！」

「……っ、アーロンのためなら構いません！」

声を張り上げてそう言い返し、レイはラトゥをまっすぐ見据えた。

「この欠片は、そもそも竜人族の宝です！　たとえ死のうが、僕はこの目から欠片を取り出して竜人族に返します！　そうしなきゃならないんだ……！」

「な……、レイ、あんた……」

きっぱりと言い切ったレイに、ラトゥが言葉を失う。と、その時だった。

「だ……、め、だ」

ラトゥの向こうから、苦しげな呻き声が聞こえてくる。

「アーロン！　気がついて……っ」

ラトゥの陰から走り出し、アーロンの元に駆け寄ろうとしたレイを、ラトゥが押しとどめる。

「待ちな、レイ！」

「邪魔しないで下さい、ラトゥ！　アーロンの手当てをしないと……！　アーロン！　アーロン……！」

ラトゥと揉み合いながら必死に手を伸ばすレイから視線を逸らして、アーロンが唸り声を上げる。

「駄目だ、レイ……、お前は俺に近寄るな……！　その目も、傷つけるんじゃねぇ……！」

「……っ、どうして……！」

ハッ、ハ……ッと荒い息をつきながらもひたすら自分を拒むアーロンに、レイは唇を噛んだ。こんなに苦しんでいるのに手当てもさせてもらえないなんて、どんな理由があろうが絶対に納得できない。

「……分かりました。目のことは、後回しにします。だから、とにかく今、あなたの手当てをさせてもらえませんか。僕に傷を診せて下さい……！」

「……駄目だ」

「アーロン！」

「駄目だ！」

叫ぶレイに、アーロンが怒鳴り返す。

二人の険しい視線がぶつかり合った、その時だった。

「……ああもう、焦れったいねえ！」

バシンッと大きく尾を一振りしたラトゥが、唸り声を上げる。その背に乗っていたククが驚いたように翼を広げ、クルルッと一声鳴いた。

レイを押しとどめていた前足を引いて、ラトゥがアーロンを睨みつける。

「アーロン！　あんた、拒むなら拒むで、ちゃんと理由を話しな！　じゃなきゃレイだって納得できないだろうが！」

「……ラトゥ」

呻いたアーロンが、ぐっとラトゥを睨み返す。

「や、めろ……」

「レイ、アーロンが今苦しんでるのは、怪我のせいなんかじゃない」

「やめろ！」

ラトゥの言葉尻に被せるようにして、アーロンが叫ぶ。ラトゥに摑みかかろうとしたアーロンを、レイは咄嗟にその前に立って遮った。

ピタッと動きをとめたアーロンが、深紅の瞳をカッと見開いて怒鳴る。

「どけ、レイ……！」

「っ、嫌です！」

体の芯まで震わせるその咆哮に一瞬怯みそうになりながらも、レイはラトゥを振り返って言った。

「理由を……！　理由を教えて下さい、ラトゥ！　アーロンはどうして苦しんでるんですか!?」

ラトゥの口振りから察するに、彼女はアーロンが苦しんでいる理由を知っていて、アーロンはそれをレイに告げたくないということなのだろう。けれど、ラトゥの言った通り、それが分からなければレイだって引き下がれない。

見上げるレイに、ラトゥが小さく頷いて告げる。

「……アーロンが苦しんでるのは、今日がオラーン・サランだからだ」

「……っ」

ラトゥの言葉に、アーロンが息を詰め、その場にがくりと膝をつく。うなだれた漆黒の竜人を見つめて、ラトゥが続けた。

「オラーン・サランの夜、深く愛する運命の対を見つけた竜人は、激しい欲情に苦しむ。……アーロンは、あんたを求めて苦しんでるんだ」

「え……」

思いがけないその一言に、レイは目を見開いた。

（アーロンが、僕を求めて苦しんでる……？）

言われた言葉の意味が、よく分からない。

だが、ラトゥが告げたことはきっと真実なのだろう。アーロンは黙ったままだ。

レイはぎこちなくアーロンを振り返り、呟いた。

「ど……、どうして……？　だって、アーロンには他に、好きな相手が……」

「……っ、え、だ」

ぐっと肩を強ばらせ、握りしめた拳を地面につけて、アーロンが呻く。その声は、狂おしいほどの激情に低くかすれていた。

顔を上げたアーロンが、燃え盛る炎のような瞳でレイを見据え、告げる。

「お前だ、レイ……！　俺の対は、お前以外ありえない……！」

「アー、ロン……」

「俺は……、俺はお前を、愛しているんだ……！」

グウウウウッと膨れ上がる獣性を抑えつけるように唸ったアーロンが、ドンッと地面に拳を叩きつける。続けざまに何度も、何度も拳を打ちつけるアーロンに、レイは思わず前に進み出ていた。

「やめな、レイ！」

ラトゥがレイを押しとどめようとする。

「オラーン・サランの激情は、同情や優しさでどうにかなるもんじゃない！　あんたは、今はアーロンから離れて……」

「……違います、ラトゥ。僕は、そんな……、そんなことじゃ、なくて」

ラトゥを遮り、レイはこくりと喉を鳴らした。強ばる足を動かし、一歩、一歩とアーロンに近寄る。

「……レ、イ」

気づいたアーロンが、顔を上げる。

その身を焦がすほどの恋情を秘めた、深紅の瞳。

ただ一人の対を、自分を求めて燃え上がるその瞳に、天に浮かぶ月よりも深く美しいその紅の瞳に、レイはふわりと微笑みかけた。

「……嬉しいです、アーロン。僕も、あなたのことを好きだから……」

「な……」

「好きです、アーロン。……僕もあなたを、愛しています」

唖然としたアーロンを見つめて、レイは胸に秘めていた想いを告げた。

「っ、レイ……！」

グルルルッと低く喉を鳴らしたアーロンが、飛びかかるようにしてレイを抱きしめる。バッと翼を広げた彼にあっという間に空に連れていかれて、レイはその逞しい首にぎゅっとしがみついた。

「レイ！　アーロン！」

慌てたように追いすがるラトゥの声が、すぐに遠くなる。パタタッと翼を羽ばたかせたククが、アーロンの速さに追いつけず、ラトゥの背に戻るのがちらりと見えた。

真っ赤な月光が降り注ぐ中、ぐんぐんと上空高く舞い上がったアーロンが、レイを抱きしめて唸り声を上げる。

「レイ……！　俺の……、俺の、運命の対……！」

力強い腕でレイを抱きしめたアーロンの瞳は、喜びに輝いていた。

「愛している……、愛している、レイ……！」

低い唸り声と共に、アーロンがくちづけてくる。

人間とは異なる、さらりとした鱗にそっと優しく唇を啄まれて、レイはアーロンに微笑み返した。

「……僕も」

夜空に浮かんだ深紅の満月に、大きく翼を広げた漆黒の竜人と、彼に寄り添うレイの影が映し出される。

燃えるような月光に包まれて、レイはその青と緑の瞳をそっと、閉じたのだった。

トン、とアーロンが降り立ったのは、先ほどの森の奥にある泉のほとりだった。

どうやらこの泉は森を流れる小川の水源の一つになっているらしい。湧き出た清水は赤い月光に煌めきながら、さらさらと下流に流れていた。

「アーロン、あの……」

やわらかな草の上に降ろされたレイは、苦しそうに吐息を零したアーロンが心配で声をかけようとする。しかし、その唇はアーロンの指先にそっと塞がれた。

「……悪いが、待ってやれない」

「……っ」

深く濃い艶を浮かべた瞳に見つめられて、一瞬言葉も忘れてしまう。レイは慌てて頭を振った。

「ち、違うんです。待ってほしいとか、そういうのじゃなくて、大丈夫かなって……。それに……」

「……それに、なんだ?」

両膝をついたアーロンが、レイの方に身を乗り出して聞く。思わずのけぞったレイの首の後ろに手をやり、逃げるな、と短く囁いて、アーロンは頬や首筋に小さなキスを幾度も落としてきた。

「っ、さ……、さっきので僕、自分のことも少し思い出したんです。だから、これだけは言っておかなきゃって……」

艶やかな鱗でくすぐられるような甘痒い感触に耳まで真っ赤になりながらも、レイは懸命にアーロンに告げる。

「記憶を失う前、僕に恋人はいませんでした。ダンテはただの幼なじみです」

戻った『エルヴェ』の記憶はごく断片的で、すべてではない。けれど、彼が幼なじみだったことははっきりしている。

「ダンテはジャディスに操られて、僕のことを恋人だと思い込んでいたんだと思います」

「……そうか」

軽く目を瞠ったアーロンが、正面からレイを抱きしめて呟く。

「よかった……。もしお前が他の男のものだとしたら、俺はなにをしていたか……」

「アーロン……」

心底安堵した様子のアーロンの、真っ黒な鱗に覆われた肌は、普段よりも熱い。腕が回りきらないほど逞しい体を、それでも精一杯抱きしめ返して、レイはその肩口にぐりぐりと額を押しつけて言った。

「それで、あの……、だから僕、そういうことも経験がないいん、です」

「……そこは記憶が戻っても変わらないんだな」

レイに自慰を教えた時のことを思い出したのだろう。ふっとからかうような笑みを零したアーロンに、レイは思わずむくれてしまった。

「そんなことないです。じ……、自分では、たまにしてましたし、多少は、その……」

「……なら、俺がお前になにをしたいかも分かるか?」

「え……、……っ」

大きく目を見開いた途端、ころんとその場に転がされる。レイが頭をぶつけないよう、後頭部をしっかり手で包んで仰向けにさせたアーロンは、レイの足の間に自分の体を割り入れると、ぐっと腰を押しつけてきた。

「ぁ……」

レイのやわらかな内腿に、硬く膨れ上がった雄茎がぐり、と当たる。衣の上からでも分かるほど熱く猛った竜人の性器に、レイはびくっと肩を震わせ、反射的に身を強ばらせた。

「この間みたいに触れ合うだけじゃ、足りない。もっと深く、深く交じり合って……」

ハ……、と熱ぐ息を切らせたアーロンが、腰を押しつけたまま、それをゆっくりと移動させる。

くびれの位置すら感じ取れてしまうほどじっくりと肌を撫でたそれが目指すところを悟って、レイは思わず息を詰め、足を閉じようとした。しかし、気づいたアーロンに、強い力でぐいっと大きく足を開かされてしまう。

強靭な尾でレイの足を地面に縫いつけたアーロンは、布地を押し上げる己の太茎を服越しに摑んだ。レイのそこに、トン、と先端を突きつけて唸る。

「ここに、俺の全部を注ぎ込みたい。……お前の全部が、欲しい」

「……っ」

硬くそそり立った滾りが、ぐり、ぐりっと後孔を抉ってくる。

じわっと深い部分に生まれた甘い疼きに、なにも知らないはずのそこがまるで期待するようにひくついてしまうのが分かって、レイはカアッと頬を染め、かすれた声を上げた。

「アー、ロン……」

グルル、と低く喉を鳴らしながらじっと見つめてくるアーロンに、震える手を伸ばす。

本当は、指一本動かすのだって恥ずかしいくらいだし、あまりにも強い欲の滲んだ瞳で見つめられて、少し怖い。——でも。

「あ……、あげ、ます」

ごつごつとしたその顔を引き寄せ、鱗に覆われた口に自分からくちづける。

恥ずかしさよりも、怖さよりも、彼を全部受け入れたいという気持ちの方がずっと、ずっと大きい。

アーロンの全部を受け入れたい。

そして、自分の全部を受け入れてもらいたい。

「僕の全部、もらって下さい。……アーロン」

「レイ……！」

ウウウッと堪えきれないように唸ったアーロンが、レイを抱きすくめ、深くくちづけてくる。人間のそれよりも太く、長い舌に舌を搦めとられ、甘く牙を立てられて、レイはアーロンの首元に巻かれた布にぎゅっとしがみついた。

「んん、ん……！」

苦しいのに、その激しさが嬉しくて、やめてほしくないと思ってしまう。

唇も舌も、呼吸も全部、全部奪って、アーロンのものにしてほしい。

「アーロ……っ、んんん……っ！」

食べるみたいに舌を引きずり出され、そのまま根元から舌先までを全部いっぺんに舐め上げられる。

強制的に植えつけられた性感に背筋が痺れて、頭の奥までどろりと蕩けてしまう――……。

「は……っ、レイ……」

くちづけを解いたアーロンが、レイの唇の端から零れた蜜を舐め取って、欲情に声をかすれさせる。

はあ、は、と荒く呼吸するレイの唇を何度も啄んだアーロンは、一つ大きく息を吐くと、レイの首筋に鼻先を埋めてきた。すう、と深く匂いを嗅ぎ、その長い腕でレイを抱きしめて呟く。

「いい匂いがする……。甘くて、濃くて……、落ち着くのに興奮する匂いだ……」

「僕、も……、僕も、アーロンの匂い、好きです」

自分には竜人のような鋭い嗅覚はないけれど、それでも落ち着くのに興奮するというその気持ちはとてもよく分かる。

レイは呼吸を整えて、ひだまりのようなアーロンの香りを胸一杯に吸い込んだ。

「……すごく、いい匂い」

微笑みかけると、アーロンの尾が足に絡みついてくる。服越しにするすると足を撫でられて、レイはその心地よさにうっとりとしてしまった。

「気持ち、い……」

思わず恍惚と呟いたレイの首筋から耳元を、アーロンが何度もやわらかく口で食む。先ほどまでとは違うゆったりとした愛撫と、少し穏やかになった呼吸に、レイはごつごつとしたアーロンの頬を撫でて聞いた。

「もしかして、少し楽になりましたか……？」

「ああ。気持ちの上ではな。……体はこんなだが」

そう苦笑を零したアーロンが、猛ったままの雄をレイの下腹に押しつけてくる。

レイが再度緊張に身を強ばらせると、アーロンは今度はそれ以上レイを追いつめず、そっと腰を離してくれた。ハ、と熱い吐息を零しながらも、レイの耳元の匂いを深く吸い込んで、低い声で言う。

「……お前が俺を受け入れてくれてる、それが匂いで分かるから、正気でいられる。まあ、だからって今更お前を逃がしてはやれねぇが」

瞳を欲情に艶めかせながら、悪いな、と謝るアーロンに、レイはぎゅっとしがみついて訴えた。

「……僕、逃げません」

「ああ。……分かってる」

喜びを嚙みしめるように言って、アーロンがレイを抱きしめてくる。

「それが分かってるから、体の苦しさは、どうにでも堪えられる。……堪えてみせる。お前を大事に抱きたいからな」

「アーロン……」

彼にこれ以上無理をさせたくない。思うまま抱いてくれて構わない。痛くてもつらくてもいい。

――でも。

「……嬉しい、です」

アーロンが自分を大事に思ってくれていることがなによりも嬉しくて、それだけでいっぱいになってしまう。きゅう、と胸の奥が甘く締めつけられて、感情が溢(あふ)れてしまいそうで、レイは大好き、と吐息だけでアーロンに囁いた。

一瞬動きをとめたアーロンが、レイをぎゅうっと抱きすくめて唸る。

「っ、ああもう、可愛いな、お前は……！　匂いがどうとか言ってねぇで、滅茶苦茶に抱きたくなるだろうが！」

しねぇけどな、と一際大声で叫ぶアーロンに笑ってしまったレイに、アーロンがやわらかく目を細める。

「……お前のためなら、いくらだって堪えてやるよ。だからもっと、もっと俺のことを好きだと思え。俺にはそれが匂いで分かるから。……な？」

「アーロ、んん……」

はい、と頷くより早く、優しいキスが落ちてくる。

言葉より雄弁に彼の想いを伝えてくるくちづけに、

レイは目を閉じて応えた。

「ん……、は、んう、ん」

一つ一つの鱗を擦りつけるように唇を啄まれ、焦れったくて自分から唇を開くと、大きな舌が潜り込んでくる。舌の外側や上顎を熱い舌先でぬるりと舐め上げられると、びくびくと体が勝手に震えてしまうくらい気持ちがいい。

とろりとした蜜を纏った恋人の舌をちゅうっと吸ってこくりと喉を鳴らし、はふ、と熱い吐息を零したレイの頬に、アーロンが嬉しそうに鼻先を擦りつけてきた。

「……お前の匂いに、俺の匂いが混じってきたな」

「匂いが混じる……？　……あ……」

どこかで聞いたような、と首を傾げたレイは、それが以前、ラトゥに言われた言葉だと思い出す。

確か、初対面のレイの匂いをよく嗅ごうとしたラトゥをアーロンが制止した時、ラトゥがそういうことは少しでも匂いが混じるようになってから言えと言っていた。

「に……、匂いが混じるって、そういう意味だったんですか……？」

つまり恋人同士でくちづけやそれ以上のことをすると、自分からはアーロンの匂いもするようになるのか。意味を悟ってカアッと赤面したレイに、アーロンがそっと聞いてくる。

「嫌か？　お前に俺の匂いが混じるのは……」

「……っ、嫌じゃ、ないですけど……。……恥ずかしいです」

小さく訴えると、アーロンが苦笑を零す。

「その感覚は、俺にはよく分からねぇな。相手から自分の匂いがするのは、竜人や獣人にとっちゃ喜びでしかねぇからな」

「あ……」

アーロンの言葉に気づいて、レイはきゅっと唇を噛んだ。

（僕からアーロンの匂いがするように、アーロンからも僕の匂いがするようになるんだ……）

　愛する相手から自分の匂いがする。

　それはまるで、所有の証のようだ——。

「あの……、やっぱり僕も、嬉しいかも、です」

もじもじと、気恥ずかしさに身じろぎしながら、レイは呟いた。

「アーロンから僕の匂いがしたら、嬉しい……」

は、と興奮に息を上げたレイをじっと見つめて、アーロンが囁く。

「じゃあもっと、お前の匂いをもらっていいな？」

　問いかけではなく確認するその声に、レイは緊張でぎこちなくなりながらも、どうにか頷いた。

　レイ、と低く、深く囁いたアーロンが、レイの唇をやわらかく喰みながら衣服を脱がせてくる。くちづけに夢中で応える間に裸にされたことに気づき、あ、と顔を赤くしたレイに笑って、アーロンは自分の服と胸当ても手早く脱ぎ捨てた。

　赤い、赤い月光に、アーロンの黒い鱗が艶やかに光る。

　隆々と盛り上がった肩や胸板、引き締まって割れた腹、筋肉質な長い手足。

　改めて目にした、美しく完璧なその体軀に、レイは恥ずかしさも忘れて見惚れてしまった。

「……ん、どうした、レイ。ぼうっとして」

　気づいたアーロンが、そう問いかけながら覆い被さってくる。落ちてくるくちづけを受けとめながら、レイは素直に答えた。

「格好いいなあって、思ってました」

「……怖くないか？」

　人間と違うことを気にしているのだろう。そっと聞いてくるアーロンに、レイは微笑む。

「アーロンだから、大丈夫です」

「……俺はおっかねぇよ」

　レイを腕の中に閉じこめて、アーロンがぐっと瞳を眇める。

「こんなに細くて、ちっこくて、俺が触ったら傷つけるんじゃねぇか、壊しちまうんじゃねぇかって、心配になる。本当に抱いていいのか、俺のものにしていいのかってな」

「……さんざん僕のことお嫁さん扱いしてきたのに？」

アーロンを見上げて、レイはくすっと笑った。太い首に腕を回し、ぎゅっと抱きついて言う。

「僕、そんなに弱くないです。それに、アーロンになら、壊されてもいい……」

「……絶対に壊さねぇよ。なんせレイは、俺の大事な、可愛い嫁だからな」

唸ったアーロンが、咎めるようにレイの唇を甘く喰む。すぐに深くなったキスに夢中で応えながら、レイは逞しい恋人の体を抱きしめた。

「ん……、んん」

鱗に覆われた大きな手に、するすると体を撫で下ろされると、背中がぞくぞくと甘く痺れる。いつもより熱い鱗がさらさらと素肌をくすぐる感覚に、レイはアーロンの大きな舌に吸いつきながら、ん、んっと幾度も身を震わせた。

視線を感じて目を開けると、欲熱を浮かべた赤い瞳と視線が絡み合う。恋人のごつごつとした頬を両手で包み、レイはキスを解いて問いかけた。

「……っ、アーロンの目、赤くなってます。これはオラーン・サランのせい、なんですか？」

「ああ。……お前のことが心底欲しいから、だ」

とろりと蕩けた熱い視線に、レイの左目も青みを帯び始める。感情の昂りを示すその色に、アーロンが嬉しそうに微笑んだ。

「お前の目も青くなってきたな、レイ。……今までで一番濃い、綺麗な青だ」

「……そうなんですか？　じゃあお揃い、ですね」

色は違うけれど、お互いしか見ることのできない瞳が嬉しくて微笑むと、ああ、と目を細めたアーロンが、レイをじっと見つめながら優しく何度も体のラインを撫でてくる。

くすぐったさに身をよじるレイにこら、と小さく笑いながら、アーロンはその手をするりと上に移動させてきた。両脇に手を差し入れ、レイの体を両手で抱えるようにして、親指の腹でそっと胸元の小さな花芽をくすぐってくる。

「ア、アーロ……、ん……っ」

「ん……、いいから、触らせろ……」

女性でもないのにそんなところ、とうろたえるレイの唇をキスで塞いだアーロンが、何度も何度も、触れるか触れないかの愛撫を続けてくる。

人間のなめらかな指とは違う、さりさりした鱗が敏感なそこをかすめる度、むずむずと焦れったさが込み上げてきて、レイは思わずぎゅっとアーロンにしがみついていた。

「は……、んぁ、っ、んんっ、ん……っ」

キスの合間に零れる甘ったるい声が恥ずかしくて、自分から懸命にアーロンの舌に吸いつく。すると、ふっと笑みを零したアーロンが、甘やかすようにレイの口腔を舌先でくすぐりつつ、尖ったそこをきゅっと指先でつまんできた。

「ひぅっ、あ……！」

「……硬くなってきたな？」

ひそめた低い声にからかわれるように聞かれて、カアッと顔が熱くなる。

「や……、知らな……っ」

「そうか？」

思わず頭を振ったレイにくすくすと笑ったアーロンが、指で挟んだ乳首をこりこりと転がすようにいじめてくる。途端に走った強い快感に、レイは背を丸めてびくびくと身を震わせた。

「やっ、あ、あっ！」

「分からねぇなら、ここが気持ちいいってこと、ちゃんと教えてやらねぇとな？」

「んんっ、アーロ……っ、あ……！」

すりすりと、まるで鱗の一つ一つを覚えさせるみたいにじっくりそこを弄られて、レイはたちまち陥落してしまう。

「や……っ、……っ、もち、い……っ、気持ち、いいから……っ」

だからもうしないでと、潤んだ瞳で必死にアーロンを見つめると、ハ……、と熱く息を切らせたアーロンが艶めいた声で正反対のことを言い出す。

「……ん。なら、もっと気持ちよくしてやる」

「え……、あっ、ひぅあ……っ！」

身を屈めた彼に、ぺろりと胸元を舐め上げられて、レイは慌ててそのごつごつした頭を押しのけようとした。

「だ、駄目です、アーロン！　汚いから……っ」

一日歩き通しだったし、先ほどの戦いで汗もかいている。舐められるなんてとんでもないと思ったレイだったが、アーロンは構わずぷっくりと尖った花芽に舌を這わせてきた。

「ん……っ！」

「……汚くなんてねぇよ。どこもかしこも可愛いだけじゃねぇか。……それに」

言葉を区切ったアーロンが、レイの足の間にするりと尾を伸ばしてくる。細くなった尾の先で、剝き出しの性器とその奥をするすると撫でられて、レイはくらんと目が眩んでしまった。

「ふあ……っ、あ、あ……っ、あ……っ」

思わず下半身をよじり、膝を曲げてぎゅっと足に力を入れるが、力強い尾はレイの抵抗をものともせず、ずりずりと潜り込んでくる。んん、と息を詰めたレイに、アーロンが小さく笑う気配がした。

「……ここも、後で『もっと気持ちよく』してやる」

こうやって、と囁いたアーロンが、尖らせた舌先でレイの乳首を舐め上げる。続いてぐりぐりと、舌で押し込むみたいにして愛撫されて、レイはたまらず両足でぎゅっと、アーロンの尾を挟み込んだ。

「ひぅっ、あっ、だ、め……っ、駄目……っ」

こんなところを舐められるなんてと、そう思うと眩暈がしそうなほど恥ずかしいのに、強引に足の間に入り込んでくる尾の感触が気持ちよくて、どんどん体の奥の熱が膨れ上がっていってしまう。

　もっとちゃんと拒まないとと思えば思うほど、ぬるぬるの舌に蕩かされている胸の先が、さりさりと鱗に擦り立てられている性器が、尾の先でくすぐられているいけない場所が、熱く疼いて、ひくついてしまって。

「んっ、ん、んっ、アーロ、んんっ、駄目……！」

　大きな舌が、ぬるりと腹を滑り落ちていく。レイの零した先走りの蜜でぬめる尾を引き抜いたアーロンが次になにをする気か分かって、レイは必死にアーロンを押しとどめようとした。

「ん……、駄目じゃねぇだろ、レイ」

　息を荒らげ、快感に身を震わせながらもぎゅっと内腿に力を入れてどうにか足を閉じ続けるレイの薄い腹を、アーロンがやわらかく喰む。

「気持ちいい時はなんて言うんだ？　……ちゃんと、教えただろ？」

「……っ」

　ずん、と腰に響くような深い声で促されて、頭の奥まで甘い痺れが走る。息を詰めて呼吸を押し殺し、必死に堪えようとするレイの足にするりと尾の先を絡めて、アーロンは優しく意地悪に問いかけてきた。

「……『もっと気持ちよく』なりたいだろう？」

「っ、……っ」

「……レイ？」

　燃えるような情欲を滲ませた深紅の瞳に見つめられながら名前を呼ばれたら、もう駄目だった。

「……っ、い、から……」

　は……っ、と艶やかな吐息を零して、レイは快楽に潤む青と緑の瞳でアーロンを見つめた。

「気持ち、いい、から……っ、もっと、し……、して、アーロ……っ、っ、あああ……っ！」

　皆まで言い終わる前に、アーロンの尾にぐっと力が込められ、強引に足を開かされる。顔を埋めたアーロンに蜜袋から先までを一気に舐め上げられて、レイはあられもない悲鳴を放った。

「あぁっ、んぅうっ、あっ、あっ、あ……！」

大きくて強い舌が幹を這う度、ぐりゅんっと性器が揺れ、透明な雫が飛び散る。熱い舌に包み込まれるようにしてぐりゅぐりゅと扱き立てられて、レイはひとたまりもなく精を零してしまった。

「ひぅうっ、うー……！」

「……っ、ん、レイ……」

呻いたアーロンが、レイの花茎を深く咥え込み、白蜜を味わう。尖らせた舌先でくりくりと蜜孔を舐って残滓まで奪った後、アーロンはすっかり力の抜けたレイの足をぐっと大きく開かせてその奥に顔を寄せてきた。

ひくひくと震える花蕾を見つめ、はあ、と艶めいた吐息を零して深い声を落とす。

「……ここも、よくしてやる」

「ん……、アーロ……、んあっ、う、あ……っ」

快楽の余韻に蕩け、ぼうっとしていたレイは、あらぬところに這わされた熱い舌の感触に驚き、身を強ばらせた。人間とはまるで異なる大きさの舌が、花弁の一枚一枚をくすぐるように舐め、ぬるぬるとそこを濡らしていく。

「あ、あ……っ、や……っ、そん、な……っ、そんな、とこ……！」

本当にそんなところをアーロンに舐められるなんて、恥ずかしくてたまらない。羞恥のあまり顔を真っ赤に染めて、レイはアーロンを必死に制した。

「アーロ……っ、アーロン、や……っ、そこ、や……」

しかし、アーロンはレイの顔をちらりと見上げると、後孔に押しつけた舌はそのままに、力を失ったレイの性器を扱き出す。直接的な快感に、レイはびくんっと腰を震わせてしまった。

「んっ、あ……っ、や、あ、んんっ、ん……っ」

「……お前を傷つけないためだ」

なだめるように言ったアーロンが、鱗に覆われた口でそこにくちづけてくる。濡れた襞をやわらかく喰まれながら、尖らせた舌先で中心の後孔をちろちろとくすぐられて、レイは羞恥に瞳を潤ませた。

「で、も……っ！」

いくら必要なことだと言われても、恥ずかしくてたまらない。

しかしアーロンは、レイのそこを親指の腹でぐっと押し開くと、はあ、と艶めいた吐息を零して呟く。

「……お前のここに早く、……早く、俺の匂いをつけたい……」

「……っ、アーロ……っ、ん、あ……！」

たっぷりと蜜を湛えた舌が、縁の内側を丁寧に舐め濡らし、少しずつ潜り込んでくる。ぐにゅう、と押し込まれてくる熱いぬめりに、レイはぎゅっと身を強ばらせた。

「あ……、あ、あ……！」

しかし、きゅうっと拒むように竦んだ後孔のせいで、アーロンの舌が内壁をぬるりと擦り上げる感触がかえって鮮明に伝わってしまう。

太くて長い、けれどやわらかいその感触に、レイは思わず艶めいた声を零してしまった。

「や……、や、大っき……」

「――……っ」

その瞬間、レイの腿を押さえるアーロンの手が、ぐっと強ばる。

声にならない声で呻いたアーロンは、一度ハァッと大きく息をつくと、ぐううっとより深くへと舌を差し込んできた。激しい動きを堪えるように何度も、何度も熱い吐息を零しながら、長い舌をレイの奥へ、奥へと入り込ませてくる。

「あ、ひぅ……っ、あ、あ、あ……」

自分でも触れたことのないような場所まで暴かれて恥ずかしくてたまらないのに、大きな舌で強引にこじ開けられた粘膜が甘い疼きを覚えてしまう。

込み上げてくる未知の快楽に、レイは懸命に声を殺して身を震わせた。

「んん……、んう、あ、んんん……！」

けれど、力強い舌はまるでレイの快感を引きずり出すように深い場所まで潜り込んでくる。

人間のそれよりも熱い、濃い粘液が、とろり、とろりと敏感な内壁を伝い落ちてくる掻痒感に、思わずぎゅっと爪先を丸めたレイだったが、恋人の口淫はまだ始まったばかりだった。

「ん、ん……っ、ひ、あっ、あぁっ!?」

くちゅくちゅと粘膜のあちこちをくすぐっていた舌先が、性器の裏側にある小さな膨らみをぬるんと擦り上げる。その途端、駆け抜けた鮮烈な快感に、レイはアーロンの手の中に包まれていた性器をびくっと揺らしてしまった。

「あ、な……っ、なに……?　っ、あ、や……っ、やだ、アーロン、や……っ、んんん!」

なにがなんだか分からず驚くレイをよそに、アーロンはそこばかりを舌で狙ってくる。後孔をいっぱいに埋めた大きな舌でねっとりとその膨らみを舐め上げられたレイは、性器の奥から指先までじゅわりと溶けるような恍惚に、ぎゅっと目を瞑った。

「あ……っ、んっ、んんー……!」

アーロンの舌にぐにゅぐにゅとそこを強く押し込まれる度、レイの性器からぷぴゅっと透明な蜜が飛び散る。大きな手がくちゅくちゅとあやすようにそこを扱く音がどんどんはしたなく、淫らになるのが恥ずかしくて、それなのにもう自分ではどうしようもないほどそこが気持ちよくて、レイはすっかり混乱に陥ってしまった。

「ひぅうっ、アーロ……っ、アーロン……!」

そんなところが感じるなんて思ってもみなくて、強烈な快感をどう受けとめたらいいか分からない。

際限なく膨らむ甘い熱に、自分のなにもかもがぺしゃんこに押し潰されてしまいそうで。

「も、や……っ、やあっ、こ……っ、怖い……っ」

「……っ、レイ」

ひぐ、ひう、と息を詰まらせながらレイが訴えた途端、アーロンが顔を上げて身を起こす。心配そうに覗き込んでくるアーロンの首元に震える手でしがみついて、レイは自分から彼にくちづけた。

「ん……、ん、んう」

「……ん、レイ」

優しく唇を喰まれ、名前を呼ばれながらなだめるように髪を撫でられて、ようやく少し気持ちが落ち着いてくる。

レイの発する匂いでそれが分かったのだろう。キスを解いたアーロンが、じっと近い距離でレイを見つめて謝った。

「怖がらせて、悪かった。……もう嫌か？」

そうっと聞いてくるアーロンを見上げ、レイは頭を振って促した。

「そんなこと、ないです……。でももう……、ぬ、濡れたから。……して、下さい」

「無茶言うな。まだ駄目に決まってんだろうが」

低く唸ったアーロンが、レイの手をとって、自分のそこに導く。どくどくと脈打つ雄茎は、先日よりもずっと大きく膨らみ、熱く滾っていた。

「……っ」

「……な？　だからもう少し、堪えてくれ」

は、と苦しそうに息を乱しながらもそう言うアーロンの方こそ、自分よりもずっと我慢をしているのだろう。レイは咄嗟に、手の中の性器をぎゅっと握っていた。

「っ、レイ……？」

「だ……、だったら、その、……僕も」

自分ばかり気持ちよくされているのが嫌で、レイはアーロンの下でもぞもぞと体を反転させた。横向きになって、目の前の雄をぎこちなく扱き出す。

「……っ、こ、ら……っ、レイ、なにを……っ」

「……僕だって、アーロンのこと、気持ちよくしたい、です」

片手では余るそれを、ぎゅ、ぎゅっと強弱をつけて上下に扱くと、鈴口からとろりと透明な蜜が滲み出す。アーロンが感じてくれた証が嬉しくて、レイはパッと笑みを浮かべると思いきってそれに舌先を伸ばした。

「ん、く……っ、レイ……！」

「ん……、気持ちよく、なって、アーロン」

ぬるぬるした粘液をちゅるりと啜ると、どくっと熱塊が反応する。根元に鱗の生えた太茎も、アーロンのものだと思うとただただ愛おしくて、レイは夢中でその先端に何度もキスを送った。

「好きです、アーロン。ん……、ん、大好き」

「……っ、の、お前は……！」

グルル……ッと喉奥で唸り声を上げたアーロンが、レイの足をぐいっと開かせ、その奥に頭を突っ込んでくる。

ぐちゅりと、最初から奥まで太い舌をねじ込まれて、レイはその衝撃に唇を雄茎につけたまま甘い悲鳴を上げた。

「ふぁあっ、あー……！」

ぐちゅ、ぐちゅっと強い力でそこを掻き混ぜられ、大きな手に性器を包み込まれる。ぐしゅぐしゅと泡が立つのも構わずもみくちゃにされながら、太い舌に狭いそこを開かれ、溢れんばかりに蜜を注ぎ込まれて、レイはすっかり芯まで蕩けてしまった。

「ん、んん、アーロ……っ、んん」

きゅうきゅうと、疼くそこでアーロンの舌を締めつけながら、快感に痺れた舌で必死に恋人の性器を愛撫する。熱に浮かされたようにアーロンの名を呼びながら、懸命に小さな舌を太茎に這わせるレイに、アーロンの鱗がますます艶を帯びて輝いた。

「……っ、は……っ、レイ……」

熱くとろとろになった後孔を確かめるように、アーロンが奥まで舌を押し込んでくる。十分に舐め濡らされ、たっぷりと蜜を注ぎ込まれたそこは、竜人の太い舌を従順に受け入れたばかりか、甘えるようにきゅうっと絡みついた。

「んんん……！　あっあっ、んんっ、ふああっ」

どこを舐めくすぐってもレイが甘い声しか漏らさ

ないことをじっくりと確認してから、アーロンがようやくその身を起こす。

「あ……、アーロン……」

草の上に座り込んだ彼の膝の上へと抱き上げられ、向かい合わせで座る格好になったレイは、そそり立つ雄茎の大きさにこくりと喉を鳴らした。

愛おしいと、ちゃんと全部を受け入れたいと思っていても、やはり人間離れしたその大きさに不安が込み上げてくる。

——でも。

「……アーロン」

アーロンの肩にそっと手をつき、膝立ちになったレイに、アーロンが燃え滾るような瞳を向けてくる。

「……駄目だ」

レイが逃げると思ったのだろう。グルルルル、と獣のような低い唸りを喉奥で上げたアーロンは、レイの手首を摑んで自分の口元に引き寄せ、苦しげな声を絞り出した。

「逃げるな、レイ。……頼む」

「……っ」

大きな口から零れる荒い、熱い吐息が、レイの手のひらをくすぐる。

力を堪えるあまり、小刻みに震える大きな手。

きつく、きつく眇められた、深紅の瞳。

凄まじく膨れ上がり、今にも暴走しそうな獣欲をギリギリのところで抑えつけている異形の恋人に、レイはぎゅっと、抱きついた。

「……大丈夫です、アーロン。僕、こうしたかっただけです」

逃げるつもりなんてないと、そう教えるために、逞しい彼の体を思いきり抱きしめる。

「逃げたりしません。そう言ったでしょう?」

微笑みかけると、アーロンがようやくほっとしたように息をつき、レイにくちづけてくる。

「好きだ……、好きだ、レイ。お前さえいれば、俺はもう他になにもいらない……」

熱情を滲ませた声で繰り返し好きだと囁き、レイの背を抱きしめて、唇に、頬に、目元に、耳元にキスを落としてくる。レイの匂いを確かめては、はあ、と嬉しげな、けれど苦しげな息をつき、天を指す雄をますます滾らせるアーロンに、レイも懸命にしがみつき、精一杯愛を伝えた。

「アーロン……、僕も、好きです。……大好き」

何度も何度も、角度を変えて唇を啄んでくるアーロンに応え、深く美しい紅の瞳を見つめて告げる。

「だから、僕の全部、……もらって下さい」

「……ああ」

感嘆のため息混じりに頷いたアーロンが、逞しい腕でレイの両足を抱え上げる。しがみついてろ、と低い声が降ってきて、レイはその太い首元にぎゅっと両腕を回した。

浮いた双丘の間を、ぬるりと太茎が滑る。くちくち、と花弁を散らすように幾度もぬめりをなすりつけてくる熱塊に、レイはきゅうっとそこをひくつかせた。

「……っ、アーロン……！」

怖くて、不安で、それなのに焦れったくて、早くほしくて。

その全部を混ぜた匂いを深く深く吸い込んで、アーロンが唸り声を上げる。

「挿れる、ぞ……！」

「ふ、あ……っ、あ、あ、あ……！」

ぐうっと襞ごと押し込むようにして、熱り立った雄茎がレイの隘路を割り開いていく。舌よりもずっと太い、硬い、熱いそれに初花を散らされて、レイは息をするのでいっぱいいっぱいになってしまった。

「はっ、はあ……っ、は、あ、あ……っ」

「レイ……、レイ、もう少し……！」

グゥウッ、ウウウ……ッと必死に咆哮を堪えながら、アーロンがきつく眇めた瞳を向けてくる。すがるようなその視線に、レイはどうにかこくこくと頷いた。

「い……っ、から、もっと、来て……！」

苦しくて苦しくて、これ以上奥まで挿れられたら自分がどうにかなってしまいそうで、怖くてたまらない。けれど、たとえどうなってもいいから、彼の全部をちゃんと受けとめたい。

荒く胸を上下させながらも懸命に訴えたレイに、アーロンがザアッと漆黒の鱗を激情に艶めかせて唸り声を上げた。

「レイ……！」

「あっ、ひ……っ、ううう——……！」

対を求めて猛り狂う雄が、狭隘なそこをこじ開けていく。大きすぎるそれを奥の奥までねじ込まれて、レイはぎゅっと目を瞑って必死にアーロンにしがみついた。

「……っ、……っ！」

「っ、く……っ、レ、イ」

きゅう、きゅうう、と太竿をきつく締めつける花筒に、アーロンが苦しそうに呻く。は、と熱く息を切らせたアーロンは、滾る雄蕊(ゆうずい)をすべてレイに納めると、優しくレイを抱きしめてきた。

「レイ……、これで全部、だ……」

「は……、あ、あ……？」

息も絶え絶えになっているレイの唇をやわらかく喰んで、全部だ、と繰り返す。さり、と根元に生えた鱗が入り口に触れているのに気づいて、レイはようやくふにゃりと顔をゆるませた。

「うれ、し……」

まるで体の中が全部アーロンで埋め尽くされてしまったかのように、息苦しくてたまらない。でもそれ以上に、ちゃんと全部受け入れられたことが嬉しくて、嬉しくて。

ぎゅ、とアーロンを抱きしめ返したレイの髪を撫でて、アーロンがキスを落としてくる。触れるだけのそれを何度か繰り返した後、アーロンは深くレイを抱きすくめて言った。

「……少し、このままでいるからな」

レイの体がアーロンの大きさに慣れるまで待つつもりなのだろう。熱い吐息を押し殺しながら、耳元や首筋に甘噛みのようなキスを幾度も落としてくるアーロンに、レイはそっと聞いてみた。

「だい、じょぶ……、ですか……？」

　こちらを甘く見つめるアーロンの瞳は、今までで一番濃い赤に輝いている。かすれた声にも、強ばる指先にも濃厚な情欲が滲んでいて、今にも本能が暴走してしまいそうだ。

　こんなに我慢をして、アーロンの方こそ大丈夫だろうか。苦しくはないのだろうかと心配になってしまったレイに、アーロンは苦く甘い笑みを零した。

「……壊さないって言っただろうが」

　大切な、大切な宝物を愛でるように目を細めて、アーロンはそっと、レイの両の瞼に代わる代わる口を押し当ててきた。

「それに、お前がこんなに頑張って俺を受け入れてくれたんだ。……今度は俺の番だ」

「アーロン……」

　呟いたレイを抱きしめて、アーロンがくちづけてくる。優しく慈しむようにレイの唇を啄みながらも、時折我慢できないように熱い吐息を零すアーロンに、レイはぎゅっとしがみつき、自ら舌を差し出した。

　我慢させたくないとか、せめてくちづけくらい思うようにしてほしいとか、そんな自己犠牲に似た気持ちじゃない。

　ただただ、目の前の恋人が愛おしくて、愛おしくて、そうせずにはいられなかったのだ。

「ん……、レイ……」

「ん、んん……っ」

　すぐにレイの意図を察したアーロンが、躊躇うようにくちづけを解こうとする。レイはそのごつごつした頬を引き寄せて、吐息だけで囁いた。

「や……、もっと……っ」

「……っ、レイ……」

　驚いたように開かれた赤い瞳を見つめ返して、人間とは異なるその口を懸命に舌で舐める。

「好き……、すき、です、アーロン、好き……、んん……っ」

レイの言葉を聞くや否や、アーロンがグルルルッと低い唸り声を上げて、舌をねじ込んでくる。背中の鱗をザアッと震わせながらレイの舌を搦めとり、貪るように激しくくちづけてくるアーロンに、レイは力いっぱいしがみついた。

「ん、は……っ、アーロ……っ、嬉し……っ」

「……っ、ああもう、お前は……。なんて匂いさせやがる……！」

呻いたアーロンが、唇と言わず顔中にくちづけ、鱗に覆われた口で甘噛みしてくる。

「食っちまいてぇくらい可愛いな、くそ……！」

「ん……、い、ですよ……？」

食べても、と微笑むと、するか馬鹿、と鼻先を齧られる。するりと伸びてきた手に、ぷつんと尖ったままの乳首をつままれて、レイは甘く息を詰めた。

「んん……っ」

「大事な……、大事な俺の、俺だけの対だ。傷一つだってつけてたまるか……！」

「あ……、アーロン……っ、んん……っ」

指先で小さな花芽を弄られながら舌を喰まれると、後孔がきゅんきゅんと反応してしまう。ずっと埋められたままだった太茎はもう、ぬめる蜜ですっかりぬるぬるで、その大きさに慣れた媚肉には心地いい痺れしかもたらさない。

腰に重く響く熱い疼きに、はあ、と艶やかな吐息を漏らしたレイのそこに、アーロンがするりと尾を這わせてきた。

「は……っ、んんっ、あ、アーロ……っ」

「ん、……もうよさそう、だな？」

いっぱいに広がった花襞をさりさりと尾でくすぐって、アーロンが嬉しそうに目を細める。鱗が擦れる焦れったいような甘痒さに、レイは夢中でアーロンに頷いた。

「ん……っ、も、い……っ、いい、から……っ」

はやく、と声を震わせながら、逞しい恋人の体に四肢を絡みつかせ、その喉元にある一際美しい漆黒の鱗——、彼の逆鱗に、くちづける。

「くだ、さい……」

「……っ、レイ……！」

唸ったアーロンが、レイを深く抱きしめて自分の方へと引き寄せる。ぐりゅうっと、奥まで埋め込まれていた雄茎に更に深い場所まで貫かれて、レイは声も出せないほどの快楽に一気に呑み込まれてしまった。

「——……っ！　は……っ、あ、あ、あ！」

きゅうっと締めつけてくる隘路に堪えきれなくなったように、アーロンがすぐに猛然と腰を打ち付けてくる。ほとんど覆い被さるように抱き込まれながら狭隘な粘膜を押し開かれ、深くまで突き上げられて、レイは目の前の巨軀に必死にしがみついた。

不安定なレイの体を支えるように、アーロンの尾が腰に巻き付いてくる。強靱な尾に、ぐっと密着するように抱えられて、レイの性器がアーロンの割れた腹にぬるりと擦れた。

「アーロ……っ、んんっ、は、あっあっあ！」

レイの後孔に熱杭を打ち込む度、アーロンの漆黒の鱗がザアッ、ザアアッと波打つように煌めく。赤い月光に艶々と照らされた鱗が、情欲の迸る深紅の瞳が怖いくらい綺麗でもっと見ていたいのに、強く揺さぶられるとすぐに指先まで快感でいっぱいになってしまって、どうしても目を開けていられない。

体の芯まで溶かすような熱情に、もう抗うことができない——……。

「あああっ、あっ、あ……っ、あー……っ！」

「は……っ、レ、イ……っ、レイ……っ！　好きだ、……っ、好き、だ……っ」

喘ぎ以外まともに言葉も紡げず、快楽でぐちゃぐちゃになってしまったレイを抱きしめながら、アーロンが譫言のように囁き、くちづけてくる。お互い

の境目が分からなくなるようなそのキスに夢中で応えながら、レイはアーロンの腕の中で身悶えた。

「アーロ……っ、あー、ろ……っ、ん、んんっ、ああっ、……い、ああ、いい……！」

　肌に擦れる鱗も、優しいのに激しいキスも、穿たれる度にぐじゅぐじゅと溶けていくような熱い、熱いあそこも、全部気持ちよくてたまらない。

　荒い息が、上擦った低い声が、強い腕が、加減も忘れたように猛々しく暴れる雄が嬉しくて、一番好きな人と同じ熱を、快楽を分け合えていることがただただ嬉しくて、幸せで。

「す、き……っ、好き、アーロ……っ、んんん！」

　愛を告げた途端、声を、舌を、唇を奪われる。

　なにもかも全部自分のものだと知らしめるように深く抱きしめられ、どこもかしこもアーロンでいっぱいにされて、レイはあっという間に限界を迎えてしまった。

「も……っ、はっ、ああっ、も、だめ……っ、だ、め……！」

　二人の間で押し潰された花茎はもうどろどろで、解放を求めてひくひくと震えている。それでもどうにか絶頂の波を堪えて、レイは必死に訴えた。

「も……、アーロン、も……っ」

「……レイ」

「いっしょ……、一緒が、いい……っ」

　瞳を潤ませて懇願するレイに、アーロンの欲情がびくびくっと脈打つ。ぐっと息を詰めたアーロンが、レイの唇を啄みながら言った。

「っ、分かった……。なら、お前に俺の匂い、つけるから、な？」

　問いかけでも確認でもない、それでも優しいその所有の宣言に、レイは無我夢中で頷いた。

「つけ、て……っ、いっぱい、いっぱい匂い、つけ……っ、んんん……！」

　その瞬間、強い腕が、尾が、キスがレイの全部を搦めとり、包み込み、奪っていく。

低い獣の唸りを直接唇で感じさせられて、レイは頭が真っ白になるような多幸感の中、白蜜を溢れさせていた。

「んんんんん――……！」

「……っ、レイ……！」

呻いたアーロンが、どくどくどくっと熱り立った雄茎からドッと濃密な精液を迸らせる。ぐじゅうっと内壁に叩きつけられた蜜の熱さに、レイはぎゅううっとアーロンにしがみついた。

「んうっ、ううっ、は……っ、あっ、あ……！」

どぷっ、どぷっとレイの最奥に所有の証を注ぎ込む度、アーロンの鱗が虹色の輝きを帯びる。人ならざる恋人が、これ以上ないほど深い快楽と喜びを感じているその美しい煌めきに、レイはうっとりと見入ってしまった。

「は……、あ、んん、……アーロ、ン……」

「……ああ、……俺の匂いだ」

すう、とレイの耳元の匂いを嗅いだアーロンが、嬉しそうにそう言い、ぎゅっと抱きしめてくる。

「愛している、レイ。……もう俺のだから、な」

逃がさない、と言わんばかりのその強い腕と低い囁きに、レイは小さく笑みを零し、はい、と頷いたのだった――……。

◆◆◆

井桁に組まれた木材に、松明（たいまつ）から火が移される。

薄暗くなってきた広場の中心で、ごうっと一気に燃え上がった炎に、集まった村人たちから歓声の声が上がった。

その様子をどこか遠くを見るような目で眺めながら、ダンテが呟く。

「いやあ、それにしてもあの時は驚いたよ。なにせ、気がついたら巨大な狼に首根っこ咥えられて、ずるずる運ばれていたんだからね」

「……ごめんなさい」

隣に座ったレイは、少し頬を赤くして謝る。

——あの嵐のようなオラーン・サランから、二週間が経った。

赤い月がその姿を消し、空には白い満月だけとなるツァガーン・サランのこの日、村では収穫祭が行われていた。大きな焚き火の周りに集まった人々は、流れる音楽に合わせて踊ったり、持ち寄った料理に舌鼓を打ったりしている。

ダンテとレイの手にも、よく冷えた果実酒の杯があった。その杯を傾けつつ、ダンテが大仰にため息をついてぼやく。

「気を失った人を放っておくなんて、お兄ちゃん、エルヴェをそんな薄情な子に育てた覚えはないんだけどなあ」

「だから、ごめんって……。だけどダンテ、お兄ちゃんなんて呼んでたの、子供の頃だけで……」

「うんうん、あの頃のエルヴェは本当に天使みたいに可愛かったなあ」

「……あの、僕の話、聞こえてる？」

まるで話が嚙み合わないダンテに、レイは困惑してしまった。だが、当のダンテはまったく取り合ってくれる様子がない。

「本当に天使みたいで……、いや、今のエルヴェだって本物の天使みたいだよ？　それなのに……」

俯いたダンテがふるふると震え出す。

「え……、ちょ、ちょっと、大丈夫？」

あまりにも様子のおかしい幼なじみにぎょっとしたレイだったが、ダンテはバッと顔を上げると、ダンッと杯を地面に勢いよく置き、レイの背後に指を突きつけて叫んだ。

「っ、それなのに！　なんなんだ、お前！　突然現れて、私の天使を勝手に奪うとは！」

ダンテが指差すその先には、人間とは明らかに異なる姿をしたレイの恋人があぐらをかいていた。

膝の上にレイを乗せてその腹を抱え込み、ご丁寧に太い尾まで巻きつけて、すっかりご満悦の竜人、アーロンである。

「ぎゃあぎゃあ喚くんじゃねぇよ。本当に騎士か、お前？」

呆れたように言ったアーロンの肩に乗ったククが、クルルッと同調するように翼を広げる。お前もそう思うか、と笑ったアーロンが、レイを抱えた尾の先だけ動かし、シッシッとダンテを追い払うような仕草をした。

「羨ましいなら素直にそう言えばいいだろ。ま、言ったところで絶対に譲ってやらねえがな」

誰がなんと言おうがレイは俺のもの、と大きく堂々と書いてあるような顔で言ったアーロンに、ダンテが鼻息荒く立ち上がる。

「それは決闘の申し込みだな！　受けて立つ！」

「ちょ……っ、違うから、決闘じゃないから！　アーロンも、煽らないで下さい！」

今にも剣を抜きそうな勢いのダンテを座らせて、レイは困り顔でアーロンをたしなめる。

「僕、言いましたよね？　ダンテはちょっと過保護だから、あまり刺激しないで下さいって。それに、こんなにくっつくのも恥ずかしいですから……」

これ以上ダンテを刺激しないためにもと、アーロンの膝から立ち上がろうとしたレイだが、それを察したアーロンにその太い腕と尾とでぎゅっと押しとどめられてしまう。

「駄目だ。お前が座るのは俺の膝の上って決まってんだよ。……それとも、俺とくっつくの、嫌か？」

「……っ」

ことさらに甘い声で囁かれて、レイはたちまち茹で上がってしまった。

「い……、嫌じゃ、ないですけど……」

「ならいいだろ。な？」

ニッと上機嫌に笑ったアーロンが、レイの髪を撫でる。優しいその仕草にますます顔を赤らめたレイを見て、隣のダンテが再度立ち上がり、剣の柄に手をかけた。

「……やはり決闘しかないようだな……！」

「駄目だってば、ダンテ！」

慌ててとめるレイをしっかり抱きしめて、アーロンが呆れたようにダンテを見やる。

「おい、これが『ちょっと過保護』か？　完全に俺の敵じゃねぇか。……本当にただの幼なじみなんだよな？」

「お前！　エルヴェを疑うのか!?　この子が恋人を裏切ったりするわけないだろう！」

憤ったダンテだったが、そう叫んだ途端、がっくりと地面に膝をつく。

「……っ、『恋人』……」

どうやら自分で自分の言葉にダメージを受けてしまったらしい。

うなだれるダンテを見て、アーロンが軽やかに笑った。

「はは、面白ぇ(おもしれ)兄ちゃんだなあ！」

「……あんまりからかわないであげて下さい、アーロン」

どうもアーロンは、ダンテが正気に戻って以降、彼が過剰に反応するのを楽しんでいる節(ふし)がある。先ほどの、本当にただの幼なじみなのかどうか疑うような台詞(せりふ)だって、問いかける時に目が笑っていた。

「どうしてそんなにダンテをからかうんですか？　意地が悪いですよ、アーロン」

誰にでもおおらかで優しい彼らしくない。そう思ったレイに、アーロンが苦笑を浮かべる。

「ダンテには、お前の記憶がない時にさんざん煮え湯を飲まされたからなあ。お前の恋人だって現れたこいつを、何度絞め殺してやろうと思ったか」

「でもそれは、ダンテも操られていて……」

ジャディスに心を操作され、そう思い込んでいたのだから仕方がないだろう。そう言ったレイに、アーロンが金の瞳を細める。

「たとえ操られてたとしたって、俺以外の男がお前の恋人を名乗るなんて許せるわけねぇだろ」

「アーロ、ン……」

「お前は俺の嫁さんだ。……そうだな、レイ？」

背後からレイをぎゅっと抱きしめたアーロンが、耳元でそう囁いてくる。

独占欲の強い恋人に少し困ってしまいながらも嬉しくて、レイはアーロンの腕の中でこくんと小さく頷いた。赤く染まったレイの耳に、アーロンがふっと笑みを零す。

「……ったく。お前は本当に可愛いな、レイ」

「あ……」

魅惑的な低い声に、近づいてくる鮮やかな金の瞳に、レイが思わず吸い寄せられるように目を閉じかけた——、その時、二人の間に薄い羊皮紙が差し込まれる。

「はい、そこまで。恥ずかしいとか言ってたくせに、なに呑まれてんのさ、レイ」

「あ……、シュ、シュリ！」

我に返ったレイが見上げた先には、呆れかえった顔のシュリがいた。

「あのね、ここ、外なの。子供らもいるんだから、そういうのは家帰ってからやってよ」

「……っ、です、ね……。すみません……！」

思わず敬語になり、真っ赤な顔で謝ったレイをよそに、打ちひしがれていたダンテがシュリに力なく微笑みかける。

「ありがとう、シュリ。君は私の救いの女神だ。君だけが私の味方だ……」

「別に味方する気はないよ？　あたし、レイとアーロンのことはむしろ応援してるし。時と場所を考えろってだけで」

肩をすくめてあっさりそう言うシュリに、ダンテが再びがっくりと落ち込んでしまう。

「ああ、やはり神はいないのか……」

「大げさだよ、ダンテ」

思い込みの激しい幼なじみにそう声をかけたレイだったが、アーロンは不機嫌そうに尻尾を地面に打ち付けながら唸る。

「それで、なんの用だ、シュリ」

「ふふん、そんな口のきき方できるのも今のうちだよ、アーロン。これ、なーんだ？」

得意げに笑ったシュリが、アーロンに向かって先ほどの薄い紙をぴらぴらと振ってみせる。

「アーロンに頼まれてたノリの納品書だよ。なんとか間に合ったけど、探すの大変だったんだから」

「！　届いたか！　ありがとうな、シュリ！」

パッと顔を輝かせたアーロンが、シュリから紙を受け取る。レイは首を傾げた。

「アーロン？　ノリって？」

「説明するより見た方が早いな。ちょうどさっき、コメも炊けたところだ」

「え……、コメって」

驚くレイをひょいと抱え上げ、アーロンが立ち上がる。向かったのは、グラートのいる天幕だった。

「グラート、用意はいいか？」

レイを連れたアーロンに、グラートがにこにこと頷く。

「ああ。準備はできてるよ。シュリ、みんなを呼んできとくれ」

はーい、と駆けていったシュリを後目に、アーロンはレイを下ろすと手を洗いながら告げた。

「前に言ってただろう？　ニホンの料理で一番好きなのは、オニギリだって」

どうやらアーロンは、以前したレイの話を覚えていてくれたらしい。

「だから、お前には内緒でコメを探しに行ってな」

「っ、あったんですか、お米!?」

「ああ。ここからずっと東に行ったところにある国で作っていてな。……ほら、これじゃないか？」

天幕の一角に用意された竈(かまど)に向かったアーロンが、大鍋の蓋を開ける。するとそこには、ピカピカに光った白米がふっくらと炊きあがっていた。

「……本当に、ご飯だ……。いつの間に……」

「レイが収穫祭の準備でグラートの家に泊まりに行っている間に、こっそりな。炊き方も教わってきたんだが、……ん、うまく炊けたみたいだな」

大きなしゃもじを持ったアーロンが、手早くご飯を混ぜる。ふわっと立ち上った優しい白米の香りに、レイはうっとりと目を細めた。

「ご飯の匂いだあ……」

「ノリはシュリに頼んだんだ。海の近くに知り合いが住んでるって聞いて、似た食べ物を知らないか問い合わせてもらってな」

それで先ほどの会話だったのだろう。村人たちを集めてきたシュリが、カゴにこんもりと盛られた焼き海苔(のり)を持ってきて言う。

「アーロンが、どうしてもレイに食べさせたい、みんなにも収穫祭で振る舞いたいって言っててね。急な話だったから、結構苦労したんだよ」

「そうだったんですか……。ありがとう、シュリ。アーロンも」

まさかこの世界でおにぎりを食べられるなんて、思ってもみなかった。胸がじんと熱くなったレイを、シュリが急(せ)かす。

「いいから、早くそのオニギリってのの作り方を教えてよ。塩をつけた手で握るんだろう？」

こう？　とぎゅっと拳を握りしめる仕草をするシュリに、レイは笑ってしまった。

「それじゃお米が全部潰れちゃうよ。そうじゃなくて、こうやって両手で三角形にして……」

アーロンたちにやり方を教えつつ、その場にあった具材になりそうなものを見繕って、次々におにぎりを作っていく。

手が大きすぎて巨大になってしまったアーロンのおにぎりに笑ったり、突拍子もない具を入れようとするシュリを慌ててとめたり、あっという間に俵型までマスターしたグラートに驚いたり。

そうして皆でわいわい作り上げたおにぎりは、物珍しさもあってあっという間に村人たちに行き渡った。初めて食べる異世界の料理に楽しそうに顔を輝かせる人たちに、自分も嬉しくなったレイだったが、一息ついて手を洗ったところで背後からアーロンにひょいと抱え上げられてしまう。

「っ、アーロン？」

「皆もう作り方は覚えただろうし、そろそろいいだろう？　グラート、後は任せる」

そう言ったアーロンが、片腕でレイを抱き上げたまま、もう片方の手で自分が握ったおにぎりを二つ取り、天幕を出る。

広場はもうすっかり夜の帳に覆われていた。強く輝く白い満月と無数の星が浮かぶ空の下、大きく燃え上がった焚き火が火の粉を散らしている。

赤々と燃えるその炎は、周囲で歌い踊る人々と相まって、とても生命力に満ち溢れて見えた。

レイを抱えたまま、アーロンがゆっくりとその焚き火の周囲を回る。人々の輪から少し離れた小高い丘に腰を下ろしたアーロンは、レイを自分の膝に座らせて言った。

「せっかくだ。お前も味見してみてくれ」

「あ……、はい、いただきます」

そういえば作り方を教えるのに夢中で、まだレイ自身は一つもおにぎりを食べていない。レイはアーロンの手から大きなおにぎりを受け取った。

「美味しそう……」

少し形はいびつながらも、大きなおにぎりはまだ温かく、海苔のいい香りが漂ってくる。

アーロンが自分のために用意してくれたのだと思うとそれだけで胸がいっぱいになってしまって、レイはもう一度いただきますと呟いてから、おにぎりにかぶりついた。

「ん……、うん、美味しい！」

アーロンが入れた具は、どうやら卵焼きとチーズだったようだ。甘い卵焼きと塩っぱいチーズがよく合っていて、とても美味しい。

「これ、もしかしてコッコの卵とメメさんのチーズですか？」

「ああ。あまり数がないから、この二つにだけな。お前には、俺が一番美味いと思うものを食わせたかったんだ」

そう言ったアーロンが、自分の分のおにぎりを口にする。ん、と目を瞠り、これは美味いなと笑みを浮かべた彼を見上げて、レイは笑った。

「……僕にとって一番美味しいのは、間違いなくアーロンが作ってくれたこのおにぎりです。ありがとうございます、アーロン」

「いや。俺の方こそ、レイにそう言ってもらえて嬉しい」

目を細めたアーロンが、ぎゅっとレイを抱きしめてくる。長い腕の中、穏やかな温もりに包まれながら、レイはアーロンが握ってくれた大きなおにぎりを大事に一口ずつ味わった。

――オラーン・サランの数日後、レイはアーロンと共に、彼の故郷である竜人の里に行った。


レイの瞳に竜王妃の欠片があることが分かった以上、それを竜王に知らせないわけにはいかない。しかしアーロンは、万が一のことを危惧し、最後まで竜人の里に向かうことを渋っていた。

『もし竜王様がお前の瞳から欠片を取り出すと決めたら、俺は全力で抗うからな。たとえ反逆者になろうが、お前を連れてどこへでも逃げてやる』

『……そんなこと駄目です、アーロン』

竜人の里に向かう前夜、二人は向かい合って遅くまで話し合った。

『それじゃ、欠片を奪って逃げたジャディスと一緒です。僕はあなたにそんなこと、してほしくない』

命をかけてレイを守ると、そう言うアーロンの気持ちは嬉しいけれど、彼が王に剣を向けることがあってはいけないし、同族から追われるなんてもってのほかだ。

それに、いくらアーロンが強い戦士だとはいえ、最強を誇る竜人族相手に力に訴え、逃亡生活をするなんて非現実的だ。その手立てを考えるくらいなら、自分たちの望みを叶えるために最善を尽くしたい。

『ちゃんと、二人で竜王様を説得しましょう？　僕も、最後まで諦めませんから』

アーロンの気持ちや、オラーン・サランのことを知る前だったら、元から失っていたはずの命だからと諦めてしまったかもしれない。けれど、今やレイが命を落とすということは、アーロンの命にも関わってくるのだ。

そう簡単に、自分の命を諦められない。

『僕は、ここでのアーロンとの暮らしを守りたい。そのためなら、なんだってします』

そう言ったレイにアーロンも最後は折れてくれた。

『分かった。……だが、欠片のことを知らせるのは竜王様にだけだ』

他の者が知れば、どうでもレイの瞳をえぐり出せという者も出てくるかもしれない。

人払いを求めたアーロンに竜王は快く応じてくれ、レイはアーロンと共に竜人の里で竜王に謁見することになった。

『……確かに、レイの瞳には王妃の逆鱗の欠片が取り込まれているようだ』

通された謁見の間に現れた竜王は、巨大な黄金の竜だった。

『欠片は彼の魂と深く結びついている……。無理に取り除けば、レイは命を失うだろう』

『……レイは、私の運命の対です』

事のあらましを知らされた後、レイの瞳を検めた竜王に、アーロンはきっぱりと告げた。

『私は彼を失って生きていくことはできません。このことはどうか、他の者には内密にして下さいませんか。どうか、彼と一生添い遂げることをお許し下さいませんか』

頭（こうべ）を垂れるアーロンの隣で、レイも竜王に懇願した。

『僕からも、お願いします。欠片のおかげで生かされている身で、なにを勝手なと思われるかもしれませんが……、でも、僕はアーロンと一緒に生きていきたいんです』

鱗に覆われた大きな手を握って、レイは竜王をまっすぐ見上げて言った。

『絶対にこの力を悪用しないと、お約束します。この欠片は僕の命が尽きた時、必ずアーロンの手で竜人族にお返しします』

レイの一言に、ぐっとアーロンが手を強ばらせる。なだめるようにぎゅっとその手を握って、レイは竜王に頭を下げた。

『だからどうか、どうかアーロンと一緒にいさせて下さい。僕たちの望みはただ、それだけです』

自分はアーロンさえいてくれたら、他になにもいらない。そう言いきったレイに、竜王はしばらく無言だった。

ややあって、深いため息をついて言う。

『それだけ、か。……それだけのことが、一番難しいのだがな。私も妃といつまでも共にと、そう願っていた……』

五年前、己の対を失って竜の姿となった竜王は、レイの左目をどこか懐かしそうに見つめて続けた。

『……そなたら二人の命を奪ってまで逆鱗の欠片を取り戻すことなど、できるはずがなかろう。そんなことをしたら、あの世で妃に愛想を尽かされるのは目に見えておる』

『っ、じゃあ……！』

パッと表情を明るくしたレイに、竜王がふっと微笑んで頷く。

『我が竜人族の宝の一部、そなたに預けよう。アーロンと共にしっかり守ってくれ、レイ』

『はい……！　ありがとうございます、竜王様』

頭を下げるレイとアーロンによいよいと目を細めて、竜王が重々しく告げる。

『だが、アーロン。レイの命が尽きた時には、速やかに欠片を取り出し、一族に返すと約束せよ』

『……分かっております』

ぐっと表情を強ばらせ、それでもアーロンは頷いた。

『その時には、……必ず』

『アーロン……』

人間であるレイは、アーロンよりもずっとずっと命が短い。その時はいつか、必ず来てしまう。

けれど、だからと言って愛することをやめることはできない。

いつか来る別れを、ちゃんと笑って迎えられるように、彼がその後も未来を歩いていけるように、精一杯愛するだけだ――、そう思ったレイだったが、その時、竜王が苦笑を浮かべて言った。

『……まあ、それもあと幾百年後のことになるだろうがな』

『え……？』

一体それはどういう意味かと驚いた二人に、竜王が思いがけないことを明かす。

『レイの瞳に取り込まれた力は強大だ。欠片とはいえ、我が一族の至宝。加えて、ジャディスも相当な力をその欠片に集めていたようだからな』

あくまでも私の見立てだが、と前置きをして、竜王は続けた。

『レイの時はすでに、竜人のそれと同じ速さになっている。そなたはおそらく普通の人間よりもずっと長い時を生きることになるだろう。……黙っていてすまぬな、アーロン。お前の覚悟を見たかったのだ』

どうやら竜王は、アーロンにレイの死を受けとめる覚悟があるのかどうか試していたらしい。

『詫びにというわけではないが、レイのことは一族の中でも限られた者だけにしか伝えぬと約束しよう。……仲良う暮らせよ、二人とも』

そう言って飛び立った竜王に、アーロンはまたあのお方は、と呻いていたけれど、結果的に望みがすべて叶ったことには違いない。

（長い時を生きるってことがどういうことかは、正直まだピンと来ないけど……）

おにぎりを食べ終えたレイは、自分を背後から抱え込むアーロンをちらりと振り返って見上げた。すぐに気づいたアーロンが、ん、と優しく低い声で聞いてくる。

「どうした、レイ？」

こちらを見下ろす彼の黄金の瞳が、たき火の炎を映してゆらゆらと揺れ光っている。

漆黒の竜人の背後に広がる、満天の星空。そのどの星よりも強く、美しい瞬きを見つめた途端、脳裏にとある光景が甦って、レイは呟いた。

「ああ、そうだったんだ……」

「なにがだ？」

唐突な呟きに、アーロンが首を傾げる。小さく頭を振って、レイは告げた。

「……今、『レイ』のことを思い出したんです。大人になった彼が、ベランダで夜空を見上げてました」

彼がいたのは、かつて高校生の時に祖父母と一緒に暮らしていた家ではなく、都会のマンションの一室だった。彼はそこで缶ビール片手に、狭い空に浮かぶ月を見ていたのだ。

「今までずっと、彼が高校生の頃のことしか思い出せなかったんですけど……、それがどうしてか、分かりました。……彼は両親が離婚して、父親に引き取られたんです。でも、お父さんとうまくいかなくて、おじいちゃんのところに預けられて……」

むしゃくしゃしながら向かった父方の祖父母の暮らす田舎は、『レイ』のささくれだった心をやんわりと受けとめ、癒してくれた。

その後、大人になった『レイ』は都会で働くようになったけれど、ずっと祖父母との田舎暮らしを忘れられずにいた。

都会の濁ったそれとは比べものにならないくらい、美味しい空気と水。

自分の小さな悩みなどどうでもよくなるような満

天の星空の下で生きていきたい、と。

「でも、『レイ』が大人になった時、おじいちゃんたちのいた田舎は開発でなくなってしまっていたんです。それで『レイ』はずっと、高校生の頃を懐かしんでいた……。あの記憶は、『レイ』にとって一番大切な思い出だったんです」

「……なるほど。だから、その頃のことばかり思い出していたんだな」

微笑んだアーロンに、はいと頷いて、レイは恋人の逞しい胸に背中を預けた。アーロンがレイの髪に鼻先を埋めつつ言う。

「お前が異世界での前世のことを思い出すのは、きっと欠片の力が関係しているんだろう。竜王の逆鱗は今、異世界にある。竜王妃の逆鱗の欠片が、己の対を求めてお前の記憶を引き出しているのかも知れないな」

大丈夫か、と心配そうに聞いてくるアーロンは、レイが以前のように目に痛みを感じていないか気にしてくれているのだろう。

大丈夫ですと微笑んで、レイは告げた。

「最近はなにか思い出しても、前みたいに目が痛くなったりしないんです。多分ここが『レイ』が高校生の頃に暮らしていた田舎に雰囲気が似ていて……、僕自身がここにずっといたいって、そう思っているからなんだと思います」

自分の居場所はここだと、そう思えるようになったのは、アーロンのおかげだ。

——長い時を生きるということがどういうことなのかは、まだよく分からない。

でも、アーロンと一緒なら、なにがあってもきっと大丈夫だという確信がある。

この人なら、自分のすべてを受けとめてくれる。

この人になら、自分のすべてを預けられる。

一緒に暮らし始めたあの時から一層深くなったその思いに微笑んで、レイは前に回されたアーロンの腕をぎゅっと抱きしめた。

「……僕、幸せです」

はにかんだレイに、アーロンがふっと目を細めて言う。

「……俺もだ。俺も、お前がいればそれだけで幸せだ、レイ」

さり、と鱗に覆われた口でレイの耳元にくちづけたアーロンが、そうだ、と呟き、懐に手をやる。胸当てから取り出されたのは、レイにちょうどいい大きさの木製のスプーンだった。その柄には、細かく美しい装飾が施されている。

「これ……、もしかして」

差し出されたそれを受け取り、目を瞠ったレイに、アーロンが苦笑を零す。

「ああ。……お前がくれたスプーンより、少し意味は重いがな」

「……っ、あ、あの、僕も本当はそういう……、そういう気持ちを込めて、作ってて……」

同じ意味だと、そう打ち明けると、アーロンが嬉しそうに目を輝かせる。

「なんだ、そうだったのか。……なら、話は早いな」

「え……、あ……っ」

ひょいっとレイを抱えたアーロンが、やおら立ち上がる。レイの体をくるりと反転させて自分の方に向けたアーロンは、両腕でしっかりとレイを抱き上げて笑った。

「愛している、レイ。ずっとずっと、俺と一緒にいてくれ。本当に、俺の嫁になってくれ」

「アーロン……、……っ、はい」

逞しい腕の中、弾けるような笑みを浮かべて、レイは頷いた。太い首にぎゅっと抱きついて、自らくちづける。

「お嫁さんに、して下さい。僕もずっと、ずっと一緒にいたい。アーロンと、離れたくない……！」

「レイ……」

夜の闇に溶けるような鱗を瞬かせて、アーロンが好きだ、と囁く。

唇の上で蕩けたその囁きに、レイは小さく僕も、と微笑み返して、込み上げてくる幸せに色を変えた青と緑の瞳をそっと、閉じたのだった。

ひなたぼっこは嫁のお仕事

差し出した両手をぎゅっと強く握られて、レイは苦笑を浮かべた。

「ダンテ……、永遠の別れじゃないんだから」

「……っ、それはそうだが……っ」

すん、と鼻を鳴らすダンテの目には、うっすらと涙が浮かんでいる。

収穫祭から三日経ったこの日、長らく滞在していたダンテが王都に帰ることになり、レイは村まで見送りに来ていた。滞在の間、すっかり仲良くなった村人たちも来てくれていて、元気でなとダンテに口々に声をかけている。

「体にはくれぐれも気をつけるんだぞ。それから、落ち着いたら必ず王都に来てくれ。必ずだぞ」

昨夜もさんざん同じことを言われたけれど、兄代わりの彼がそれだけ自分のことを心配してくれているのだと思うと、やはり嬉しい。レイは笑みを浮かべてダンテにぎゅっと抱きついた。

「うん、分かった。必ず行くよ。元気でね、ダンテ」

「レイ……」

声を詰まらせたダンテが、がばりとレイを抱きしめ返そうとする。と、それより早く、レイのおなかにくるりと巻きついてくるものがあった。

あれ、と思う間もなく、その巻きついてきたものがレイをぐいっと後ろに引き寄せる。強い力でダンテからレイを引き剝がしたそれは、漆黒の鱗に覆われた、太い竜の尻尾で——。

「そこまでだ。人の嫁さんに勝手に抱きつこうとしてんじゃねぇぞ、ダンテ」

「アーロン……」

不機嫌そうに唸る恋人を振り返って、レイは困ってしまった。

「抱きつくって……、あの、別れの挨拶ですよ？」

これくらい普通だろうと戸惑ったレイだったが、アーロンはさも当然とばかりに言う。

「ああ、だから十秒も待ってやっただろ」

「……短すぎません？」

「どこがだ。そもそも、レイが自分から抱きつくのは仕方ないけどな。逆は絶対に許さねぇからな」

十秒も耐えたんだからむしろ褒めてほしいくらいだと言わんばかりのアーロンに、レイは顔を赤くしてしまった。

(独占欲の塊だ……)

同じことを思ったのだろう。ダンテが呆れたように言う。

「心の狭い男だな。そんなんじゃ、すぐにレイに愛想を尽かされるぞ」

「余計なお世話だ。お前こそ、さっさと王都に戻らねぇと騎士団首になるんじゃねえか」

ふんと鼻を鳴らしたアーロンの言葉に、レイは思い出す。

「そういえば、隊長さんから手紙が来てたもんね」

ダンテの上司である騎士団の隊長からの手紙は、便箋一枚どころか、一行だけの簡潔なものだった。

いつまでも帰れる場所があると思うなよ、というその一文を思い出したらしく、ダンテが青い顔でうすら笑いを浮かべる。

「た……、隊長も冗談が上手いよなあ」

ははは、は……、と力なく笑った後、ダンテがしょんぼりと肩を落として呟く。

「……帰る」

「うん、気をつけてね」

すっかり意気消沈してしまった幼なじみに苦笑して、レイは手を振った。

何度もこちらを振り返りつつ街道を進むダンテを見送るレイに、アーロンが言う。

「よし、じゃあ俺たちも戻るか。溜まってる仕事を頼みたいんだが、いいか、レイ」

「あ、はい、もちろんです」

溜まっている仕事というと、ダンテが居候していた間に使っていた客間の掃除や洗濯だろうか。今日はよく晴れているし、急いで戻れば今から洗濯しても間に合うかもしれない。

そう思って頷いたレイだったが、アーロンはよし、と頷くといきなりレイをひょいっと抱える。

「え……っ、ア、アーロン？」

片腕に腰掛けるようにして抱き上げられ、戸惑うレイをよそに、アーロンは周囲の村人に軽く挨拶をすると、翼を広げて飛び上がった。

「わ……！」

「急ぐからな。ちゃんと摑まってろよ」

力強く翼を羽ばたかせたアーロンが、ぐんぐんと村から離れていく。あっという間に二人の暮らす山小屋まで辿り着いたアーロンが地面に降り立つと、屋根の上にいたらしいククが飛んできた。

アーロンの肩にとまったククが、カルルルッと声を上げる。どうやら留守番をさせられて機嫌を損ねているらしいククに、アーロンが苦笑を零した。

「ああ、分かった分かった。お前は本当に留守番が嫌いだなあ」

鷹揚に笑ったアーロンの腕の中で、レイは戸惑いつつもお礼を言った。

「あ……、ありがとうございます、アーロン。そしたら僕、洗濯物を片づけちゃいますね」

そう言って地面に降りようとしたレイだったが、アーロンはレイを抱えたままゆっくりと歩き出す。

「ん？　洗濯なら、今朝俺が終わらせてあるぞ。ダンテを叩き起こして、シーツも洗っておいた」

「そうだったんですか？　なら、客室の掃除を……」

洗濯が終わっているということなら掃除をと思ったレイだったが、アーロンはそちらも先回りして済ませていたらしい。

「掃除はダンテにやらせた。まあ、後でもう一度するつもりだが、今日はいいだろう」

「……えっと、それじゃ僕はなにを……」

確か、溜まっている仕事があったのではなかったのか。だから急いで飛んできたのだろうにと不思議に思ったレイに、アーロンがしれっと答える。

「一番大事な仕事が残ってるだろう？」

「え……」

戸惑ったレイを抱えたまま、アーロンが家の前の平たい石に腰を降ろす。そのまま自分の膝の上にレイを座らせて、アーロンは黄金の目を細めた。

「俺とひなたぼっこすること、だ」

「……っ、仕事って……」

「ああ。ひなたぼっこはなにより大事な嫁の仕事だろう？」

ニッと笑ったアーロンの肩の上で、ククがクルルッと同調するように翼を広げ、機嫌のいい声を上げる。レイは恥ずかしさに顔を赤らめて聞いた。

「……あの、まさかこのために急いで帰ってきたんですか？　わざわざダンテを起こして、朝のうちに洗濯とか掃除とか済ませたのも……」

「ああ、もちろんレイとゆっくりするためだ。ダンテがいる間はお前が恥ずかしがって、なかなかのんびりひなたぼっこできなかったからな」

太く逞しい腕でレイをぎゅっと抱え込んだアーロンが、ふんふんとこめかみの匂いを嗅いで笑う。

「ん、いい匂いだ。これでようやくお前を独り占めできる」

まるで機嫌よくごろごろと喉を鳴らす猫のように、鱗に覆われた鼻先で髪をくすぐりながらそんなことを言うアーロンに、レイは耳まで真っ赤に染めて呻いた。

「ダンテがいた時だって、隙あらばくっついてたじゃないですか、アーロン」

おかげでその度にダンテがアーロンに突っかかって宥めるのが大変だったと、ちょっと責めるような視線を向けたレイだったが、アーロンは肩をすくめて言う。

「あんなの独り占めなんて言えるか。むしろ全然レイが足りてなかったくらいだ」

「……っ、毎日一緒だったのに……」

「毎日じゃねぇだろ。収穫祭の前にはお前、泊まり込みでシュリんとこに手伝いに行ってたし」

そう言うアーロンだが、そんなのほんの二日くらいのことだ。それに。

「アーロンだって、その間に僕に内緒で、遠くまでお米を探しに行ってたじゃないですか」

「ああ、お前を驚かせたかったからな。……けど、レイと離ればなれってのは、結構堪えた」

綺麗な黄金の瞳を眇めたアーロンが、ぎゅっとレイを抱きしめてくる。甘えるようにレイの肩口に鼻先を埋めて、漆黒の竜人は苦笑を零した。

「レイがそばにいないと、今どうしてるのか気になって落ち着かない。俺の助けなんてなくてもお前はもう大丈夫だってことは、十分知ってるんだがな。それでも俺はお前と一緒にいたい。誰よりもそばにいて、少しでもお前の力になりたい……」

切望するように言うアーロンに、レイはそっと頬を寄せた。さらさらとした鱗にこめかみを擦りつけて告げる。

「そんなの、僕こそです。僕の方こそ、あなたになにができるんだろうって、毎日思ってます。でも、きっと僕がそうであるように、ただ一緒にいるだけで幸せで……、その幸せは、僕だけがあなたにあげられるものだと思うから」

「レイ……」

はにかんだレイに、アーロンが目を細める。その優しくやわらかい金色の光を見つめて、レイは前に回されたアーロンの大きな手に自分の手を重ねた。

「だから、いつも一緒にいましょう？　今度旅にでる時は、僕も一緒に連れてって下さい。僕もアーロンと離れたくないし……、それにお米を育てているっていう国も、見てみたいです」

アーロンの話では、遠い東方にあるというその国は温暖な気候を活かして農業が盛んで、山よりも平地が多く、田畑が広がっているとのことだった。

きっと『レイ』の暮らしていた日本に似ている国に違いない。

（『レイ』がどんなところで暮らしていたのか、少

しでも近い場所に行ってみたい）

そう思ったレイに、アーロンが微笑む。

「もちろんだ。新婚旅行がてら、近々行くか」

「新婚って……、はい」

気恥ずかしさを覚えつつも笑って頷いたレイだったが、その時、アーロンの肩でククがカルルッと鳴き声を上げる。小さな翼を広げて自分の存在をアピールするククに、アーロンが苦笑した。

「あー、もちろんお前も一緒にな、クク。……新婚早々コブ付きは確定だな」

「ふふ、楽しみだね、クク」

笑いかけると、クルルッと嬉しげに答えたククがレイの手に飛び移ってくる。ぽふんとレイの両手におさまり、心地良さげにクルクルと目を細めるククに思わず微笑んだレイを見て、アーロンが石の上にごろりと横たわった。

「ん、来いよ、レイ」

顔だけを起こしたアーロンが、その長い両腕を広げてレイを呼ぶ。

「お前はこっち、だろ？」

「っ、アーロン……」

黄金の瞳をやわらかく細めて、おいでと自分を誘う恋人の甘い囁きに、レイは耳まで真っ赤になってしまった。

（僕から寝転がるの？　……アーロンの上に？）

まるで自分から甘えるみたいなその行為に、恥ずかしさが込み上げてくる。

それでも、アーロンの広い胸元にすっぽり包み込まれる心地よさを知ってしまっているレイが、誘惑に抗えるはずはなくて。

「えっと、じゃあ……、し、失礼、します」

小声でもごもごと断って、レイはまずククをアーロンの胸元に移した。そしてその隣に、先ほどのククよろしく、ぽふんと倒れ込む。

「ん、よしよし。いい子だな、レイ」

逞しい胸筋でレイを受けとめたアーロンが、ふっと笑ってレイの髪を優しく梳く。

　鋭い爪が当たらないよう、そっと触れてくるその手に、レイは真っ赤な顔で呟いた。

「……こんなことでいい子とか……、ちょっと僕のこと甘やかしすぎです、アーロン」

「そんなことはないぞ。なあ、クク？」

　話を振られたククが、クルルルル、と機嫌のよさそうな声を上げる。すでにぺったりと鏡餅状態のククに、もちろんお前もいい子だと笑って、アーロンはレイの頭を撫でてきた。

「うちの嫁は普段頑張りすぎだから、これくらいじゃまだ足りないくらいだ。俺がもっと甘やかしてやらないとな」

「もう十分です……」

　楽しそうに言うアーロンに呻くレイだが、くっくっと余計に笑みを深くしたアーロンは、その長い腕ですっぽりとレイを抱きしめてくる。力強く優しい腕にまるごと包み込まれて、レイはその絶対的な安心感に思わずほっと肩の力を抜いていた。

（気持ちいい……）

　大きな手に後頭部を包み込まれて促され、そっとその胸元に頬をつける。鍛え上げられた胸筋は見た目よりもずっと弾力があって、居心地がいい。サラサラとした鱗は、今は少しひんやりしていて、穏やかに降り注ぐ陽光に、まるで静かな湖の水面のようにキラキラと煌めいていて。

　――さわさわと風に揺れる、木々の葉擦れ。

　小川のせせらぎに混じって聞こえてくる、仔アンザーたちの愛らしい鳴き声。

　落ち葉のやわらかな香りと、なによりも一番落ち着く、あたたかな恋人の匂い。

　規則的に上下する心地いいこの胸の中にいれば、なにも恐れる必要はない。

　誰よりも優しくて強い、最愛の竜人――……。

「……アーロン。僕、もう一度医学を学び直したいと思います」

そっと顔を上げ、アーロンを見つめてレイはそう告げた。

今、レイの記憶は断片的に戻っている。医術に関しても、ある程度までは思い出していた。

「実はもうダンテに、王都に帰ったら何冊か医学書を送ってもらうよう頼んでいるんです。それで学び直して……、王都に行った時にきちんと試験を受け直そうと思っています。それで、ここで医院を開きたいなって」

記憶を失う前の旅医者という職業に魅力も感じているけれど、今の自分の居場所はここだ。

アーロンと共にここで暮らしながら、自分の知識と経験を生かして村の皆の役に立ちたい。

「色々考えたけど、それが一番、皆さんへの恩返しになるかなって」

「……ああ。それはいい考えだな」

俺も応援する、と目を細めたアーロンが、ゆっくりとレイの頭を撫でながら言う。

「しかし、そうなると俺の嫁はますます頑張るだろうから、もっともっと甘やかさないとなあ」

毎日ひなたぼっこの時間を作るか、と笑うアーロンの上で、レイは呻いた。

「……僕、こんなにアーロンに甘やかされてたら、そのうちすごく駄目な人間になる気がします……」

幸せだけれど複雑で、レイはアーロンの逞しい体にぎゅっと抱きつきながら唸ってしまう。するとアーロンは、ふっと笑みを零してレイのつむじにくちづけてきた。

「いくらだってなればいい。ま、一つ条件はあるけどな」

「条件?」

なんだろうと顔を上げたレイの両脇に、アーロンが手を差し入れてくる。ひょいっとレイを持ち上げて自分の顔の前まで移動させたアーロンは、その大きな手でそっとレイの頬を撫でて言った。

「俺の前でだけ、だ。他の誰にも、こんな可愛いお前は見せないでくれ」

「か……、可愛いって……」

真正面からそんなことを言われて、カアッと頬に朱を上らせたレイに、アーロンが笑う。

「ああ、その顔も、だな。お前のこんな可愛い顔も匂いも、他の誰にも渡したくない。……渡さない」

「アーロン……」

黄金の瞳が、じっくり煮詰めた蜜のようにとろりと光る。艶やかで甘い、自分だけに向けられたその光を見つめ返し、レイは人ならざる竜の顔を両手で包み込んで笑った。

「……そんなの、当たり前です。だって僕が一緒にひなたぼっこするのは、アーロンだけなんだから」

アーロンがこんな目をするのが自分の前だけなのと同じように、自分だってアーロンの前でしかこんな顔はしないいし、きっとできない。

「ひなたぼっこは嫁の仕事、なんでしょう？　僕はアーロンの、その……、お、お嫁さん、だから」


恥ずかしさを堪えてそう言いきり、えいっと目を瞑ってアーロンにくちづける。ちゅ、と離れた唇に、アーロンがくっくっと低い笑みを漏らした。

「そうだな。……俺も、一緒にひなたぼっこするのはお前だけだ、レイ」

「あ……」

優しいのに強い力で抱き寄せられ、もう一度とキスされそうになった、その時だった。

カルルルルッと抗議の声を上げたククが、アーロンの顎を嘴で突っつく。パタパタと小さな翼を広げて存在を主張する仔フクロウに、レイとアーロンは顔を見合わせて笑ってしまった。

「……ひなたぼっこはククも一緒に、だな」

「ですね」

ごめんごめんと指先で頭を撫でたレイに、ククが満足気に胸元の被毛を膨らませる。

ますます鏡餅みたいと笑みを零して、レイは恋人の上でのんびりと、嫁の仕事に勤しんだのだった。

後書き

こんにちは、櫛野ゆいです。この度はお手に取って下さり、ありがとうございます。

竜人との異世界スローライフ、いかがでしたでしょうか。異世界ファンタジーはこれまでも何作か書かせていただいていますが、今回は少し目先を変えて、暮らしに焦点を当ててみました。ほのぼの甘々に仕上がっているのではないかなと思いますが、ほっこりしていただけていたら嬉しいです。

実は私は昔から牧場シュミレーションゲームが大好きで。動物のお世話や畑の収穫など、ゲームを思い出しながら書いてみました。実際のスローライフはもっと大変なんだろうなと思いますが、竜人のアーロンがいれば力仕事も捗りそうですよね。料理も上手だし、子供と遊ぶのも得意だし、一家に一人欲しい人材だなと思いました。

そんなアーロンですが、今回は意外にも彼を書くのに苦戦しました。面倒見のいい兄貴肌な性格というのは早い段階から決めていたのですが、なんとなくしっくり来なくて。何度も書き直して、ようやくキャラを摑めた感じです。

逆に、普段は大人しいけど健気で芯が強く、真面目なレイはとても書きやすかったです。つらい目に遭った彼が、段々自然体で過ごせるようになっていくのは、書いていて私もアーロンと一緒にホッと安心していました。

あとはなんといってもククですね！　怒りん坊で甘えん坊で食いしん坊なククは、書いていて楽しくて仕方ありませんでした。フクロウは数年前からずっと書きたかったので、今回書けてとても嬉しかったです。

さて、駆け足ですがお礼を。挿絵をご担当下さった高世先生、癒し満点なイラストの数々をありがとうございました。高世先生の描かれる竜人や動物が大好きなので、今回もお引き受け下さって本当に嬉しかったです。実は今回、高世先生は口絵を二パターン下さり、どちらも素敵だったので、無理を言って裏表紙に昼バージョン、口絵に夕方バージョンを使わせていただけることになりました。異なるお日様の光に照らされた、周りの植物や二人の色合いの美しさを楽しんでいただけたら幸いです。高世先生、お忙しい中ありがとうございました！

毎回お世話になりっぱなしの担当様も、ありがとうございます。実は本編後のひなたぼっこは、担当様のリクエストで増えた短編です。「できたらひなたぼっこをもう一回……」とリクエストいただいた時には思わず笑ってしまいました。気に入っていただけて嬉しいです。甘々ほっこりな嫁のお仕事、お楽しみいただけていたら幸いです。

最後まで読んで下さった方も、ありがとうございました。よろしければご感想などいただけると今後の励みになりますので、是非お寄せ下さると嬉しいです。

それではまた、お目にかかれますように。

櫛野ゆい　拝

◆初出一覧◆
竜人と嫁の恋暮らし　　　／書き下ろし
ひなたぼっこは嫁のお仕事　／書き下ろし

ビーボーイノベルズをお買い上げ
いただきありがとうございます。
この本を読んでのご意見・ご感想
をお待ちしております。

〒162-0825 東京都新宿区神楽坂6-46
ローベル神楽坂ビル4F
株式会社リブレ内 編集部

アンケート受付中
リブレ公式サイト　https://libre-inc.co.jp
TOPページの「アンケート」からお入りください。

竜人と嫁の恋暮らし

2019年12月20日　第1刷発行

著　者――――――櫛野ゆい
©Yui Kushino 2019

発行者――――――太田歳子

発行所――――――株式会社リブレ

〒162-0825
東京都新宿区神楽坂6-46ローベル神楽坂ビル
営業　電話03(3235)7405　FAX 03(3235)0342
編集　電話03(3235)0317

印刷所――――――株式会社光邦

定価はカバーに明記してあります。
乱丁・落丁本はおとりかえいたします。
本書の一部、あるいは全部を無断で複製複写(コピー、スキャン、デジタル化等)、転載、上演、放送することは法律で特に規定されている場合を除き、著作権者・出版社の権利の侵害となるため、禁止します。
本書を代行業者等の第三者に依頼してスキャンやデジタル化することは、たとえ個人や家庭内で利用する場合であっても一切認められておりません。

この書籍の用紙は全て日本製紙株式会社の製品を使用しております。

Printed in Japan
ISBN 978-4-7997-4605-9